LE SANG DES PRAIRIES

LES CAHIERS NOIRS DE L'ALIÉNISTE –2

D0639657

Du même auteur

Nébulosité croissante en fin de journée. Roman.
Beauport : Alire, Romans 034, 2000.
Le Rouge idéal. Roman.
Lévis : Alire, Romans 063, 2002.
La Rive noire. Roman.
Lévis : Alire, Romans 092, 2005.
Le Chemin des brumes. Roman.
Lévis : Alire, Romans 113, 2008.

Wilfrid Derome, expert en homicides. Biographie.
Montréal : Boréal, 2003.

LES CAHIERS NOIRS DE L'ALIÉNISTE
Dans le quartier des agités. Roman.
Lévis : Alire, GF 10, 2010.
Lévis : Alire, Romans 158, 2014.
Le Sang des prairies. Roman.
Lévis : Alire, GF 13, 2011.
Et à l'heure de votre mort. Roman.
Lévis : Alire, GF 27, 2013.
Lévis : Alire, Romans 165, 2015.

LE SANG
DES PRAIRIES

JACQUES CÔTÉ

ALIRE

Illustration de couverture : BERNARD DUCHESNE
Photographie : VALÉRIE ST-MARTIN

Distributeurs exclusifs :

Canada et États-Unis :
Messageries ADP
2315, rue de la Province
Longueuil (Québec) Canada
J4G 1G4
Téléphone : 450-640-1237
Télécopieur : 450-674-6237

France et autres pays :
Interforum editis
Immeuble Paryseine
3, Allée de la Seine, 94854 Ivry Cedex
Tél. : 33 1 49 59 11 56/91
Télécopieur : 33 1 49 59 11 33
Service commande France Métropolitaine
Téléphone : 33 2 38 32 71 00
Télécopieur : 33 2 38 32 71 28
Service commandes Export-DOM-TOM
Télécopieur : 33 2 38 32 78 86
Internet : www.interforum.fr
Courriel : cdes-export@interforum.fr

Suisse :
Diffuseur : **Interforum Suisse S.A.**
Route André-Piller 33 A
Case postale 1701 Fribourg – Suisse
Téléphone : 41 26 460 80 60
Télécopieur : 41 26 460 80 68
Internet : www.interforumsuisse.ch
Courriel : office@interforumsuisse.ch
Distributeur : **OLF**
Z.I.3, Corminbœuf
P. O. Box 1152, CH-1701 Fribourg
Commandes :
Téléphone : 41 26 467 51 11
Télécopieur : 41 26 467 54 66
Courriel : information@olf.ch

Belgique et Luxembourg :
Interforum Editis S.A.
Fond Jean-Pâques, 6 1348 Louvain-la-Neuve
Téléphone : 32 10 42 03 20
Télécopieur : 32 10 41 20 24
Courriel : info@interforum.be

Pour toute information supplémentaire
LES ÉDITIONS ALIRE INC.
120, côte du Passage, Lévis (Québec) Canada G6V 5S9
Tél. : 418-835-4441   Télécopieur : 418-838-4443
Courriel : info@alire.com
Internet : www.alire.com

Les Éditions Alire inc. bénéficient des programmes d'aide à l'édition de la
Société de développement des entreprises culturelles du Québec (SODEC),
du Conseil des Arts du Canada (CAC) et reconnaissent l'aide financière du
gouvernement du Canada par l'entremise du Fonds du Livre du Canada
(FLC) pour leurs activités d'édition. Nous remercions également le gouvernement du Canada de son soutien financier pour nos activités de traduction
dans le cadre du Programme national de traduction pour l'édition du livre.

Gouvernement du Québec – Programme de crédit d'impôt pour l'édition
de livres – Gestion Sodec.

TABLE DES MATIÈRES

PRÉFACE

Le Sang des prairies

Biscotasing. Tout le monde descend. Les hommes du 65e bataillon ont droit à un plat de fèves au lard et de pruneaux confits. La bonne humeur s'installe. « Il suffit de remplir le ventre du soldat pour lui remonter le moral ». Puis c'est la tournée des bars ou plutôt une pause dans la seule gargote de l'endroit. Des regards hargneux et mesquins les accueillent. Sur la route de l'ouest, « les loges orangistes se répandaient avec la haine du français et des catholiques ». Sur un mur, un portrait de la reine Victoria, sur un autre une tête de bison empaillée surveillait la place. Alerté par une bagarre, le capitaine Georges Villeneuve voit deux de ses hommes « aux prises avec six matamores ». L'instant d'après, une dizaine d'hommes en colère qui se précipitent sur les *frenchmen*. Ceux-ci savent se battre, explique Villeneuve qui est aussi le narrateur. Et le lecteur fait plus ample connaissance avec Alphonse, le petit frère. Tous deux ont grandi « entourés d'Anglais à la Custom House où il avait fallu apprendre à se défendre ». Lafontaine, Rivard,

Hamel, et Lupien aussi, si on en juge par leur rapide maîtrise de la situation.

Ces hommes sont en route vers les Prairies, plus précisément Batoche. Ils ont pour mission de mâter la révolte des Métis et de leurs alliés indiens. Le foyer de la révolte se situe au bout du monde ou du moins à l'extrémité de la ligne de chemin de fer du Canadien Pacifique, quelque part entre Prince Albert et Edmonton.

En 1885, une seconde crise a éclaté. Louis Riel, Gabriel Dumont et les Lépine sont au cœur de la tourmente. Georges et Alphonse sont « appelés sous les drapeaux ».

Georges Villeneuve est déjà un personnage familier des lecteurs de Jacques Côté qui l'a suivi à Paris *Dans le quartier des agités*, roman paru en 2010 et dont l'action se situe en 1889. Un livre conduit à un autre livre. Est-il possible que la biographie du criminaliste Wilfrid Derome ait amené Côté à Georges Villeneuve ? Très probablement. Or, ce docteur Villeneuve est si attachant que l'auteur cède à un retour en arrière.

Avec ses médecins légistes, Côté s'est habitué à des situations crues. Il ne triche pas dans ses descriptions, il ne trichera pas non plus avec l'histoire.

Aujourd'hui, on hésite à appeler les choses par leurs noms. Des orangistes sont sans doute des amateurs d'orange, les Indiens de l'ouest étaient des bandits et Louis Riel un détraqué. John A. McDonald était un champion de l'abstinence.

Au moment du départ, « médailles et scapulaires passaient de main en main ». Moment de grandes émotions. La cause du gouvernement fédéral est-elle juste ? On ne discute pas les ordres reçus. « Obéir sans raisonner ». Les soldats partiront-ils mains nues ? Le commandant Ouimet, personnage vrai, prend sur lui d'équiper ses hommes de « re-volvers ». « Là où nous allons, ce sera un vrai coupe-gorge. Eh bien, j'ai décidé d'acheter moi-même les revolvers et de vous les offrir. » Le gouvernement fournit une mitrailleuse Gatling dont la Providence les privera le moment venu.

Les troupes défilent dans les rues de Montréal. Les recrues ont fière allure. « Les demoiselles nous filaient des œillades en minaudant, c'était comme si nous revenions déjà victorieux de la guerre. J'aurais pu me fiancer cent fois avant de partir ». Mes collègues « beaux, forts, vigoureux […] en rede-mandaient comme du sucre à la crème ». La table est mise ! Comment cette expédition s'achève-t-elle ? Combien reviendront vivants ? Même ceux qui sont nuls en histoire savent que Riel sera pendu, que les Métis seront défaits et les Indiens également.

Connaître la fin d'une histoire n'enlève rien à l'intérêt que peut en éveiller le récit. « Je suis le fils d'une histoire enragée. Mais le temps ensable les souvenirs », confie Villeneuve des années plus tard, rendu « dans la force de l'âge ».

Côté ouvre chacun de ses chapitres avec des extraits d'un traité. Les fameux traités à numéro, les traités de dépossession si chers aux Anglais.

« Si on vous enfermait comme du bétail dans une réserve », lance le Métis Lépine à Villeneuve. Sur le chemin du retour, ce dernier relit une lettre que Lépine lui a confiée à l'intention de Louis Riel emprisonné à Regina. C'est un moment fort du roman. Les lecteurs ralentissent leur lecture. Quel sera le sort de cette lettre ? Villeneuve a un pressentiment. Il se fait une copie. « Cette lettre me laissait songeur. J'avais l'impression de lire ma propre histoire ».

Lépine tient les Canadiens français pour des amis, des frères. « Certains sont écartelés entre la sympathie qu'ils ont pour nous et la soumission aveugle ou intéressée au gouvernement fédéral de certaines de leurs élites. C'est ce qui causera leur perte. Il faut voir comment les Anglais les toisent de haut et entendre tout le mal qu'ils disent d'eux. Ce n'est pas possible d'être asservis de la sorte. »

« Ce qu'ils t'ont pris, la liberté, écrit Lépine à Riel, ils ne pourront te l'enlever des livres d'histoire ».

Denis Vaugeois, historien

Les Cahiers noirs de l'aliéniste

Volume 3

Georges Villeneuve

Surintendant de l'asile Saint-Jean-de-Dieu
– Longue Pointe Lunatic Asylum

Médecin expert à la morgue de Montréal

Professeur de la chaire de médecine légale
de l'Université de Montréal

Membre de la Société des aliénistes de Paris,
de l'Association médico-psychologique américaine
et de la Société de médecine légale de New York

Si les Métis sont sérieux, plus vite on les écrasera, mieux ce sera. Ils sont comme les Indiens : quand ils se rassemblent et s'agitent, il est difficile de les maîtriser, mais s'ils sont pris par surprise, il est facile d'arrêter le chef.

Edgar Dewdney, commissionnaire indien

Stewart avait l'intention de réunir tous les éléments de preuve contre Riel et par tous les moyens. En effet, disait le chef [de la police de Hamilton] avec un sourire malin, « je suppose que l'idée est de le pendre ».

Winnipeg Sun, 29 juin 1885

Ah ! au diable la lettre, je ne me rends pas ! Vous pouvez dire à M. Middleton que j'ai 90 cartouches à lui brûler sous le nez, qu'il ne me prendra pas vivant.

Gabriel Dumont, leader métis,
répondant à la lettre de reddition
du général Middleton
La Patrie, 16 avril 1888

PROLOGUE

Hôpital Saint-Jean-de-Dieu

Dr Georges Villeneuve, Surintendant médical
Dr F.-E. Devlin, Assistant

BUREAU
Téléphone : Est 2939

HÔPITAL SAINT-JEAN-DE-DIEU
Adresse postale : Tiroir 1147 B. P., Montréal

HEURES DE BUREAU
De 1 h à 3 h p.m., tous les jours excepté le
Samedi, le Dimanche et les jours de fête

Gamelin, 28 novembre 1910

M. Trefflé Berthiaume

Honorable Monsieur,

Vingt-cinq ans. Vingt-cinq ans déjà. En principe, chacun pouvait croire que justice avait été
rendue. Ce jour-là, le 28 novembre 1885, votre
journal rapportait que huit Indiens avaient été
pendus la veille à Battleford. Riel avait marché

sur le gibet dix jours avant à Regina en déclenchant un tollé chez nous. Un quart de siècle plus
tard, *La Presse*, remettant les projecteurs sur
l'événement, en appelle au devoir de mémoire
comme vous le faites en sollicitant la mienne.

Devais-je me réjouir en cette journée du
28 novembre 1885 ? La lecture des actes du procès, le refus du gouvernement fédéral d'offrir
une défense équitable aux accusés, le mauvais
traducteur mis à la disposition du leader métis,
le soi-disant juge, la piètre préparation des aliénistes appelés à la barre remettaient en question
ma participation à la campagne du Nord-Ouest.
Comme la plupart de mes compatriotes, j'admi-
rais Riel autant que le Canada anglais le dé-
testait.

Dans l'autre cause, celle des Indiens cris alliés
de Riel, nous avions assisté à un simulacre de
justice. Aucun des inculpés n'avait bénéficié
d'un avocat. Sur certains chefs d'accusation, les
preuves étaient si ténues qu'elles en étaient in-
décentes. D'entendre les bourreaux orangistes se
vanter d'avoir commis la plus grande pendaison
de masse au Canada, depuis celle des Patriotes
en 1839, me laissait un goût amer. Huit Indiens
se balançant l'un à côté de l'autre sur une longue
potence. Cette image ravivait le paradoxe déchi-
rant de cette campagne militaire. Et que dire de la
pendaison de Riel pour haute trahison en vertu
d'une loi passée en 1352 par Édouard III ? J'étais
fils de patriotes et Canadien français et ces Métis
avaient du sang indien et français. Riel avait eu
les mêmes professeurs que moi au Collège de
Montréal.

Ce chapitre noir de l'histoire canadienne, le
désir d'exterminer les Indiens avec une justice
qui servait d'écran à une vengeance politique,

aura déterminé mon choix d'embrasser le droit et la médecine légale des aliénés, et c'est pourquoi je me ferai le devoir de dire ce que j'ai vécu de l'intérieur.

À l'époque de la rébellion indienne, votre journal a publié certains de mes articles. L'éditeur Beauchemin les a par la suite réunis sous le titre *L'Ouest à feu et à sang*. Les magnifiques illustrations d'Henri Julien ont certes contribué au succès de ces épisodes. En relisant aujourd'hui ces textes pleins de gaucheries, j'y vois ma jeunesse, l'aventure palpitante d'un enfant de Montréal et je ressens un sentiment paradoxal.

Puisque les vacances m'appellent dans le calme déroutant de Pointe-au-Pic, loin du tohubohu asilaire, j'accepte votre proposition d'écrire un long feuilleton. Connaissant le patriotisme de votre journal envers le Canada français, je sais que vous n'opposerez pas d'entraves à mon travail, du moins dans son aspect éditorial.

J'ai retrouvé, dans mes archives, mon journal de bord et la déposition de l'interprète métis dont je vous avais parlé ainsi qu'une précieuse lettre de sa main. Pour le reste, je veux bien, dans la mesure de ma mémoire, écrire le récit de ces jours sombres.

Pour le contrat, je laisse à mon avocat le soin de négocier les clauses. Sachez néanmoins que le feuilleton s'intitulera *Le Sang des prairies*.

Veuillez agréer mes sentiments distingués.

Dr Georges Villeneuve
Surintendant de l'asile
Saint-Jean-de-Dieu

PREMIÈRE PARTIE

Aussi longtemps que le soleil brillera et que l'eau coulera

Et considérant que les dits Indiens ont été notifiés et informés par les dits commissaires de Sa Majesté que c'est le désir de Sa Majesté d'ouvrir à la colonisation, à l'immigration et à telles autres fins que Sa Majesté pourra trouver convenables, une étendue de pays, bornée et décrite, tel que ci-après mentionné, et d'obtenir à cet égard le consentement de ses sujets Indiens habitant le dit pays, et de faire un Traité et de s'arranger avec eux, de manière que la paix et la bonne harmonie puissent exister entre eux et Sa Majesté, et qu'ils puissent connaître et savoir avec certitude quels octrois ils peuvent espérer et recevoir de la générosité et de la bienveillance de Sa Majesté [...] Pour Sa Majesté la Reine et Ses Successeurs avoir et posséder la dite étendue de pays à toujours [...]

Traité N° 6, 1876

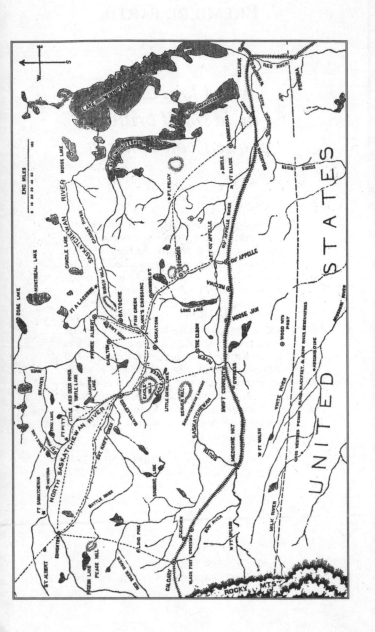

Fort Edmonton, 5 mai 1885

Déposition sous serment de François Lépine, interprète métis, survivant du massacre de Lac-à-la-Grenouille

Interrogateurs : capitaine Georges Villeneuve, lieutenant Bruno Lafontaine et le docteur Paré

Secrétaire : Georges Villeneuve

— Oui, messieurs, je suis prêt à parler. Je m'appelle François Lépine. Je suis un Métis des Territoires du Nord-Ouest. J'ai vingt-quatre ans. Je vis à Batoche. J'avais dix ans quand mes parents ont été déplacés de Rivière-Rouge à la paroisse Saint-Laurent-de-Grandin dans les Territoires du Nord-Ouest après l'insurrection de 1869. Des centaines de familles de Métis fuyaient les persécutions orangistes…

— Monsieur Lépine, pourriez-vous aller à l'essentiel ?

— Capitaine Villeneuve, je sais que ce n'est pas une plaidoirie, vous voulez que j'en arrive aux faits. Mais ils ne valent rien sans le contexte. Si vous tenez à comprendre ce qui s'est passé à Lac-à-la-Grenouille, il me faut remonter dans le temps. L'hiver 1816 avait été dur. Nos familles étaient affamées. Les nouveaux colons que Lord Selkirk avait fait venir d'Écosse nous étaient hostiles. Nous nous disputions les terrains le long de la rivière Rouge et de la rivière Assiniboine. Le gouverneur d'Assiniboia avait interdit par proclamation l'exportation de pemmican de Fort Douglas, une décision qui nous contraignait à la disparition.

— Qu'est-ce que le pemmican ? demandai-je.

— Vous ne savez pas, capitaine ? C'est de la viande de bison séchée que l'on mélange à du gras et à des petits fruits. Sans pemmican, mes ancêtres allaient tous périr. Les Métis, avec à leur tête Cuthbert Grant et le père de Louis Riel, se sont approchés de Fort Douglas. Le gouverneur Semple a dépêché vingt-quatre soldats pour les arrêter. Une fusillade a éclaté. Semple a été tué avec vingt de ses hommes. Un seul Métis est tombé au combat. C'est ainsi, à la pointe du fusil, qu'il fallait revendiquer nos droits. Notre hymne national est tiré de la bataille des Sept-Chênes. Louis Riel avait un père tout aussi engagé dans la défense des droits des Métis.

» J'ai vécu depuis dans la paroisse de Saint-Laurent, près de Batoche. Après avoir été dans le commerce des pelleteries, puis fréteur, je suis maintenant interprète au Bureau des Affaires indiennes. Je parle plusieurs dialectes indiens. Je travaille à Frog Lake, Lac-à-la-Grenouille pour les Français, une réserve située dans le district de la Saskatchewan.

» J'étais l'un des otages de Gros-Ours et je me suis évadé par miracle après la prise de Fort Pitt. Même si je suis un sang-mêlé, j'ai craint pour ma vie. Gros-Ours n'avait plus d'emprise sur ses jeunes guerriers qui avaient érigé leur loge et formé un conseil de guerre. Pour eux, un traducteur au service des Affaires indiennes n'est ni plus ni moins qu'un traître à la solde du gouvernement et de la Compagnie de la Baie d'Hudson.

» J'ai été en partie témoin de ce qui s'est déroulé à Lac-à-la-Grenouille. C'est ce qui vous intéresse, ainsi que le sort des prisonniers. Ce que je n'ai pas vu, je l'ai appris par ouï-dire des otages. Nous avions tellement de temps à passer que nous évoquions la tragédie sous tous les angles possibles pour déterminer les responsabilités de chacun. Je présume que tout cela vous intéresse.

— Et qu'est-ce qui est arrivé justement ? Nous devons partir dans les prochaines heures pour Lac-à-la-Grenouille, vous devez accélérer votre déposition.

— Capitaine Villeneuve, mon témoignage est à prendre comme il vient. Je sais que vous voulez procéder à l'arrestation de Gros-Ours et à la libération des otages, mais je dois encore revenir un peu en arrière avant de vous livrer les détails du massacre. Je veux bien m'en tenir aux faits, mais, encore une fois, ils ne valent rien si on n'a pas une vue d'ensemble de la situation qui prévaut dans le nouveau système des réserves. Vous saurez à quoi vous en tenir quand vous pointerez vos carabines sur un Indien ou un Métis. Vous déchargerez en toute connaissance de cause, messieurs du 65e bataillon.

1. L'appel du Nord-Ouest

Dans la nuit du 27 mars 1885, trois coups francs sur la porte d'entrée changèrent les plans que j'avais en tête à cette époque. Ma sœur Hortense, mes frères Alphonse, Joseph-Édouard et moi couchions à l'étage ainsi que mes parents. Je dormais dur. J'ouvris péniblement les yeux. Se faire réveiller à cette heure n'annonce rien de bon en général. On ne vous sort jamais du lit sans raison. J'allumai la chandelle. Le givre à la fenêtre réfractait la lumière des réverbères de la rue Saint-Denis. Mes frères émergèrent de sous les draps, barbus aux cheveux hirsutes, engourdis comme des ours dans leur tanière au printemps. Leurs ombres géantes sur les murs et le plafond se croisèrent dans un concert de bâillements.

— Qui peut bien frapper à cette heure ? râla Alphonse.

— C'est le fantôme de Rose Latulipe qui vient nous rendre visite, répliqua Joseph-Édouard, qui portait le même nom que mon père.

Je m'extirpai de mon lit, transi, les paupières appesanties. J'enfilai en vitesse mes pantoufles. L'hiver mordait comme la gueule d'un chien fou. La maison craquait de partout, le vent faisait trembler les vitres. Les portes s'ouvrirent une à une, laissant voir des visages inquiets. Ma sœur Hortense, dans sa jaquette rose, me regarda, songeuse, puis mes parents effrayés par ces visiteurs de la nuit me toisèrent, interloqués.

On cogna avec encore plus d'insistance.

— Cou'don, qui ça peut bien être? s'inquiéta mon père, d'une voix grêle que la maladie affaiblissait chaque jour un peu plus.

Ses quintes de toux incessantes faisaient mal à entendre. Il se détourna pour nous cacher la vue du sang sur son mouchoir.

Deux autres coups de heurtoir ne laissèrent aucun doute sur l'urgence qui amenait nos visiteurs nocturnes.

— Oui, un instant! criai-je.

Je dévalai les marches deux par deux avec mes frères et mon père qui traînait de la patte, le souffle court et sifflant. Ma mère et Hortense, apeurées, se postèrent derrière la rampe en haut de l'escalier.

Dans la fenêtre embuée se dessinait la carrure de deux gaillards. J'ouvris. Dans la porte entrebâillée, je reconnus le vieil adjudant-général adjoint du sixième district militaire, Antoine Chartier de Lotbinière-Harwood, et son aide de camp, Placide Charlebois. Ils avaient froid, la fumée sortait de leur bouche. Ils nous saluèrent. Harwood tenait un ordre de mobilisation dans sa main droite.

— J'ai une sommation pour le lieutenant Georges Villeneuve et le sous-lieutenant Alphonse Villeneuve.

L'air frais s'infiltrait dans le vestibule et maman, inquiète pour les bronches de papa, lança du haut de son perchoir:

— Ne restez pas là, entrez vite. On gèle.

Pendant que les deux hommes s'engouffraient à l'intérieur, Joseph-Édouard allumait la grande lampe à huile, qui éclaira soudain la pièce. L'officier profita de la lumière et plaça la sommation à deux pouces de ses yeux.

— Le lieutenant-colonel en chef Aldric Ouimet, commandant du 65e bataillon de Montréal, a reçu de l'adjudant-général, Sir Garnet Wolseley, le télégramme suivant en provenance d'Ottawa : « Le lieutenant Joseph Antoine Georges Villeneuve et le second lieutenant Joseph Alphonse Villeneuve sont appelés sous les drapeaux pour service immédiat. » Nous convoquons tous les officiers pour une réunion immédiate au marché Bonsecours.

— Tout un réveil ! grogna Alphonse.

Une semaine plus tôt, dans les Territoires du Nord-Ouest, Riel, Dumont et les Métis avaient dévalisé des dépôts de munitions. Un télégramme reçu par les grands quotidiens du pays rapportait qu'un affrontement meurtrier avait eu lieu la veille à Lac-aux-Canards. Tout en essuyant ses lunettes embuées sur la manche de sa canadienne, l'adjudant-général adjoint Harwood résuma la situation :

— Dumont et Riel se sont battus hier contre un groupe de colons et des agents de la Police à cheval du Nord-Ouest. Prise sous le feu nourri des Métis, la PCN-O a dû retraiter, mais ses chevaux se sont enlisés dans la neige… Ç'a été un carnage. Crozier a douze morts et onze blessés parmi ses hommes, et cinq Métis auraient été abattus. Les Métis ont volé les armes de Fort Carlton. Ils maintiennent leur position et veulent s'emparer des forts. Des Sioux sympathiques à Riel se sont joints à eux. D'après nos rapports, des tribus cries et assiniboines alliées à Riel menacent aussi l'ordre dans les plaines de l'Ouest canadien. Et d'autres alliances sont à prévoir.

Affichant une mine catastrophée, Harwood nous annonça ensuite que les Métis avaient formé un gouvernement provisoire comme en 1869. La hache de guerre avait été déterrée. Le chef métis Louis Riel et celui que l'on appelait le prince des Prairies, Gabriel Dumont, remettaient en question l'autorité du Dominion dans les Territoires du Nord-Ouest. C'est sur ces mots que Charlebois me tendit un formulaire officiel avant de faire de même avec Alphonse.

— Avant de partir, messieurs, dit Harwood avec de la morgue dans la voix, vous devrez rédiger votre testament. Vous êtes priés de vous présenter à cinq heures précises au marché Bonsecours.

Père, entre deux quintes de toux, invita les militaires à prendre un thé, mais ils refusèrent. Ils devaient poursuivre leur tournée.

Quand ils sortirent, le vent qui s'infiltra dans la maison acheva de me réveiller.

Alphonse me regardait avec un sourire médusé. Il fallait voir la consternation dans les yeux de mes parents, tous deux muets de stupeur. L'anxiété se lisait sur leurs visages ridés, sur le mien aussi, car j'avais d'autres plans en cette semaine sainte où le printemps se laissait désirer. Non seulement j'allais devoir retarder mon entrée à la faculté de médecine, mais je risquais avec Alphonse de périr dans une guerre indienne à deux mille milles de chez moi. J'aurais souhaité que ce fût un mauvais rêve, mais tous mes sens me disaient le contraire. Nous étions appelés sous les drapeaux !

D'un geste vif, mère, qui était descendue nous rejoindre, tout comme Hortense, ranima les tisons dans le poêle à bois, déposa une bûche de bouleau qui étincela au-dessus du fourneau. Dans sa grande nervosité, elle échappa le rond du poêle, mais sans se brûler. Seule Hortense sursauta en poussant un petit cri sec. Je montai en compagnie d'Alphonse jusqu'à notre chambre, la gorge et le cœur serrés. On se regarda sans prononcer un mot. Mon frère Joseph-Édouard était demeuré en bas pour nous laisser seuls, sans doute soulagé de ne pas être dans notre peau.

Je m'étais engagé dans la milice six mois plus tôt afin de payer mes études. Je m'étais inscrit à la nouvelle école d'officiers de Montréal. Mon examen d'admission à la faculté de médecine était prévu en juin. Avec plus de quinze matières à étudier, j'avais déjà pris de l'avance. Je passais des heures à le préparer. Sur ma table de travail s'empilaient les tours du savoir, celles des lumières de l'humanité avec qui j'avais rendez-vous.

À la lumière de la chandelle, je ramassai mes vêtements dans la penderie, m'habillai en vitesse, toujours aussi incrédule mais bien éveillé, puis griffonnai un testament dans lequel je léguais à Alphonse tous les livres que je m'étais procurés en prévision de mon examen, mon microscope, ma montre à gousset, et la solde de la milice irait à mes parents. En relisant mes dernières volontés, je comprenais que j'allais risquer ma vie. Les mots « guerre » et « testament » donnent le vertige, ils n'augurent rien de bon dans la tête d'un homme au printemps de l'âge. À vingt-deux ans, pas encore établi, mes avoirs se comptaient sur les doigts de la main. Puis je tournai la feuille de côté. À la question « Désirez-vous des funérailles militaires? », je restai perplexe et, après une longue hésitation, répondis oui. Mes parents voudraient que leur fils soit honoré en grande pompe.

Je trempai une dernière fois ma plume dans l'encrier pour signer le formulaire et me tournai vers Alphonse. Assis à sa table de travail, il avait soufflé en même temps que moi sur l'encre fraîche de son document.

— Je te laisse ma médaille du prince de Galles et tous mes livres, lui dis-je d'un ton que je trouvai aussitôt trop solennel.

— Bien moi, comme je n'ai pas eu de premiers prix au Collège, je te donne mes livres de comptabilité, ironisa-t-il. C'est moins excitant que Shakespeare et César, mais tu pourras toujours les revendre… ou apprendre à faire un budget.

J'éclatai de rire et cela me fit beaucoup de bien dans les circonstances.

J'étais proche d'Alphonse, mon cadet. Il était à la fois mon frère et le compagnon de ma tendre enfance. Un peu moins de deux années nous séparaient. Nous avions fait nos études ensemble au Collège de Montréal. Il avait rejoint le 65e bataillon en mars de l'année précédente. Ce conflit se dessinait à un mauvais moment, car notre milice était en totale réorganisation. D'une voix frêle, maman nous appela.

— Le déjeuner est bientôt prêt !

L'odeur des œufs, du bacon et des fèves au lard titillait déjà depuis quelques instants nos narines.

Papa était assis dans la chaise berçante, la mine sévère et les traits tirés. Maman avait déposé une couverture sur ses genoux. Malgré le fait qu'on était au beau milieu de la nuit, mère avait tenu à nous préparer le petit-déjeuner. Le corps ployé devant ses fourneaux, elle tournait les tranches de bacon, touillait les fèves au lard. Elle vivait de durs moments. Notre père souffrait d'une maladie incurable et la perspective de rester seule et sans ressources la tourmentait. Et voilà qu'on lui enlevait ses deux fils les plus âgés. Pour ma part, je sentais beaucoup de pression et la nécessité d'amorcer mes études en médecine pour subvenir au plus vite aux besoins de la famille.

— Ne vous inquiétez pas, sa mère, les Métis seront contents de nous voir, argua Alphonse.

Prostrés devant nos assiettes, nous nous forçâmes à manger. La peur plus que la faim nous taraudait l'estomac. Entre deux mots d'encouragement, le père se mit soudain à tousser. Ça ne finissait plus, au point que la conversation fut interrompue. C'était insupportable d'entendre la phtisie ronger ses bronches. Il ne voulait pas qu'on le plaigne, qu'on s'occupe de lui. Il se détourna une fois de plus pour éponger le sang avec son mouchoir. Le fier douanier retraité du port de Montréal n'était plus que l'ombre de lui-même.

— Continuez de jaser, finit-il par murmurer. Occupez-vous pas de moé.

— Allez vous recoucher, son père, dis-je, vous avez besoin de repos. Et inquiétez-vous pas, tout va bien aller pour Alphonse et moi.

Il se leva pour retourner à sa chambre. Arrivé en haut des marches, je le vis sortir à nouveau son mouchoir. J'aurais tout donné pour le guérir de cette terrible maladie.

Dix minutes plus tard, après avoir revêtu mon manteau et mis mes bottes, je rassurai ma mère. Mais ce fut peine perdue. Son visage était un nid d'angoisse.

2. Branle-bas au marché Bonsecours

Habitant la vieille cité de Montréal, Alphonse et moi marchâmes en silence vers notre quartier général. Comme notre local de la rue Craig tombait en ruine, nous avions entreposé tout l'équipement restant au marché Bonsecours.

Les visages chiffonnés de sommeil et les corps lourds de fatigue, nous prenions conscience de ce qui nous attendait. Le halo lumineux des becs de gaz perçait la nuit d'hiver d'une faible lueur. La croûte de glace sur les pavés crissait sous nos pas qui résonnaient dans la rue Saint-Denis. Une neige fine tombait, piquait de flocons étoilés nos canadiennes foncées. Le Champ-de-Mars se drapait d'un blanc immaculé. Derrière nous, la ville dormait encore sous sa couche de misère. Une épidémie de variole venait de frapper la population. Nous y pensions sans arrêt. Personne ne souhaitait être défiguré par cette affreuse bactérie. *The Gazette* et *The Herald* affirmaient que la terrible maladie était causée par la malpropreté des francophones. C'était méconnaître les origines de cette contagion. J'avais écrit au *Herald* une lettre qui ne fut jamais publiée. Des manifestations avaient eu lieu pour exiger une rétractation, mais *The Herald* en avait remis, ce qui avait accru les heurts entre francophones et anglophones.

L'ascension de la butte menant à la rue Notre-Dame me parut à la hauteur du tournis qui m'accablait à cet instant. L'air du fleuve chargé d'humidité cisaillait la peau et les os. En contrebas, la chapelle Notre-Dame-de-Bon-Secours coupait l'horizon, et appela en moi une prière pour un règlement pacifique du conflit et le salut de mon âme. Au bas de la pente, à droite, brillait sous une lune pâle la coupole argentée du marché Bonsecours. Alphonse et moi aperçûmes soudain les appelés qui affluaient dans la rue Saint-Paul par les rues transversales.

La salle du marché avait été bien chauffée. Les miliciens frottaient leurs yeux fatigués par cette nuit écourtée, lançaient des blagues pour alléger l'atmosphère. Mais la résignation et l'anxiété se lisaient sur plusieurs visages. Aucun d'entre eux ne rentrerait au travail dans les prochains jours, voire dans les mois à venir. Des hommes de toute appartenance sociale formaient notre bataillon: journaliers, avocats, notaires, infirmiers, médecins, juge… Chacun voyait sa vie suspendue pour une période de temps indéterminée.

Deux carabins s'approchèrent. Je reconnus en l'un d'eux mon ami le lieutenant Bruno Lafontaine, qui passa sa main dans mes cheveux.

— Avec une telle épaisseur, ça va faire un bon scalp!

Nous rîmes tous de bon cœur à cette remarque alors que j'apercevais le commandant Aldric Ouimet qui s'avançait vers nous. J'indiquai sa venue à Lafontaine d'un signe discret de la tête.

— On ne peut pas en dire autant du commandant, murmurai-je. Voilà un cuir chevelu qui ressemble à un champ de bataille.

— Il y aura bientôt reddition sur ce front-là, ajouta-t-il tout aussi discrètement en me serrant la main.

Laf, comme on l'appelait, était mon vieux copain du collège. Ce jeune policier de la Sûreté municipale de Montréal était un dangereux cabotin, le boute-en-train de ma compagnie. Grand de taille, il avait les cheveux châtains, séparés au milieu de la tête par une longue raie. Il entretenait avec soin une fine moustache en guéridon et un bouc. Ses yeux verts semblaient toujours enjoués malgré le métier difficile qu'il pratiquait. Il portait son uniforme d'agent de la Sûreté. Cela me faisait un bien immense de le voir.

— Ça va ? lui demandai-je après qu'il eut serré la main d'Alphonse et présenté son acolyte, le sergent Lupien.

— Autant que peut aller un gars qui finissait son quart de nuit au poste de police, qui venait de mettre le point final à un rapport pour le procureur général et qui avait rendez-vous avec son lit chaud jusqu'à deux heures de l'après-midi. Vous êtes au courant de…

— Content de vous voir, messieurs ! Vous avez bonne mine, le coupa avec toute la prestance qu'on lui connaissait Aldric Ouimet.

Nous nous mîmes au garde-à-vous pour saluer notre réputé commandant. À dix-sept ans, cet homme aux larges épaules était diplômé de l'école d'infanterie de Québec et il était devenu le premier lieutenant des Chasseurs canadiens. Il avait été un ardent défenseur de Louis Riel lors de la première crise des Métis. Portant une épaisse moustache, il peignait son toupet vers la gauche pour diminuer la calvitie sur son front déjà bien large. Il nous fixa à tour de rôle de ses yeux sombres sous une arcade sourcilière sévère.

— L'heure est grave, messieurs, et je vous demande de faire le plus rapidement possible l'inventaire de l'équipement.

— À vos ordres, mon commandant, dis-je en saluant de façon réglementaire.

Il me remit une liste des miliciens inscrits, que j'avais hâte de consulter.

— Merci, commandant.

Je demandai à Alphonse de rassembler des hommes pour établir la liste de nos ressources pendant que je consultais celle des membres du bataillon.

Je sentis sur ma gauche le souffle de Lafontaine qui s'était approché pour lire lui aussi la liste. Il posa une main sur mon épaule.

— Cher Georges, qu'allons-nous devenir ? Qui aurait cru que la guerre, et non une belle de Montréal, ravirait nos cœurs ce printemps ? La vie est cruelle… C'est féminin, la vie, tu ne trouves pas ?

— Laf, j'ai pas la tête à philosopher ce matin sur le genre des noms.

— C'est ça, on rafle tous les premiers prix en philo 1 et 2 et on largue la philo quand le moment est venu de philosopher.

— J'ai un travail urgent à faire, Laf.

— Après la variole, la guerre. Après la déportation, la conquête. Après la rébellion, la pendaison…

Je levai les yeux de la liste pour le regarder, me demandant que répondre à son défaitisme, quand le lieutenant Rivard, qui faisait partie de ma compagnie, s'approcha pour me serrer la main.

— Ça va, Georges ?

— C'est dur de répondre à ça ce matin.

Autant j'étais à l'aise avec Laf, autant Rivard me gênait. Nous n'avions pas grand-chose à nous dire, mais nous nous respections. Rivard était un introverti qui avait été tiraillé par l'idée d'entrer au séminaire. Il était clerc dans un bureau de notaires. Il était petit mais trapu, avec des mains grosses et fortes comme des poêles en fonte. Ambitieux, il souhaitait diriger la compagnie et, tout comme au collège, notre rivalité causait des tensions.

Voyant que je n'ajoutais rien et que Lafontaine feignait d'être absorbé par sa lecture de la liste des membres, Rivard n'insista pas et continua son chemin pour se diriger vers le commandant Ouimet, qui tenait une conversation animée avec le docteur Lachapelle et le juge Desnoyers. Le ton était passablement élevé.

— Bonjour, Georges.

Je tournai la tête. C'était le docteur Paré qui passait en coup de vent. Je lui fis un signe de la main et reportai mon attention sur la liste des noms inscrits dans chaque compagnie. Il fallait trois cent cinquante soldats pour former un bataillon et nous avions à peine la moitié de cet effectif. L'état déplorable du 65e avait découragé plusieurs miliciens de s'enrôler en raison du retard à remettre sur pied le bataillon.

— Le recrutement va devenir notre premier souci, affirmai-je à Lafontaine.

— Plusieurs de nos hommes ne possèdent aucune expérience de la vie militaire.

— Ils apprendront sur la route l'abc du soldat.

— Et aussi la devise du bataillon, *Nunquam Retrorsum*? demanda le policier.

— « Ne jamais reculer »... Je m'en fais un devoir, mon cher, même si je ne me suis jamais retrouvé devant une bande d'Indiens en colère.

Mais tous connaissaient les exploits passés du 65e.

Une demi-heure plus tard, Alphonse revenait me faire un rapport sommaire. Non seulement nous manquions d'hommes et d'entraînement, mais le reste était à l'avenant! J'enviai nos collègues des Voltigeurs de Québec qui venaient d'emménager dans un tout nouveau manège militaire près du parlement.

Je fis appel à la dizaine de miliciens recrutés par Alphonse et, avec Laf, nous montâmes au dernier étage du marché Bonsecours, sous les combles. J'ordonnai aux soldats d'ouvrir toutes les malles du bataillon et de procéder à l'inventaire exhaustif de l'équipement.

— Vous regroupez les pommes avec les pommes.

— Où tu vois des fruits, Georges? se moqua Lafontaine.

— À part une poire qui parle sans y être invitée et qui s'attire ainsi des pépins, je n'en vois pas.

— Elle est bonne, celle-là, rétorqua Alphonse en arborant un grand sourire.

Les unes après les autres s'ouvraient les malles empoussiérées puant la naphtaline. Pendant qu'un soldat

024 ─────────────────────────────── JACQUES CÔTÉ

comptait les carabines, son collègue reprenait aussitôt le compte que j'inscrivais ensuite sur mon rapport. Nous avions des armes en assez bonne condition et en quantité suffisante, mais il manquait des casques, des havresacs, des vêtements chauds, des bottes, des gamelles… Je demandai aux miliciens de mettre à part l'équipement trop usé, les vêtements élimés et les bottes aux semelles grugées par l'usure. Un monticule de tissu se forma rapidement.

Pendant que tous s'activaient, je m'installai par terre près de la coupole afin de finaliser mon rapport, mais mon regard s'échoua sur les quais de la rue de la Commune. Un jour neigeux s'était levé et je voyais la maison des douanes, la *Customs House* où, avec ma famille, j'avais passé quatre années parmi les plus belles de ma vie. Le bâtiment était entouré de magnifiques trois-mâts qui repartiraient au printemps, les soutes et les voiles gonflées. Dans la lumière blafarde, on aurait dit une forêt d'arbres sur glace. Sur ces quais, Alphonse et moi avions joué aux cow-boys et aux Indiens avec les fils des autres douaniers. Nous logions tous dans le même édifice. Des huit familles qui vivaient là, nous étions la seule francophone. J'y avais appris l'anglais, et aussi à me défendre.

Je ressentis du vague à l'âme. Il me semblait que c'était hier. Je soupirai en regardant sans les voir les flocons de neige qui fondaient en touchant la vitre aussi vite que les souvenirs évanescents qui surgissaient dans ma tête. Puis une main sur mon épaule m'extirpa de ce songe.

— Vieux romantique, me nargua Lafontaine. Tu penses à Eugénie, à Simone ou à Andréanne ?

J'allais répondre par une boutade quand je remarquai le lieutenant Rivard qui passait près de nous, les bras chargés de carabines. Je pointai le menton dans sa direction.

— Je pense à toutes ces belles Snider Ensfield avec qui nous coucherons dans les prochaines semaines.

Rivard remarqua mon geste et, croyant que je lui adressais la parole, il lança aussitôt :

— Vous avez vu, en bas ? Le docteur Lachapelle et le juge Desnoyers n'ont vraiment pas l'air contents.

— Lachapelle a été un protecteur de Riel durant son exil, l'informa Lafontaine. Il lui envoyait de l'argent pour que ses gens puissent échapper aux orangistes, il l'a même caché à l'asile Saint-Jean-de-Dieu. Quant à Desnoyers, il a aidé Riel à se faire élire député.

— Ils devraient alors se retirer du bataillon, ils n'y ont plus leur place, conclut Rivard avant de redescendre avec les carabines.

Lafontaine me regarda avec scepticisme. Je haussai les épaules : lui comme moi connaissions notre homme, véritable incarnation du Canadien français prêt à tout pour se tailler une place dans les sphères d'influence. Il ne pouvait donc comprendre les tourments moraux qui assaillaient Lachapelle et Desnoyers, deux patriotes. Je me rappelai soudain un concours oratoire qui avait eu lieu au collège et pour lequel Rivard avait choisi comme sujet « Le Canada devrait-il s'angliciser ? », une thèse soutenue plus tard par un évêque d'Irlande venu prononcer une allocution à la basilique de Montréal. Pour ma part, moi qui croyais au français pour le salut de notre peuple, j'avais soutenu la thèse inverse et récolté, comme il se doit, une belle ovation.

Je replongeai dans mon rapport, Lafontaine dans ses propres tâches. Je finis de transcrire les quantités de pièces, d'objets et de matériel que nous avions recensées, la somme de chacun de ces éléments qu'il nous faudrait jeter ou remplacer, puis je retranchai ces résultats de nos besoins pour trois cent cinquante hommes en y ajoutant un pourcentage qui prévoyait les pertes… Finalement, j'arrivai au bout de mes calculs et descendis au rez-de-chaussée pour remettre mes conclusions à Ouimet.

— Même si nous avions nos effectifs complets en hommes, commandant, nous ne pourrions pas partir dans les prochaines heures, car nous sommes dépourvus dans à peu près tous les domaines.

— Vous avez hélas raison, lieutenant. Je vous demande donc de préparer une demande urgente à adresser à Sir Adolphe Caron, le ministre de la milice, pour que nous recevions dans les plus brefs délais ce dont nous avons besoin. Et n'oubliez pas d'inclure quatre chevaux et des revolvers pour tous les officiers. Enfin, on peut toujours espérer.

Je le saluai et j'allai préparer la réquisition à l'intention du ministre Caron.

Peu avant dix heures, tous les officiers furent appelés à une réunion. Le commandant Ouimet s'adressa à nous sur un ton solennel. L'heure était aussi grave que ses sourcils accentués.

— Messieurs, comme vous vous en doutez, le 65e bataillon de Montréal se rendra dans le Nord-Ouest pour mettre fin à la rébellion qui sévit là-bas. Il nous faudra la mater avant qu'elle n'embrase d'autres nations indiennes. La Police à cheval et d'autres bataillons se joindront donc au nôtre…

Pendant que Ouimet poursuivait son discours, Lafontaine et moi échangeâmes un regard. Ce déploiement important n'augurait rien de bon.

— … et pour assurer la mainmise du gouvernement fédéral sur les Territoires du Nord-Ouest, le gouvernement canadien a fait venir le général britannique Frederick Middleton pour diriger l'ensemble des opérations.

Cette nouvelle fut accueillie froidement. Cinquante ans à peine après la défaite des Patriotes, écrasés par les Britanniques, pouvions-nous combattre sous les ordres de Middleton ? Le lieutenant Rivard grommela que les ordres étaient les ordres.

Le major Hughes, qui s'était couvert de gloire en se battant aux côtés des zouaves du pape contre Garibaldi, déroula une carte du Nord-Ouest. Hughes, nommé

récemment major du sixième district militaire, serait
le commandant adjoint du bataillon mais en conservant
son ancien grade. Ouimet s'approcha de la table avec
une baguette et sortit son binocle. Avec cette étrange
lueur dans les yeux, il nous invita autour de la carte. Il
marqua d'un X les différents théâtres d'opérations le
long de la rivière Saskatchewan, où des postes avaient
été attaqués.

— Comme vous pouvez le constater, la situation
est alarmante. On dénombre déjà plusieurs morts. Se
rendre sur le site des opérations ne sera pas chose
facile. Le foyer de la révolte est vaste. Il est situé à
trois cents milles au nord du chemin de fer du Canadien
Pacifique et s'étire de Prince Albert à Edmonton. Établir
un réseau de communication sera difficile. À Riel et aux
Métis se sont joints les Cris de Big Bear, les Stoneys,
plusieurs Sauteux et les Cris de Faiseur-d'Enclos. La
population du village de Battleford, terrorisée par les
Sauvages, se terre depuis plusieurs jours dans le fort.

Hughes montra ensuite les tronçons ferroviaires qui
n'avaient toujours pas été complétés.

— Vous devrez marcher, marcher longtemps, pour
rejoindre les différents points de jonction.

La carte qu'il nous présentait nous laissa pantois.
Le chemin de fer, qui était une pomme de discorde
entre les Indiens et Ottawa, était en cours de construction. Il s'étendait pour le moment du Québec jusqu'à
l'ouest de l'Ontario. Il faudrait ensuite marcher avant
de reprendre un tronçon jusqu'à Winnipeg et Fort
Qu'Appelle.

Une main se leva à côté de moi.

— Lieutenant Lafontaine ?

— Pouvez-vous nous dire, commandant, quelle est
notre destination ?

— Pour l'instant, il semble assuré que le 65e ira à
Batoche pour freiner la rébellion des Métis. Le premier
ministre Macdonald a autorisé la mise sur pied d'un

corps expéditionnaire. Déjà des milices ont été levées en Ontario. Elles seront sur le théâtre des opérations bien avant nous.

Pendant les dix minutes qui suivirent, nous déterminâmes les différentes étapes de notre voyage, et les haltes qu'il nous faudrait effectuer avant d'atteindre notre destination finale. Je remarquai, pendant la discussion, que Ouimet grimaçait discrètement, comme s'il était souffrant. Puis Hughes fit état des forces en présence du côté des Indiens et de celles que le gouvernement allait lui opposer et je lui accordai mon entière attention.

La réunion terminée, ordre fut donné de faire marcher les hommes au pas à l'intérieur de la salle.

Le reste de l'avant-midi passa à la vitesse de l'éclair. Il fallait voir ces oies pataudes incapables de tenir le rythme. Puis, la nouvelle s'étant répandue que le 65e bataillon manœuvrait, des journalistes prirent d'assaut la caserne à l'heure du midi.

Nous pûmes finalement organiser un premier rassemblement en après-midi. Il était agréable de mettre le nez dehors. J'avais la gorge comme un croûton sec à force de respirer de la poussière.

Une surprise nous attendait dès la rue Saint-Paul: une foule compacte et bruyante nous acclama. L'enthousiasme des badauds était contagieux et l'ambiance chaleureuse de cet accueil raviva notre humeur. Mais, pour tout dire, nous n'avions pas trop fière allure: plusieurs soldats portaient encore leurs vêtements civils et les autres dégageaient des odeurs de naphtaline. C'était, disons-le, bigarré et pour le moins burlesque !

Alphonse et moi reçûmes les instructions de nos supérieurs. À mon commandement, ma compagnie se mit en formation. Il fallait voir l'air maussade de Rivard. Ouimet donna enfin l'ordre de former le bataillon.

Le commandant passa les troupes en revue. Je restai droit comme un pic alors qu'il déambulait devant moi. Quelques minutes plus tard, trois cents soldats du Victoria Rifles, soutenus par l'harmonie de Montréal, venaient saluer notre engagement d'un pas martial et très *british*. Les roulements de tambours, les cuivres, les cornemuses et les cris de la foule avaient tout pour nous plonger dans le tumulte qui précède la guerre.

La parade démarra avec la fanfare de la cité en tête. Avec entrain mais sans synchronisme, notre bataillon parcourut les rues Saint-Denis, Dorchester et Saint-Hubert. Le soleil, qui s'était enfin montré, faisait reluire les cuivres qui pétaradaient des airs militaires – rien de tel pour recruter de nouveaux soldats ! Le comptage du matin indiquait que nous étions deux cent soixante-neuf, il nous fallait garnir les rangs rapidement !

Lafontaine, qui marchait près de moi, tout comme Rivard et Lupien, me désigna la foule du menton.

— Regarde-les nous admirer avec fierté et se dire qu'ils n'aimeraient pas être à notre place…

— T'as rien à dire de plus gai ? maugréa Rivard.

— Avec la volée que vient d'infliger Riel à Crozier, je suis réaliste.

— Je serais porté à faire le même raisonnement, argua Lupien d'une voix tonnante.

Le sergent Lulu, comme on l'appelait, me plaisait bien. Il parlait fort, comme jappent les gros chiens. Bourru mais sympathique, il avait une grosse tête et les cheveux blonds taillés ras. On avait envie de passer sa main sur cette brosse. Bâti comme un cheval de trait, j'étais heureux de le savoir dans notre compagnie.

À notre retour au marché Bonsecours, le commandant Ouimet prit la parole pour nous remercier d'avoir répondu à l'appel. Tout de suite après, le major Hughes s'avança vers la tribune. L'instant était solennel et patriotique.

— Le choix que le gouvernement vient de faire en vous appelant sous les armes, vous du 65e bataillon, premier des braves bataillons de la ville de Montréal, démontre que vous êtes considérés comme étant dignes de figurer au premier rang parmi les zélés défenseurs de la patrie. Ce choix vous fait honneur et vous devez en être fiers. Vous êtes les descendants d'une noble race, d'une race fière et brave. Si vous allez au Nord-Ouest, souvenez-vous que vous serez là les représentants canadiens-français de la belle ville de Montréal. Vos parents et amis vous suivront de la pensée dans vos exploits, là-bas, et s'attendront à des actes d'héroïsme de votre part ; ils s'attendront surtout à ce que vous reveniez victorieux et couverts de lauriers. Pour cela, il faudra, soldats, du dévouement, de la résignation, de la patience à toute épreuve et du respect vis-à-vis de vos officiers.

La voix de Hughes se réverbérait après chaque pause. Cet écho ajoutait aux clameurs de la foule à l'extérieur.

— Soldats, vous avez été appelés au service actif. Conséquemment, vous êtes désormais sous l'effet des *Queen's Regulations* et de la loi martiale, en vertu desquelles vous serez passibles des peines les plus sévères si vous manquez aux règles de la discipline.

» N'oubliez pas que, sans une bonne discipline, pas d'armée possible ; qu'une bonne discipline veut dire une obéissance parfaite en tout point aux ordres reçus de vos officiers. Ainsi, il ne faut jamais discuter les ordres reçus, il faut obéir sans raisonner, sans murmurer, sans discuter. Vous avez à votre tête de bons et de braves officiers qui vous donneront l'exemple en tout et partout. Le grand Lamartine a dit : "Une armée qui discute est comme une main qui voudrait penser".

» Vous partirez prochainement pour le Nord-Ouest afin d'y rencontrer l'ennemi. Je suis convaincu que, en toutes circonstances, vous saurez demeurer les dignes représentants du Canada français et que vous clamerez toujours avec empressement et avec toute la force de vos poumons : "*Nunquam Retrorsum !*" »

Le bataillon fit une ovation au major Hughes avant de regagner ses quartiers. En route vers le QG, Laf, qui pensait à « l'ennemi » dont avait parlé Hughes, me résuma un article du *Witness* qu'il avait lu la veille et qui affirmait que la révolte de l'Ouest était causée par le clergé catholique francophone.

— Établir ce lien est facile, dis-je. Louis Riel et Gabriel Dumont sont des Métis catholiques francophones, deux guerriers redoutables qui sont en plus respectés par les peuples indiens.

— La suspicion des élites anglophones et leur mépris à notre endroit ont entraîné un tollé dans la population francophone.

— Il faut être immonde pour écrire de pareilles choses sur le compte des Métis, affirmai-je.

— Et sur nous aussi, ajouta Lupien de sa grosse voix.

— C'est connu qu'il faut mentir pour vendre les guerres, philosopha Lafontaine.

Un rire bref s'éleva soudain derrière nous. Je tournai la tête pour apercevoir Rivard.

— Vous risquez la cour martiale si vous continuez de saper le moral des troupes, ironisa-t-il en nous dépassant.

3. On ne parle plus
   que des Métis

Après notre longue parade dans les rues de Montréal, je pus enfin m'asseoir au chaud derrière un bureau pour recevoir les recrues. Notre exercice avait porté des fruits. Il fallait voir ces novices sérieux comme des papes se présenter à nous, tous prêts à sauver le Canada. Je les accueillais, tâtais davantage leur ardeur à s'enrôler que leurs muscles. Après l'examen médical, je leur remettais leurs papiers d'enrôlement. Une fois les recrues pesées et mesurées, Lafontaine leur distribuait les derniers uniformes disponibles en disant: « Tenez, messieurs, quand vous aurez ça sur le dos, vos femmes seront jalouses. »

Entre deux candidats, je faisais comme beaucoup de citoyens de Montréal et plongeais mon nez dans un journal. Dans leur seconde édition, les quotidiens ne parlaient que de Riel, de la crise du Nord-Ouest et du 65e bataillon. Des télégrammes de la Police à cheval du Nord-Ouest donnaient des informations d'heure en heure. Les journalistes rappelaient l'historique du conflit: les Métis fomentaient des troubles depuis des mois, ils avaient décrété un gouvernement provisoire, ils avaient pris d'assaut plusieurs armureries, s'étaient armés lourdement, avaient créé des alliances avec les Indiens, etc.

Nous avions davantage de détails sur la récente victoire des Métis. Deux jours plus tôt, une altercation s'était produite à Lac-aux-Canards entre les Métis et la PCN-O, menée par le surintendant Leif « Paddy » Crozier. Le lendemain, les Métis attendaient les hommes de Crozier en embuscade. Il avait reçu l'ordre de monter à l'assaut. Riel avait demandé à Dumont de négocier. Un négociateur métis, un vieil homme à demi aveugle, s'était avancé vers Crozier en agitant un linge blanc. Mais le vieux avait été abattu par un agent de la PCN-O et les Métis en colère avaient ouvert le feu. Dumont et Riel connaissaient le terrain – principalement des glacis et des ravins –, car ils y avaient mené une guérilla redoutable.

Pendant la fusillade, des observateurs indiquèrent que Riel était resté sur son cheval en brandissant un crucifix. Reconnus comme d'excellents tireurs, les Métis avaient abattu vingt-cinq membres de la force de Crozier. La PCN-O avait dû rapidement battre en retraite. Les Métis n'avaient pas profité de cette situation pour faire plus de victimes. Et même si Crozier bénéficiait d'un canon, les Métis n'avaient eu dans leurs rangs que cinq morts et trois blessés, car la machine de guerre avait été mise hors d'usage par les propres artificiers de la PCN-O qui, dans l'énervement, avaient inséré le boulet avant la poudre à canon... C'est dire à quel point ils avaient eu la frousse.

Pour les Métis, cette victoire évoquait la bataille des Sept-Chênes et plusieurs journalistes en profitaient pour rappeler que Riel avait fait ses études au Collège de Montréal et que certains de nos miliciens s'étaient même liés d'amitié avec lui et qu'il y avait de la dissension dans nos rangs pour cette raison. Mais la prime de cinq mille dollars que l'on avait offerte pour la capture de Riel en 1869 tenait toujours, et les Métis s'opposaient cette fois au nouveau découpage des terres par le gouvernement fédéral pour l'installation de colons et réclamaient des concessions que le gouvernement leur refusait.

La crise était totale.

Plus je réfléchissais au conflit, moins j'arrivais à en dessiner les contours. Comme bien des Canadiens français, j'étais sensible à la cause des Métis. Ils étaient des demi-frères de sang, les fils des pionniers qui avaient épousé des Indiennes. Depuis longtemps, les Métis revendiquaient les Territoires du Nord-Ouest, mais le gouvernement leur opposait une fin de non-recevoir. Je n'avais que cinq ans lors de la rébellion de Rivière-Rouge de 1870, à la suite de laquelle le gouvernement fédéral avait accordé des concessions à Riel, devenu un héros chez les francophones et un traître aux yeux des Anglais. Ces derniers avaient toujours en mémoire le meurtre de Thomas Scott par les Métis et l'heure n'était plus aux revendications métisses ou indiennes. Le gouvernement Macdonald voulait maintenir l'ordre dans les nouvelles réserves et tenait à la colonisation anglophone de l'Ouest et encore plus à la finalisation de son chemin de fer d'un océan à l'autre. Existait-il un symbole physique et politique plus fort qu'un rail pour lier en un seul territoire de la Couronne tout le nord de ce vaste continent? Deux bras de fer pour tenir un pays ensemble.

De mon côté, j'étais perplexe. Le conflit prenait une tournure pour laquelle j'étais mal informé, au point que je souhaitais parler à l'un de mes professeurs qui avait connu Riel. Peut-être pourrait-il m'éclairer sur les enjeux de ce conflit, mais aurais-je le temps de le rencontrer avant notre départ?

Une autre jeune recrue s'amena et m'extirpa de mon dilemme. J'examinai de pied en cap cette frimousse aux joues pleines de taches de rousseur avec des yeux bleus et une chevelure frisée. Il portait une chemise rayée et un nœud papillon. Une tête d'enfant vieillie prématurément sur un corps d'homme, pensai-je. Il me gratifia d'un salut militaire empreint de zèle, rectifia son toupet.

— Mon lieutenant !

Je ne pus m'empêcher de sourire.

— Quel âge as-tu ?

— Dix-sept ans.

— Tu es trop jeune pour t'engager.

— Mais j'ai envie de partir avec le bataillon.

— Tes parents, ils en pensent quoi ?

— Je suis orphelin.

— Qui t'élève ?

— Je suis à l'école d'Industrie, où j'apprends un métier.

Il répondait à mes questions sur un ton militaire.

— Qui t'a fait entrer à cette école ?

Je sentis qu'il hésitait à répondre.

— Tu peux me faire confiance.

— J'ai passé mes premières années à la crèche, puis plusieurs autres à Saint-Jean-de-Dieu, mais j'étais pas fou, mon lieutenant. La preuve, c'est que j'ai été admis à l'école d'Industrie grâce aux bons soins du surintendant. Je suis prêt à me battre contre les Sauvages.

— Comment t'appelles-tu ?

— Jean Hamel.

Je réfléchis un instant. Je ne voulais pas mettre en péril les études de ce garçon. Mais je savais que l'école de réforme n'avait rien d'un lieu idéal et l'enthousiasme du garçon à se joindre à nous était palpable.

— Écoute, je vais envoyer quelqu'un demander au directeur de l'établissement s'il veut donner sa permission pour que tu te joignes au 65e bataillon. S'il accepte, je t'admettrai malgré ton âge.

— C'est pas nécessaire d'envoyer quelqu'un, mon lieutenant, j'ai déjà la permission de mon tuteur.

Il sortit une lettre de sa poche. Il la déplia lentement et me la tendit d'une main décidée.

La lettre portait bel et bien le sceau de l'école d'Industrie. Je le regardai en réfléchissant. Il me fixa dans les yeux.

— Eh bien, Jean Hamel, je te souhaite la bienvenue dans le bataillon dont tu apprendras la devise.

— « Ne jamais reculer », lieutenant. *Nunquitem retisum.*

— *Nun-quam-re-tror-sum.* Ton latin fait un peu défaut, mais…

— J'apprendrai à le dire correctement, mon lieutenant.

Je sentais une vague de fierté monter en lui.

— Sais-tu lire et écrire ?

— Ni lire ni écrire.

— On palliera ce manque. Je vais te demander maintenant d'aller passer l'examen médical et ensuite tu seras prêt pour les exercices.

— Merci, mon lieutenant !

En le voyant s'éloigner tout débordant de joie, je me dis que, plus tard, je l'enverrais aider le cuisinier pour la corvée de patates.

En début de soirée, une foule se massa aux abords du marché Bonsecours. La clameur des badauds se répandait jusqu'à l'intérieur. Vers sept heures, une marée humaine déferla à l'intérieur du marché. Nous étions devenus en moins d'une journée les coqueluches de Montréal. Un soldat lança la Marseillaise et l'hymne fut entonné par le bataillon, ce qui souleva la ferveur dans la foule. Étrange paradoxe : on acclamait le bataillon qui allait combatte Riel, lui aussi acclamé par la même foule. Advenant un affrontement, de quel bord se rangerait-elle ? Je repensai à ces officiers du 65e qui refusaient de se présenter par sympathie pour les Métis. Décidément, l'ambiguïté était le talon d'Achille de la nation canadienne-française, le nœud gordien de notre impuissance.

Enfin, vers neuf heures du soir, le bataillon poursuivit ses exercices. Cette milice en avait bien besoin. Dans l'après-midi, nous avions paradé dans un flamboyant désordre, et là, nous marchions au pas comme

038 ————————————————————— JACQUES CÔTÉ

un métronome imprécis et maniions les armes comme des acteurs de vaudeville ! Il faudrait prouver rapidement que nous étions plus que des miliciens de parade.

◆

Fourbu, les orteils endoloris, je rentrai avec Alphonse à la maison. Ma mère nous attendait avec impatience. L'odeur du ragoût et des betteraves qui fumaient encore sur le vieux poêle aurait eu raison de nos estomacs en temps normal. Mais le temps était à la guerre. L'appétit ne répondait pas comme à l'habitude. J'avais l'esprit en ébullition et contrarié.

Alphonse et moi tentâmes de rassurer père et mère. Papa, qui suivait la politique, avait beaucoup d'admiration pour le commandant Aldric Ouimet. Il indiqua le portrait dessiné de notre commandant sur la première page du journal.

— Ouimet est la clé qui permettra la résolution pacifique de ce conflit, dit-il d'une voix éraillée mais forte. Il est président de la Chambre des communes et c'est un ami du premier ministre Macdonald. Il est tout désigné pour apaiser la colère des Métis. Il ne faut pas oublier, les enfants, même si vous étiez trop jeunes à l'époque, que Ouimet s'était levé en Chambre, après la première crise des Métis, pour demander une amnistie pour le rebelle et qu'il avait voté contre une résolution visant à expulser Riel, alors député élu démocratiquement du Parlement même s'il n'avait pas le droit d'y siéger. Il s'était mis à dos les conservateurs et avait passé pour un traître.

— En passant, Georges a été nommé à la tête de la cinquième compagnie, dit Alphonse.

— Par intérim, Alphonse, ajoutai-je, par intérim.

— Un intérim qui risque d'être permanent ! compléta mon frère en souriant à nos parents.

Il fallait voir leur visage s'enorgueillir.

Je trempai mon quignon de pain dans la sauce du ragoût. Le vinaigre, rougi par les betteraves, me laissa entrevoir dans mon assiette le sang répandu sur les blondes prairies. Pendant que nous mangions, le père en était revenu à ce qui s'était passé en 1870 et aux agissements de Ouimet.

— Pouvez-vous imaginer, les enfants, traiter un homme comme Ouimet de traître? Ça n'a pas de bon sens! s'emporta-t-il.

S'ensuivit une longue quinte de toux sèche.

— Quelle idée de te mettre dans tous tes états! Calme-toi! dit maman en hochant la tête.

— Aussitôt que tu ne penses pas comme les Anglais, t'es un traître, grommela Alphonse, la tête penchée dans son assiette.

— Dis pas ça, Alphonse, implora notre mère.

— En réalité, mère, le chemin de fer et la colonisation de l'Ouest sont plus importants pour les conservateurs que le sort des Métis et des Indiens, ajoutai-je.

— Mais la civilisation est rendue là, mes enfants, argua notre père. Les Indiens doivent être de leur siècle.

Alors que nous continuions à discuter, père fut pris d'une autre violente quinte de toux. Il se leva en tirant de sa poche un mouchoir, qu'il tacha de sang. Il prit la bouilloire sur le poêle et se versa une ponce au citron avec du miel et un peu de gin. Il alla s'asseoir dans sa chaise berçante afin de continuer la lecture de son journal et de tout ce qui s'y disait sur la crise. Je regardai mon père avec appréhension. Cet homme jadis si fort n'était plus que l'ombre de lui-même. Dans son peignoir blanc, il avait l'air d'un spectre avec ses yeux vitreux et son teint blême. Je n'étais pas encore médecin, mais je sentais bien la vie s'échapper de lui chaque jour un peu plus.

Après que nous eûmes terminé notre repas, je voulus prendre quelques instants pour lui parler, mais voyant la fatigue dans mes yeux, il m'expédia dans ma chambre.

— Va dormir comme Alphonse, tu en as besoin, toi aussi.

— Bonne nuit, son père.

La fatigue physique et cérébrale commandait un long repos. Je n'avais même pas envie de poursuivre ma lecture sur tout ce qu'on disait du 65e dans les journaux. Je souhaitais dormir, même si cette agitation rendait le sommeil difficile.

Dans la noirceur, la voix d'Alphonse, aux prises avec les mêmes pensées que moi, laissa percer son inquiétude.

— Tu pourrais tuer un homme, Georges ? me lança Alphonse.

Je réfléchis quelques secondes.

— Je ne sais pas, mais s'il faut sauver notre peau, nous n'aurons pas le choix. J'ai vingt-deux ans et je ne veux pas mourir. Je n'ai pas encore goûté aux joies de l'amour et on m'envoie faire la guerre.

— Et contre nos propres frères, en plus !

— Je crois qu'on pourra discuter avec les Métis et les inciter à déposer les armes. Après tout, tu as raison, ce sont nos demi-frères de sang. Ils ne vont pas tirer sur Ouimet, qui les a défendus.

— Tu crois vraiment qu'ils nous écouteront ? demanda-t-il en bâillant.

— Certes plus que les Anglais qui nous suspectent déjà de sympathie avec les Métis, dis-je en fermant les rideaux.

Je tournai mon oreiller et y enfonçai ma tête en tentant de chasser mes inquiétudes.

4. L'opium de la foule

Dès le lendemain matin, une foule encore plus dense que la veille nous attendait autour du marché Bonsecours. J'exerçai ma compagnie à la marche, au maniement des armes, au tir et à l'entretien des fusils.

Plus tard, je trouvai sur mon bureau une note m'indiquant que l'équipement manquant était arrivé à la gare et que ma compagnie devait rapporter le chargement.

J'aperçus le lieutenant Rivard et lui remis le bon de livraison du ministère de la Guerre.

— Fais atteler les chevaux pour ramener le chargement au quartier général.

— Combien d'hommes dois-je prendre ?

J'évaluai la charge.

— Au moins six hommes et deux attelages.

— J'y vais.

J'eus ensuite devant moi le jeune Hamel, à qui l'on avait trouvé un uniforme trop grand. Je vis tout de suite qu'il y avait une certaine panique dans son regard.

— Qu'y a-t-il, Hamel ?

— Je viens d'apprendre que *La Presse* va publier à la une le nom de tous les engagés ainsi que leur adresse et leur métier. Vous comprenez que je serais très embarrassé que l'on apprenne ma situation. Le lieutenant Lafontaine a fait circuler la liste, mais j'ai rien écrit dessus, comme de raison. Jusqu'ici mon foyer a été l'orphelinat ou Saint-Jean-de-Dieu, et jusqu'à hier j'étais à l'école de réforme…

— Je vais faire quelque chose avant que le journal soit sous presse. Mais pour l'instant, cours plutôt rejoindre le lieutenant Rivard. Il a besoin d'hommes pour rapporter de l'équipement arrivé à la gare.

— À vos ordres, lieutenant, et merci. Dieu vous a mis sur ma route.

— Ou plutôt Louis Riel !

— Alors je ne vais pas tirer sur lui !

Il m'offrit un salut militaire et fila comme une flèche. Je vérifiai dans le bottin Lovell des adresses par nom de rue celle de l'école d'Industrie. Je décidai de la modifier. Qui irait vérifier que le numéro de la rue où résidait Hamel était inexistant ?

Le marché bourdonnait d'activité à l'approche de notre départ. Je partis à la recherche de Lafontaine. Je le trouvai dans une pièce du marché où le cuisinier et ses aides préparaient les rations et les provisions pour le voyage. De grosses pièces de lard salé, des caisses de thé et de biscuits s'empilaient contre le mur. Je remarquai qu'il en profitait pour se gaver de biscuits tout en inscrivant les adresses des hommes sur la liste.

— Tiens, dit-il la bouche pleine, si c'est pas mon peut-être bientôt capitaine, si j'en crois les rumeurs qui courent.

— Pour l'instant, Laf, la seule rumeur qui devrait se répandre, c'est que le lieutenant Lafontaine met en péril notre ration de biscuits.

— Georges, l'idée de passer des semaines avec toi dans le Nord-Ouest me rend de bonne humeur… Ça vaudra mieux que de passer mes journées sur les lieux d'un crime ou à la morgue de la rue Perthuis.

Je lui arrachai la liste des mains.

— J'ai un ajout à faire. Comme j'ai envoyé le jeune Hamel à la gare, il m'a demandé d'inscrire son adresse pour lui.

J'inscrivis l'adresse fictive du garçon et son occupation : étudiant. Lafontaine ne posa aucune question.

Une affaire de réglée. Je revins à mon bureau pour m'occuper de toutes les autres qui m'y attendaient.

Deux heures plus tard, Rivard et ses hommes garaient leurs deux voitures bondées devant le marché. J'envoyai d'autres troufions leur prêter main-forte. Dans les marchandises rapportées se trouvaient deux boîtes en bois, en provenance directe d'un marchand d'armes du Connecticut. Impatient de nous en montrer le contenu, le major Hughes, qui assistait au déchargement, décida de les faire ouvrir sur-le-champ.

Avec un levier à clous, Rivard décloua la plus grande boîte avec précaution. D'une planche enlevée à l'autre, un objet terrifiant apparut sous nos yeux. Posés sur deux roues, je comptai six canons rutilants, luisant comme un sou neuf. Jamais une telle arme n'avait été utilisée au Canada. Les North-West Field Forces seraient les premières à l'expérimenter.

Hughes s'approcha, admiratif.

— Messieurs, voici la dernière-née de *mister* Gatling. Elle est superbe… dit Hughes en passant sa main sur la mitrailleuse. Les Sauvages n'ont qu'à bien se tenir, cette arme peut tirer jusqu'à douze cents balles à la minute !

Une clameur d'étonnement s'éleva des soldats présents tandis que Rivard ouvrait la seconde boîte, qui s'avéra remplie de munitions pour la mitrailleuse.

— Prêts pour une démonstration ?

— Oui, tonnèrent les voix rassemblées.

On fit rouler la mitrailleuse jusqu'au quai de l'autre côté de la rue Saint-Paul. Pendant que chacun faisait cercle autour de la mitrailleuse Gatling, Hughes, qui était diplômé de l'école militaire Saint-Jean, présenta d'une voix enthousiaste les spécifications du nouvel engin.

— Elle comporte six petits canons de calibre .45. Vous avez ici la caisse d'alimentation, qui se fait par gravité…

Il fit signe à un soldat de s'approcher pour tenir le collier de projectiles.

— … et il faut toujours un autre serveur pour remplir le magasin.

Il désigna le jeune Hamel, qui hésita.

— Oui, vous ! Plus vite que ça.

Hamel s'avança à la course et Hughes lui montra comment accomplir la tâche.

— Comme vous le voyez, cette manivelle, à l'extrémité des canons, lorsqu'elle est actionnée, place les projectiles devant les percuteurs. L'extraction et l'éjection des douilles se font par ici.

Puis l'officier ajusta la ligne de mire de la mitraillette à six bouches en la pointant vers le fleuve.

— Attention ! Dégagez devant ! hurla Hughes.

Le major, excité comme un gamin, actionna la manivelle et une giclée d'acier crépita sur la surface du fleuve. L'eau se picota de points blancs sur une grande étendue.

— Elle est plus précise à quatre ou cinq cents tirs à la minute. Mais vous pouvez canarder vos Apaches jusqu'à vingt balles à la seconde. Ça, ça vous déplume un scalp, messieurs ! Quelle musique ! Écoutez la pétarade ! criait-il pour se faire entendre à travers le terrible boucan de la Gatling.

Le collier de projectiles s'épuisa et Hamel alimenta le magasin. Hughes désigna un autre soldat pour qu'il balaie les canons sur la cible. Tous les soldats présents se regardaient, stupéfaits. Cette arme pouvait abattre un bataillon en quelques instants !

L'odeur des gaz dégagés par les poudres fit toussoter les hommes les plus près. Hughes ordonna l'arrêt du tir et se dressa, fier comme un coq.

Une salve de « Hourra ! » s'éleva de la gorge de tous les soldats rassemblés et elle fut reprise par tous les autres qui s'étaient massés dans les fenêtres du marché Bonsecours en entendant les détonations.

— Soldats, reprit Hughes de sa voix de stentor, rappelez-vous que cette précieuse alliée devra constamment être surveillée de près afin qu'elle ne tombe jamais entre les mains des Peaux-Rouges, nos ennemis.

De la fumée s'échappait toujours de la mitrailleuse alors qu'on la ramenait à l'intérieur du marché. Je repris mes tâches aussitôt, mais j'entendis encore pendant de longues minutes le bruit des rafales dans ma tête.

5. Dissensions

Deux jours et des milliers de corvées plus tard, mes collègues officiers et moi fûmes conviés à une réception donnée par le maire de Montréal à l'hôtel de ville. La vie de jeune officier s'avérait un passeport pour la bonne société. Sous les lustres en cristal, Honoré Beaugrand y alla d'une adresse éloquente et leva son verre à la santé du bataillon, dont le départ avait été fixé au surlendemain. Derrière lui, à travers les grandes fenêtres, s'étalait le Champ-de-Mars encore enneigé. Les milliers de becs de gaz allumés découpaient la ville avec le mont Royal en arrière-plan. Le commandant Ouimet parla à son tour, remercia le maire et promit que le 65e ferait honneur à Montréal et à tout le Canada.

Prenant ensuite la parole, monseigneur Fabre, évêque de Montréal, nous annonça que le père Philémon Provost serait notre aumônier. Puis, alors que la réception battait son plein, une rumeur se propagea dans la salle : le docteur Lachapelle et le juge Desnoyers venaient d'annoncer qu'ils quittaient le bataillon par solidarité avec Riel. Cette information sapa le moral de tous les invités et me flanqua un coup de cafard. Ces deux hommes, éminents et respectés de tous, étaient considérés par plusieurs comme la « conscience » de notre bataillon. Leur défection indiquait à quel point la position du 65e serait bientôt difficile à assumer ! Vulnérable, il devenait la proie d'une odieuse propagande qui durerait des semaines. Certes, pour minimiser l'impact, on martèlerait que le docteur Lachapelle restait à Montréal pour soigner les malades atteints de variole, mais le mal serait fait.

Louvoyant parmi l'assistance, je rejoignis Alphonse, Lafontaine, Lupien et Rivard qui discutaient devant un tableau de Maisonneuve, le fondateur de la ville. La discussion animée portait sur le désistement des deux notables. Mon frère y allait de son interprétation quand j'arrivai.

— Ce que je comprends, c'est que le bataillon est divisé. Si Lachapelle et Desnoyers refusent de s'enrôler, cela veut dire que les armes vont parler et que la cause n'est pas aussi juste qu'on le croit.

Lafontaine acquiesça.

— Les membres de l'actuel gouvernement ne laisseront pas Riel répandre plus loin sa révolte. Ils veulent empêcher que se répète l'humiliation de 1870. On ne peut pas non plus laisser Riel et Dumont instaurer le chaos chez les Sauvages.

— On ne demande pas à une armée de penser mais de répondre aux ordres, rappela Rivard. Nous sommes appelés. Il faut suivre.

La voix de Lupien résonna :

— Et si on te dit de te jeter au bas d'une falaise, tu vas dire oui.

La réplique cinglante figea Rivard.

— Mais vous oubliez, dis-je, que nous sommes des Canadiens français et que les Métis sont nos demi-frères. Vous oubliez que le commandant Ouimet est aussi un ami de Riel, qu'il va certainement faire tout en son pouvoir pour arriver à un règlement pacifique. Et le 65e bataillon sera là, ne l'oubliez pas !

— Mais il sera sous commandement britannique, Georges. Ils ont fait venir le général Middleton d'Angleterre pour casser le mouvement des Indiens.

— Nous devons apaiser nos frères métis. Voilà notre mission.

Lafontaine paraissait sceptique.

— Je le souhaite de tout cœur, Georges, mais je ne suis pas naïf. Vous connaissez les *British Rules*... Ils ont beau dire, à Ottawa, que ce sera la première fois que le Canada fait la guerre sans l'Angleterre à ses côtés, il n'en demeure pas moins qu'ils font appel à un haut gradé britannique et qu'il y a plein d'officiers de la vieille Albion dans cette armée. C'est une bien drôle d'indépendance...

Je levai mon verre à la paix et pour que Dieu protège le 65e. Mes confrères imitèrent mon geste.

C'est à ce moment que le docteur Lachapelle s'approcha de notre groupe pour nous serrer la main à tour de rôle.

— Comme vous venez de l'apprendre, le juge Desnoyers et moi ne serons pas des vôtres, jeunes hommes. Que Dieu soit avec vous.

Il allait s'éloigner quand je lui lançai :

— Docteur Lachapelle, votre décision vient-elle du fait que Louis Riel est un bon ami à vous ?

— C'est en effet mon compagnon et un grand homme. On ne tire pas sur un ami, d'autant plus s'il est dans ses droits. J'ai toujours été derrière Louis, je l'ai même caché à l'asile pour le soustraire aux orangistes.

— Est-ce à dire que vous appuyez les actuelles revendications de Riel ? demanda Rivard.

Avant de répondre, Lachapelle regarda autour de lui, comme s'il craignait que des oreilles étrangères ne l'entendent.

— Bien sûr. Louis Riel est le père du Manitoba. Les Métis ont le droit d'exister, de posséder une terre qui soit à eux, d'avoir des droits fonciers. Si vous les connaissiez, vous penseriez comme moi et le juge Desnoyers.

Résigné, il fixa chacun de nous à tour de rôle, comme si nous étions les sacrifiés d'une cause injuste.

— Je souhaite malgré tout que cette expédition soit sous l'égide de la volonté de Dieu. Au revoir, mes amis.

Le docteur s'éloigna pour saluer d'autres convives. L'une de ses remarques me rendait songeur : « Si vous les connaissiez, vous penseriez comme moi. »

— Qui sera le prochain ? demanda soudain Alphonse.

— Probablement le commandant Ouimet, murmura Lafontaine, qui regardait en direction de Lachapelle.

De fait, avec ces deux départs, Ouimet se retrouvait dans une situation intenable. Député conservateur de Laval depuis douze ans au Parlement d'Ottawa, notre commandant, qui était aussi président de la Chambre des communes, n'en avait pas moins fait un pied de nez à la Reine et aux anglophones à l'époque, comme l'avait rappelé il y a quelques jours mon père, même si son allégeance à la Couronne avait été manifeste en 1870 lors de la seconde campagne contre les Féniens…

— Lafontaine a raison : je vous gage qu'il sera le prochain, dit Rivard.

— On verra bien, mais c'est certain que je ne voudrais pas être dans ses souliers, conclut Lafontaine.

Pour ma part, je me demandais si j'étais au bon endroit et au bon moment de l'Histoire. Et j'avais surtout envie d'en savoir davantage. Je m'excusai auprès de mes collègues et parcourus la grande salle de réception afin de localiser le commandant Ouimet. Je le trouvai en grande conversation avec le maire de Montréal. J'attendis à l'écart le moment de l'aborder. Derrière moi, le major Hughes imitait les « ta-ta-ta-ta » de la mitrailleuse Gatling dans les oreilles de monseigneur Fabre, qui avait les yeux écarquillés de stupeur. Hughes, qui avait combattu avec les zouaves pontificaux en Italie, avait toujours de bons amis chez les ecclésiastiques. Le maire Beaugrand serra enfin la main de mon supérieur en lui souhaitant la meilleure des chances. Ouimet, qui m'avait aperçu, s'approcha de moi.

— Cher lieutenant Villeneuve, vous vous destinez à l'étude de la médecine, je crois ?

— Oui, si je reviens vivant.

— Ne vous inquiétez pas. Nous serons de retour avant longtemps. Et avec la taille que vous avez, vous pourrez vous défendre.

— Je ferai aussi une meilleure cible…

— Vous êtes philosophe en plus ?

— Mon commandant, j'ai une permission à vous demander. J'aimerais aller voir avant notre départ un ancien professeur du Collège de Montréal.

— Pourquoi ? Voulez-vous vous désister ?

— Non. Pas du tout.

— Alors ?

— Comme il a bien connu Riel pour avoir été son professeur, je veux qu'il me parle de lui et de ses revendications. Si nous devons agir comme émissaires dans ce conflit, et non comme boucs émissaires, il vaudrait mieux en connaître les tenants et les aboutissants.

Ouimet acquiesça du chef.

— Je suis d'accord avec votre position, Villeneuve. Nous parlons la langue des Métis et nous sommes catholiques comme eux. Il faudra bien que l'on en tienne compte. Je vous accorde donc la permission d'aller voir votre professeur. Mais ne vous attardez pas. Nous en sommes aux derniers préparatifs.

— Merci, commandant, et bonne nuit.

— Je vous en souhaite tout autant, lieutenant Villeneuve.

6. De retour au Collège de Montréal

Le lendemain matin, je me levai à six heures. Il pleuvait des cordes. J'astiquai mes bottes et ajustai mon uniforme devant le miroir. Après un rapide déjeuner, je marchai à grands pas vers la rue Sherbrooke Ouest. L'imposant bâtiment gris se mariait à la grisaille du matin. Je me dirigeai vers l'entrée du Collège de Montréal comme je l'avais fait des milliers de fois dans ma vie. Une question me hantait : comment un révolutionnaire avait-il pu sortir de cette école, au cadre si strict, et embraser l'Ouest canadien ? Le Collège de Montréal était une pépinière de curés, d'avocats, de juges et d'hommes politiques. Sans doute Riel portait-il en lui les graines de la colère.

Un chant grégorien s'échappait des longues fenêtres en ogive du séminaire. Je passai le portail de l'entrée des étudiants que j'avais traversé si souvent pendant huit ans. L'odeur singulière des planchers de bois franc fraîchement polis et des boiseries me plongeait dans une béate nostalgie. Mes bottes noires brillaient sur le merisier luisant ; mes talons claquaient fort, comme si mon cœur cognait sur le bois. Un peu plus loin, ce furent les effluves du chiard matinal qui me rappelèrent de mauvais matins.

Voir une file d'étudiants sortir en silence de la salle d'étude remua un ressac de souvenirs et d'émotions.

Derrière les grandes vitres à carreaux, j'aperçus l'écurie et la cour de récréation où je jouais encore, me semble-t-il, pas plus tard que la veille. La patinoire était couverte de flaques d'eau. Je vis plus loin un palefrenier qui mettait à l'abri une livraison de foin.

Mon entrée fut remarquée par des étudiants qui s'amusèrent à me faire des saluts militaires et quelques-uns qui me reconnurent et m'envoyèrent la main à grands coups de « Salut, Georges ».

Mon ex-professeur de syntaxe, Stanislas Tranche-montagne, sortait au même moment de sa classe et s'arrêta pour me contempler de pied en cap.

— Mon cher Georges… *Si vis pacem, para bellum!* Qu'est-ce qui vous amène ici?

— Je viens voir le frère Rousseau, mon ancien professeur de rhétorique.

— Celui-là, c'est une antiquité. Vous avez raison.

— C'est pas ce que je voulais dire.

— Je crois qu'il termine sa surveillance dans la salle d'étude.

Il me mit soudain une main sur l'épaule.

— Votre départ est pour bientôt, n'est-ce pas? Je suis ce terrible drame dans les journaux…

— Nous partons dès demain pour le Nord-Ouest.

— Soyez assuré que nous prierons pour votre bataillon et pour tous les anciens du collège qui en font partie. Revenez-nous en un morceau.

— Merci.

Je détestais toutes ces allusions à la mort. Je n'étais pas encore parti et on me voyait déjà dans une boîte.

— Allez-y et que Dieu vous protège, mon garçon.

J'arrivai devant la classe où se trouvait l'homme qui m'avait transmis la passion des sciences.

Sous le regard du Christ crucifié, le frère effaçait des sentences de grands hommes sur le tableau noir. Le corps longiligne était droit comme un pic. Seule sa main paraissait animée. Le bruissement du tissu de sa soutane me rappela les longues heures dans les salles. L'odeur de craie pénétra mes narines. Pendant que les derniers étudiants sortaient en silence, je frappai à la porte.

— Frère Rousseau?

Son visage austère aux contours osseux s'alluma d'un sourire pincé en me voyant. Ses lèvres fines semblaient collées l'une à l'autre depuis toujours.

Le frère Rousseau m'avait aussi enseigné la casuistique et l'argumentation. C'est de lui que je tenais qu'une bonne intention peut excuser une faute, ce qui aide à soulager la conscience, laquelle était justement mise à rude épreuve en ce moment de ma vie.

— Cher Georges, mon enfant, comment allez-vous?

— Je vais bien, même si les événements des derniers jours bousculent tous mes plans.

— L'uniforme vous va très bien, mon petit.

— Merci.

— Votre admission en médecine est donc compromise?

— Disons que ma préparation à l'examen est retardée pour l'instant.

— Et vous vouliez me voir pour…?

— Pour que vous me parliez de Louis Riel.

— C'est mon ami Riel qui vous amène ici?

Il avait l'air surpris. Doucement, il déposa la brosse sur la tablette et s'assit sur le coin de son bureau. Je fis de même sur une chaise d'élève.

— Écoutez, frère, je suis déchiré… Mais voilà: deux intellectuels parmi les plus brillants que compte le corps d'officiers du 65e bataillon, le docteur Émile Persillier Lachapelle et le juge Desnoyers, refusent d'aller à la guerre contre Louis Riel et ses Métis. Moi, je suis prêt à servir mon pays, mais comment me battre contre Riel après tout ce que j'entends? Avant de partir pour le Nord-Ouest, je veux que vous me parliez de lui, puisque vous l'avez connu et, si c'est possible, que vous m'expliquiez pourquoi il suscite autant de haine et d'admiration. Moi, je n'avais que six ans lors de la première insurrection métisse…

Il joignit les mains comme pour la prière puis, appuyant son menton sur le bout de ses doigts, il sembla chercher une réponse qu'il ne pourrait trouver dans une autre posture. Il me regarda avec intensité.

— Il est difficile pour moi, Georges, de vous dire qui est vraiment Louis Riel. Il est arrivé ici à un très jeune âge. Depuis, il est devenu un être complexe, dont la vie même est liée à l'histoire politique de ce pays, tout aussi complexe. Durant son passage au Collège, de 1858 à 1864, il a été très apprécié. Je me targue d'être son ami et, bien sûr, je ne vous dirai aucun mal de lui. Riel est devenu pour le Canada français un géant à qui le Manitoba doit son premier gouvernement. Mais pour les Anglais, il est devenu un traître.

— Avait-il un esprit rebelle, ici, au Collège?

Le frère s'esclaffa.

— Vous savez, on ne tolère pas longtemps les rebelles en ces lieux. Mais je dois avouer qu'il lui arrivait souvent de défendre les élèves victimes d'abus, et ce, dès son arrivée. Étant donné qu'il était fort comme un cheval, intelligent comme un singe, épris de justice et éloquent comme Honoré Mercier, il imposait le respect. Il s'est fait tout de suite des amis parmi nos meilleurs élèves.

— Pourquoi est-il venu étudier à Montréal alors qu'il avait grandi au Manitoba?

Son menton pointa vers le crucifix.

— Riel est issu d'une fervente famille catholique, et il a reçu les bonnes grâces de monseigneur Taché. Comme son père souhaitait qu'il devienne un guide pour son peuple, et qu'il réussissait bien à l'école, il l'a envoyé poursuivre ses études ici, au Collège de Montréal. Avec trois de ses camarades, dont son fidèle ami Louis Schmidt, ils sont partis vers la métropole

sur un chariot tiré par un bœuf qui les a conduits au
Minnesota, où ils ont pris un ferry jusqu'à Chicago.
De là, un train les a amenés jusqu'à Montréal. Un
long voyage de cinq semaines. J'ai eu la chance d'assister à son arrivée. Le contact avec des Canadiens
français et la grande ville de Montréal étaient tout un
contraste avec le village de son enfance, Rivière-Rouge.
Au séminaire, chacun voulait connaître ses relations
avec les Indiens, ses expéditions de chasse aux bisons
– c'était avant l'extinction de cette espèce. Il fallait
voir les conciliabules qui se formaient autour de lui.
D'emblée, Louis a été apprécié par ses nouveaux amis
et la plupart lui ont été fidèles jusqu'à ce jour.

Il se leva, alla quérir dans un tiroir une nouvelle
craie en prévision du cours suivant. Il la posa sur la
tablette du tableau et revint s'asseoir.

— Comment était-il sur le plan psychique ?

— C'était un élève entêté à son arrivée au Collège,
et tout aussi têtu à sa sortie. Lorsqu'il défendait sa
cause, mon garçon, rien ne pouvait le faire changer
d'idée !

— Diriez-vous qu'il a conservé ce trait de caractère
à travers la crise politique que nous traversons ?

— Oui. Il est inflexible comme le fer. Et c'est ce qui
me fait dire que rien ne le fera changer d'avis. Et vous
savez, Georges ? Il a raison ! Depuis que monseigneur
Bourget lui a dit qu'il avait eu une révélation dans
laquelle Dieu lui disait que la mission de sauver les
Métis lui revenait, Louis se croit porteur de la cause. Le
surnom de « David », qu'il a accolé à son nom, nous
donne une idée du mandat qu'il s'est assigné.

— Est-ce une idée fixe ?

— Je dirais plutôt que c'est une forte conviction.

— Que pensez-vous des rumeurs de folie qui en-
tachent sa réputation ?

— Je ne suis pas aliéniste, Georges, mais je sais que
ce métier vous intéresse. Néanmoins, comment peut-on

être un fugitif pendant dix ans, se cacher des orangistes, voir sa tête mise à prix pour cinq mille dollars et ne pas être affecté par tout cela ? Pour moi, il est clair que sa fuite et son exil ont dû laisser des séquelles psychiques et générer une grande fatigue nerveuse. Quelle perte de talent !

— Vous diriez donc que c'est toujours quelqu'un d'intelligent malgré… disons… ses problèmes d'humeur ?

— Louis a été l'un des meilleurs étudiants de sa cohorte. Il a remporté plusieurs premiers prix. Il allait commencer son avant-dernière année en 1864 quand j'ai eu la pénible tâche de lui annoncer la mort de son père. Il en a été bouleversé, inconsolable, d'autant plus que la distance l'empêchait d'assister aux funérailles. Je crois qu'il ne s'en est jamais remis. Par la suite, il a passé beaucoup de temps dans la chapelle à prier ce père qu'il admirait tant, puis il a fini par interrompre ses études. Quand il a quitté le Collège, ça lui a valu bien des reproches. Nous avons tout fait pour le garder. Les ordres ne lui convenaient pas. Passionné de politique, il voulait prendre part à la lutte ; il se rappelait les désirs de son père et voulait coûte que coûte défendre la cause des Métis. Pour se faire connaître, il a travaillé comme clerc dans un cabinet d'avocats. C'est là qu'il est devenu amoureux d'une jeune femme de bonne famille, mais le père a refusé la demande du jeune Métis et envoyé sa fille dans un couvent loin de Montréal. Inconsolable, Louis est alors retourné à Saint-Boniface, qui avait bien changé depuis son départ. Winnipeg s'était développée autour du Fort Gary, et la Compagnie de la Baie d'Hudson s'apprêtait à concéder ses territoires au gouvernement fédéral.

Tout en écoutant mon professeur, je l'observais avec attention. Il ne faisait aucun doute qu'il avait toujours foi en son ancien élève, que sa sympathie lui était pleinement acquise, quoi qu'en pensassent les autorités en place à Ottawa. Par contre, tout ce que je venais d'apprendre ne calmait en rien mon appréhension. Je sortis ma montre à gousset. Il me fallait retourner au marché Bonsecours, mais je devais aborder, avant de prendre congé, la raison principale qui m'avait amené là.

— Cher frère Rousseau, j'ai appris ici qu'une faute commise à partir d'une bonne intention peut être pardonnée, alors j'aimerais que vous me disiez ce que vous pensez de l'idée de combattre aux côtés de bataillons anglais contre l'un des nôtres. Est-ce que les exactions commises par Riel sont excusables si l'on s'en tient à la révélation qu'il aurait reçue selon monseigneur Bourget ? Et serait-ce louable d'essayer de désarmer les Métis pacifiquement ?

— Voilà beaucoup de questions, mon cher, des questions qui semblent peser bien lourdement sur votre conscience. Vous avez passé huit ans ici, alors vous savez ce que Dieu veut pour les Canadiens français. Je n'ai pas à vous le dire. Écoutez la voix de votre cœur et priez.

Je hochai la tête avec soumission, mais rétorquai quand même :

— Mais d'après vous, quelle devrait être la conduite du 65e bataillon ?

— Cher Georges, vous êtes canadien ?

— Oui.

— Vous êtes catholique ?

— Bien sûr.

— Vous êtes de langue française ?

— Il va sans dire.

— Eh bien, ce que vous ferez sera la volonté de Dieu.

— Est-ce à dire que vous croyez que les actes de Riel sont la volonté de Dieu, comme le lui a déjà affirmé monseigneur Bourget ?

— Je vous laisse le soin de creuser cette question. Je crois que le Dieu des catholiques est avec Riel.

Des étudiants entrèrent soudain dans la classe. Le frère Rousseau se redressa, balaya de la main les traces de craie sur sa soutane.

Je me levai à mon tour pour le remercier. Il me donna une médaille de saint Christophe qui avait été bénite par l'évêque.

— En cette semaine sainte, gardez-la sur votre cœur, Georges. Elle vous protégera.

◆

Je repris le chemin du quartier général complètement bouleversé par ce que je venais d'entendre, encore plus dubitatif que la veille et l'esprit toujours embrouillé de questions. Les propos sibyllins du frère m'avaient broyé d'inquiétude.

Je traînai mon air hagard et distrait dans la vieille cité. À la place d'Armes, je faillis être renversé par une voiture à cheval. Le cocher m'insulta en me demandant si je tentais de m'estropier pour échapper à la guerre. Je l'envoyai paître. Je fis un détour par la rue Saint-Paul afin de m'éventer les idées sur les quais. Pendant un instant, j'enviai le juge Desnoyers et le docteur Lachapelle de s'être désistés par solidarité. Je n'avais pas envie de tirer sur Riel et les Métis. J'étais encore plus convaincu de la mission d'émissaire de paix qui incombait au 65e bataillon, *de la mission qui m'incombait*. Les Métis nous écouteraient, mais qu'adviendrait-il dans les autres réserves où la révolte couvait?

J'entrai à onze heures trente au marché Bonsecours. Les soldats étrennaient leur nouvel uniforme. Le cuir rigide des bottes neuves crissait à chaque pas.

— T'étais passé où? me demanda Lafontaine dès qu'il m'aperçut.

— Je passais une audition au Théâtre national pour un rôle de lieutenant-colonel…

Il me regarda d'un drôle d'air, puis haussa les épaules avant de reprendre ses occupations. Je m'assis à mon bureau en fixant la pile d'ordres qui s'y amoncelaient. Je me plongeai dans l'ouvrage.

Sur le coup de midi, les officiers furent appelés à tour de rôle pour connaître leur affectation définitive. Je me rendis, le moment venu, dans l'antichambre du bureau du commandant Ouimet. Quelques minutes plus tard, je fus invité à entrer par son aide de camp.

Je me mis au garde-à-vous et, d'un signe de la main, le commandant me pria de me remettre au repos.

— Lieutenant Villeneuve, j'irai droit au but: comme nous n'avons pas encore de capitaine pour la cinquième compagnie, je vous confie momentanément le commandement de celle-ci.

— Momentanément? ne pus-je m'empêcher de dire.

— L'impatience de la jeunesse!... Faites l'excellent travail que j'attends de vous, Villeneuve, et vous serez bientôt capitaine de la cinquième compagnie.

— Merci, mon commandant.

Il m'était difficile de cacher ma joie. Bien sûr, j'aurais souhaité obtenir tout de suite mon grade de capitaine, car si un premier lieutenant gagnait 1,58 $ par jour, un capitaine touchait 2,87 $, presque le double. Avec ce dollar et vingt-neuf cents de plus, je pourrais aider davantage ma famille et en garder aussi pour mes études.

Quand le commandant Ouimet me remit le cahier de tâches des capitaines, j'espérai secrètement que l'on me paierait tout de suite en conséquence... mais me gardai bien d'en glisser mot.

DEUXIÈME PARTIE

En route

Et Sa Majesté la Reine par le présent convient et s'oblige de mettre à part des réserves propres à la culture de la terre, tout en ayant égard aux terres présentement cultivées par les dits Indiens, et d'autres réserves pour l'avantage des dits Indiens, lesquelles seront administrées et gérées pour eux par le gouvernement de Sa Majesté pour la Puissance du Canada [...]

Traité N° 6, 1876

FORT EDMONTON, 5 MAI 1885

DÉPOSITION SOUS SERMENT de François Lépine,
interprète métis, survivant du massacre de Lac-à-la-
Grenouille
INTERROGATEURS : capitaine Georges Villeneuve,
lieutenant Bruno Lafontaine et le docteur Paré
SECRÉTAIRE : Georges Villeneuve

— Que pouvez-vous nous dire de leur chef ?
— Mistahi-Maskwa, qui veut dire Gros-Ours
en français, avait toujours refusé de signer le traité
numéro 6, car il y voyait une arnaque. Le chef
des Cris avait un vrai flair d'ours. Pas question
pour lui de contraindre sa tribu dans une réserve.
Les Indiens ne connaissent pas la notion de propriété. C'est une aberration : ils chevauchent depuis trop loin l'infini du continent. Il aurait souhaité que tous les chefs de tribu maintiennent
une position de force pour former une grande
alliance contre la colonisation de l'Ouest et la
construction du chemin de fer transcontinental.
Mais c'était sans compter la famine et la disparition du bison. Un à un, les chefs se sont résignés
à signer l'entente négociée avec le gouvernement,

le commissionnaire Drewdney et la Police à cheval du Nord-Ouest. En acceptant de vivre dans les réserves, ils obtiendraient une rente annuelle, des vivres et des couvertures. Des instructeurs viendraient leur enseigner les rudiments de l'agriculture. Même si le chef des Cris-des-Bois, Faiseur-d'Enclos, avait obtenu une « clause famine » dans l'entente, qui obligeait le gouvernement à soulager la faim des Indiens, Gros-Ours avait préféré la tradition à la reddition. Mais la réalité l'a vite rattrapé. La disparition du bison l'a forcé à migrer vers le Montana pour nourrir sa tribu. Mais là-bas aussi, les troupeaux devenaient de plus en plus rares. Les Indiens ont eu faim, ils ont été malades. Ils sont revenus en piteux état dans les Territoires du Nord-Ouest. Gros-Ours, lui, refusait depuis toujours d'abdiquer ses droits contre les supposés avantages d'une réserve : il était pris entre l'arbre et l'écorce. Son conseil de guerre, formé de jeunes guerriers radicaux comme Esprit-Errant, Homme-Misérable, Autour-du-Ciel, Mauvaise-Flèche et Petit-Homme-Mauvais, prenait mal cette humiliation. Mais les pressions du Bureau des Affaires indiennes, la faim qui les tenaillait, la disparition du bison et la maladie ont finalement contraint Gros-Ours à ratifier l'entente, au grand mécontentement des jeunes guerriers. La tribu a été momentanément soulagée de la faim. Mais ils ont vite déchanté. Les Métis n'étaient plus seuls à vouloir prendre les armes. D'autres Indiens, des Sioux, des Assiniboines, des Cris et des Pieds-Noirs, étaient sur le pied de guerre. Nous étions revenus au point de départ. Le même qui avait obligé mon père à se battre en 1869 à Rivière-Rouge. Le sang allait de nouveau couler dans la prairie…

7. Marche infinie
sous un ciel pascal

Nous passâmes cette dernière nuit dans les quartiers des autres régiments. La salle à manger de l'hôtel Richelieu, rue Saint-Vincent, servit de dortoir ainsi que les maisons avoisinantes. Dormir sur un plancher alors que mon propre lit se trouvait dans la rue d'à côté me frustrait. Mais il fallait faire corps. La nuit fut dure et brève, ponctuée par les ronflements et les déplacements des soldats qui enjambaient les corps pour aller au cabinet d'aisances.

Après le déjeuner, j'astiquai mes bottes en prévision d'une dernière grande parade dans les rues de Montréal. À mes côtés, Alphonse, Laf et Rivard faisaient aussi reluire le cuir de leurs bottes. Ils étaient cernés comme s'ils s'étaient graissés de cirage sous les yeux.

— Je quitte Montréal pour la première fois aujourd'hui, dit soudain Lafontaine sans perdre ses bottes du regard.

— Je n'aurai jamais été aussi loin moi non plus, ajouta Rivard.

Je poussai un petit rire sans joie.

— Laissez-moi souhaiter que nos bottes soient solides, parce que j'ai l'impression que nous allons marcher plus dans les quatre prochaines semaines que durant notre vie entière.

— Tu ne pourrais pas nous encourager, à la place?... répliqua Alphonse.

— Cher frère, c'est mon rôle d'aîné de te placer devant la réalité.

— Au moins, on sera sûrs de ne pas attraper la petite vérole… philosopha Lafontaine.

— Au lieu de ça, on va attraper de vrais Peaux-Rouges ! riposta Rivard en ricanant.

— Ouais, c'est vrai qu'on peut s'encourager de bien des façons, dit Alphonse.

Je vérifiai le contenu de mon havresac pour m'assurer qu'il ne manquait rien. Je sortis un à un les articles suivants : deux couvertures, deux paires de chaussettes, des sous-vêtements de rechange, deux chemises, des bandes de flanelle, une ceinture, du fil, des aiguilles, des articles pour la toilette – un essuie-mains, un peigne, une brosse –, du noir à chaussures et, bien entendu, un baudrier, la carabine et la baïonnette. Je mis sur le dessus *Richard III*, de William Shakespeare, que je devais lire en prévision de l'examen de littérature anglaise pour mon entrée à la Faculté de médecine. Tout y était.

Le bataillon se rassembla devant le marché Bonsecours. Chacun avait revêtu son uniforme vert foncé et le shako, un casque de parade d'inspiration française qui nous distinguait des bataillons anglais. Aspiré par les airs de la fanfare du 65e, le cordon noir, nettement plus fluide et harmonieux que lors de sa première sortie, traversa la ville. Partout où nous passions, de la rue Saint-Paul à la rue Notre-Dame, en passant par McGill et Saint-Jacques, une foule enthousiaste nous acclamait. Lorsque nous croisâmes la place Jacques-Cartier, le vent du fleuve décoiffa quelques soldats, mais des spectateurs rapportaient les shakos envolés.

Les commentaires du public étaient un concert d'éloges. Que nous étions beaux ! forts ! bien portants ! vigoureux !… Je regardai mes collègues à la dérobée ; ils dissimulaient mal leur fierté. Ils en redemandaient, comme du sucre à la crème. Les demoiselles nous filaient des œillades en minaudant, c'était comme si nous revenions déjà victorieux de la guerre. J'aurais pu me fiancer cent fois avant de partir.

— Qu'est-ce que ce sera au retour!... dis-je au lieutenant Lafontaine, qui marchait à ma droite.

— Il faudra revenir en vie pour les noces.

— C'est tout à fait logique.

— Est-ce que la médecine peut tolérer une maîtresse? demanda Rivard qui, avec Alphonse, se trouvait juste derrière nous.

— La médecine n'éprouve pas de jalousie, mais la femme, oui, répliqua Lafontaine d'un air goguenard avant que je ne puisse trouver une réponse.

Devant la place d'Armes, j'entendis avec fierté les salutations des pères sulpiciens.

La parade se termina au retour sur la place Jacques-Cartier, envahie par la foule. Tandis que l'heure du départ approchait, j'avais des airs martiaux plein la tête et regardais la vieille cité comme si je ne la reverrais plus. Adieu Château Ramezay et Champ-de-Mars. Adieu rue Saint-Denis.

Avant de partir, le commandant Ouimet réunit ses capitaines et lieutenants. Nous nous mîmes au garde-à-vous puis au repos. Derrière Ouimet étaient empilées deux caisses en bois.

— Messieurs, le gouvernement fédéral a refusé ma demande de vous équiper en revolvers. Là où nous allons, ce sera un vrai coupe-gorge. Eh bien, j'ai décidé d'acheter moi-même les revolvers et de vous les offrir. On m'a aussi refusé quatre chevaux et je les ai achetés. Nous n'irons pas à la guerre comme des gueux.

L'annonce causa un beau moment de joie. Il nous remit à chacun nos rutilants revolvers Smith & Wesson 8 mm et un baudrier en cuir. Il fallait voir la tête que nous faisions, celle d'un enfant à qui l'on remet un joujou pour jouer aux soldats et aux Indiens.

À la demande du capitaine Roy, Ouimet eut droit à plusieurs « Hourra, commandant ».

La rumeur courut que le commandant avait sorti trois mille dollars de sa poche pour fournir ce matériel à son bataillon.

◆

Vers six heures, le bataillon prit le chemin de la gare Dalhousie du Canadien Pacifique. Sur le quai, les soldats faisaient la chaîne pour acheminer dans les wagons les munitions et les provisions : trente mille cartouches, cinq cents livres de bœuf rôti, quinze mille livres de pains. Les quatre chevaux que le commandant Ouimet avait achetés furent montés dans un wagon à bestiaux.

Les gens commençaient à affluer. Il faisait un temps gris sombre pour les adieux. Il tombait de la giboulée. Nous étions trempés, les os sciés par l'humidité.

Une fois de plus, la foule était en liesse. Sur le quai, chacun embrassait ses proches. On entendait aussi des pleurs et des sanglots. Des soldats essuyaient une larme, les yeux rougis par l'émotion. Nos parents, accompagnés par Hortense et Joseph-Édouard, nous faisaient leurs adieux. Médailles et scapulaires passaient de main en main. Maman, émue, me demanda de veiller sur mon petit frère. Pauvre mère... J'aurais trente-cinq hommes de qui prendre soin. Alphonse, du haut de ses six pieds, saurait bien se débrouiller seul, lui à qui incombaient de grandes responsabilités pour son jeune âge. Mon père posa une main sur mon épaule en me lançant un énigmatique : « Adieu, fils. Fais attention à toi. » Je le regardai droit dans les yeux comme si je n'allais plus le revoir, puis je lui fis l'accolade.

Le chef de gare cria : « *All aboard gentlemen!* » Un long sifflement retentit. Il était temps de se quitter. D'un coup de menton fier et volontaire, je fis signe à mon frère de monter. Je grimpai dans le train avec tout ce poids d'émotion et trente livres d'équipement sur mes épaules.

Les officiers et les simples soldats se voyaient ici divisés en deux classes distinctes. Avoir du galon comportait ses avantages : je montais dans un wagon chauffé. Je frottai mes mains rougies par le froid. Nous bénéficiions d'un char-dortoir Pullman. Je tâtai les matelas. Pas mal du tout.

Les soldats, eux, logeraient dans des voitures de première ou dans des wagons plates-formes, selon les sections du parcours. Ces privilèges hiérarchiques ne causaient pas d'envie, mais il était embarrassant pour des officiers au début de la vingtaine de voir des pères de famille plus âgés moins bien lotis que nous.

Je plaçai mon sac sur le porte-bagages au-dessus de la banquette pendant qu'Alphonse prenait également ses aises. Nous fûmes rejoints quelques instants plus tard par Lafontaine et Rivard, qui avaient eux aussi salué longuement les membres de leur famille. Pas un de nous ne parlait, tout à nos pensées et à nos émotions.

Bientôt, nos visages se collaient aux fenêtres à demi abaissées. Une marée noire de chapeaux melon et de hauts-de-forme s'étendait devant. Je cherchai mes parents du regard, les aperçus à ma gauche. D'un bord, des parents fiers et tristes, et de l'autre, de jeunes officiers pleins de candeur juvénile qui affichaient un aplomb qu'ils étaient loin de ressentir.

La locomotive siffla. Un panache de fumée s'éleva dans la gare. Le train s'ébranla dans un grand bruit de fer. Dehors, une clameur extraordinaire s'éleva de la foule. Les gens tapaient sur les voitures pour nous encourager. Des mains frénétiques nous saluaient. J'envoyai la mienne une dernière fois à ma famille avant de la perdre de vue. Le convoi prit sa vitesse de croisière.

Je remontai la vitre, qui s'embua. Je l'essuyai du revers de la manche. Alphonse fut le premier à s'asseoir. Je m'installai à ses côtés, et Lafontaine et Rivard devant nous. Chacun demeurait silencieux pour digérer ce pénible moment. Je surpris Lafontaine à sécher une larme avec sa manche. Il laissait une femme et un enfant derrière lui. Mon frère avait le visage sévère. Rivard fixait la fenêtre. Il n'y avait plus aucun doute sur notre destinée. Ce n'était pas un rêve, nous partions pour l'Ouest.

C'est finalement Alphonse qui rompit le lourd silence.

— Salut, Montréal, et à très bientôt!

— À nous l'aventure! ajouta Lafontaine.

— Adieu, sale variole! dit le lieutenant Rivard en allumant sa pipe.

Mes camarades se tournèrent vers moi pour que je lance un mot d'esprit.

— *Alea jacta est*, conclus-je bien sobrement.

◆

Comme les autres capitaines, j'allai m'enquérir du moral des soldats de ma compagnie. Dans les circonstances, l'humeur était soit à la tristesse, soit à la résignation. Des visages paraissaient longs et songeurs, perdus dans le paysage en mouvement. Plusieurs étaient plongés dans le journal – ce serait le dernier avant longtemps! –, à l'affût de nouvelles fraîches. Nous nous dirigions dorénavant vers un lieu hostile. La suite: chacun l'appréhendait à sa façon. Avais-je peur? Un peu. La peur est l'alliée naturelle de l'homme qui tient à sa peau. L'excès de témérité est une arme braquée sur sa tempe.

Au retour, je croisai le commandant Ouimet qui déambulait dans l'allée. Ses yeux, grossis derrière ses lunettes rondes, semblaient me faire naturellement des reproches.

— Lieutenant Villeneuve, avez-vous eu votre entretien avec ce professeur du séminaire?

— Oui, commandant.

— Ce tête-à-tête a été profitable, je l'espère ?

— Tout à fait, commandant. Il m'a fait réaliser que, si je peux me permettre et sans vouloir être présomptueux, je pourrais faire partie des officiers qui négocieront avec Riel. Je ne connais pas aussi bien que vous l'histoire des revendications métisses, mais comme je suis un ancien du Collège de Montréal, je crois que Riel accepterait de me parler.

Ouimet sourit devant autant de naïveté.

— Hum ! Je suis sûr que vous feriez un excellent émissaire, Villeneuve. Je retiens votre proposition. Mais, comme vous le savez, chacun reçoit des ordres. Même moi. Je ne décide pas de tout.

Je retournai à ma banquette déjà enfumée par les pipes de mes confrères.

Mon frère planta son regard anxieux dans le mien.

— Toi qui te passionnes pour les guerres napoléoniennes, tu dois être heureux.

— Disons que le mot heureux ne décrit pas exactement ce que je ressens, avouai-je en fixant le paysage. Et ce ne sera certes pas Austerlitz, ce qui nous attend.

Lafontaine, qui lisait *La Presse*, sursauta :

— Hey, Georges, écoute ça ! On parle de toi dans la gazette : « Georges Villeneuve, qui n'a que vingt-deux ans, s'est vu confier la tâche de capitaine par intérim de la compagnie n° 5 du 65e... »

— Juste le fait d'appartenir au 65e confère une célébrité immédiate, lança Rivard.

— Ils auraient pu ajouter que son frère, plus jeune encore, est là pour veiller sur lui, mentionna Alphonse en me faisant un clin d'œil.

— Et comment... murmurai-je.

Je sortis mon livre, mais je n'arrivais pas à me concentrer. Les mots me glissaient sous les yeux. Au bout d'une demi-heure, je retournai voir les soldats.

Les hommes passaient le temps de bien des manières. Certains fredonnaient des airs du pays qui remuaient les tripes, d'autres lisaient des romans à la mode, jouaient aux cartes ou aux dames. Je saluai du regard le jeune Hamel, qui semblait heureux de son sort. Il dessinait sur un bloc de papier. Il avait reproduit la scène de départ de la gare Dalhousie. C'était criant de réalisme. À ses côtés, j'avais remarqué un garçon qui semblait d'humeur dépressive. Il avait encore la tête basse, et ses mains tremblaient. Je conversai avec lui quelques instants pour vérifier son état. Ce n'était pas notre destination qui l'apeurait, mais l'éloignement familial. Je lui certifiai qu'il s'en remettrait rapidement.

Tout en avançant dans l'allée, je m'assurais discrètement que les soldats étaient bien sobres. Le règlement du bataillon exigeait un comportement exemplaire à bord. L'intempérance était proscrite. Une sentinelle au bout de chaque voiture le rappelait. Les officiers – nous étions vingt-six – ne toléreraient aucun écart de conduite chez nos trois cent dix-neuf soldats et sous-officiers. Il fallait une discipline exemplaire dès les premières heures.

Je retournai de nouveau à notre Pullman et à ma banquette. Alphonse bourrait le foyer de sa pipe en jouant au 31 avec Lafontaine, Lupien et Rivard. Je me réjouis de les voir souriants, puis je compris que j'étais l'objet de cette belle humeur. Mon frère se tourna vers moi.

— Tu te souviens de la première fois que nous sommes allés à la chasse à la perdrix avec papa dans les Pays-d'en-Haut ?

— C'est certain. Je n'avais jamais utilisé une carabine. J'ai souvenir de la frousse que j'avais eue quand une perdrix bien camouflée s'était envolée dans un grand froissement d'ailes.

— Ce que Georges ne dit pas, c'est qu'il a tiré plusieurs coups de feu au cours de la journée et que tout ce qu'il a réussi à abattre, ç'a été une branche. Les perdrix n'ont jamais été en danger avec lui. C'est finalement papa qui nous a permis de manger.

Mes camarades s'esclaffèrent.

— Cela me donne envie de changer de compagnie, lança Lupien, pince-sans-rire.

— Avec la Gatling, Georges, tu n'auras pas de problème pour couper du bois, mais on surveillera nos têtes, blagua Lafontaine, ce qui amplifia l'hilarité.

Il faisait bon rire en ces heures où l'esprit de corps du bataillon était à cimenter. Mais il est vrai qu'abattre un animal me demandait du courage. Comment pourrais-je tuer un des miens ? Ne m'avait-on pas enseigné le contraire tous les jours de ma vie ?

Le train traversa un pont. Un beau village de maisons canadiennes, bordées d'ormes immenses, se découpait sous la lune. Le convoi entra dans la gare de Sainte-Rose. Une clameur retentit. La population locale scandait le nom du commandant Ouimet, natif de ce village. Ce dernier, droit comme un piquet sur le marchepied du train, adressa ses remerciements. Il fut longuement ovationné. Il salua une dernière fois et se retira, ému et songeur, dans son compartiment privé.

Ces rassemblements avaient de quoi stimuler la carrière militaire. Nous avions l'impression d'être l'épicentre de l'univers. Pour Alphonse et moi, il était étrange de voyager dans les mêmes conditions que certains officiers beaucoup plus vieux que nous. Plusieurs occupaient des postes importants dans les affaires publiques. Je regardais le visage de mon frère, qui se reflétait dans la vitre. Penché sur ses cartes, il mijotait derrière sa barbe son prochain coup. Mon regard se perdit ensuite dans le paysage qui filait et filait, effilochant l'archipel des Mille-Îles…

La noirceur tomba quelque part au-dessus du nord-est de l'Ontario. On alluma les becs de gaz. Les volutes de fumée des pipes et des cigarettes s'élevaient lentement au plafond jusqu'à former une épaisse brume.

Les entraînements intensifs et la fébrilité avaient causé beaucoup de fatigue. Il faisait froid dans les wagons. Je dépliai ma couverture de laine et m'étendis tout habillé sur ma couchette. Le roulement apaisant du train et la lecture de *Richard III* me jetèrent dans les bras de Morphée. Vers minuit et demi, on passait à Thurso, à deux heures le train quittait Ottawa, à trois heures nous étions à Carleton Place sans que je m'en rende compte.

8. De Mattawa à Bisco la bigote

Je levai ma capote militaire et regardai par la fenêtre. La lueur du jour bleuissait le ciel. Ce serait un Vendredi saint plein de soleil. Le train roulait le long de la Mattawa. La tumultueuse rivière avait creusé de larges canyons et ciselé le grès des falaises. De grosses pitounes de bois virevoltaient dans une crique pour rebondir avant de replonger avec le courant. Des draveurs avec leur *can't hook*, une longue tige avec un crochet, dansaient en équilibre sur les billots pour les dégager. J'aperçus un peu plus loin la scierie avec une montagne de billes de bois coupées derrière le moulin.

Le train ralentit et s'arrêta devant une petite gare dans un interminable chuintement de vapeur qui enveloppa la locomotive.

— On est où ? demanda mon frère en sortant sa grosse tête de la couverture grise.

— À Paris ! Vite aux Folies Bergères, les filles nous attendent... cancana Lafontaine sous sa couverture tandis que le lieutenant Rivard nous servait ses ronflements.

Je dépliai ma carte.

— On fait halte à la gare de Mattawa.

Lafontaine poussa du pied le matelas au-dessus de lui.

— Réveille-toi, Rivard, les Sauvages attaquent la diligence, dit-il en glapissant des cris de guerriers indiens.

— Quoi ! Où ? marmonna Rivard, dont le visage engourdi de sommeil s'extirpa des couvertures comme une tête à ressort pour balayer l'horizon.

Laf s'esclaffa en voyant sa réaction paniquée. Comprenant qu'il s'était fait avoir, Rivard grommela quelques jurons et se laissa retomber sur sa couchette.

Mattawa signifiait dans la langue des Indiens de la région « rencontre des eaux », celles des rivières Ottawa et Nipissing. C'était une route de célèbres canotiers. Champlain, des Groseillers, Radisson et Brulé étaient passés par ce chemin. Pendant que nous nous préparions pour sortir, j'imaginai leurs folles descentes en canot et les longs portages.

En mettant le pied à terre, j'inspirai l'air frais de cette contrée montagneuse. Ma respiration se changeait en condensation.

— Je me vois ici dans un mois en train de remonter de grosses truites, dit Alphonse en descendant du train derrière moi.

— Tu peux toujours rêver, dis-je.

Le vent nous fouettait le visage, mais nous étions heureux de nous délier les jambes le temps que durerait l'arrêt. Cependant, moins d'une minute plus tard, l'aide de camp du commandant Ouimet rameutait de sa voix puissante les capitaines de compagnie : un message avait été télégraphié à la gare à propos de récents développements sur la rébellion. Même si je n'avais pas officiellement le grade, j'étais convié à la réunion qui se tint en plein air derrière la gare.

Ouimet, qui arborait un faciès grave, déplia une carte, qu'il posa sur un tronc d'arbre récemment coupé. Il plaça une pierre à chaque coin pour qu'elle ne s'envole pas au vent.

— Messieurs, je commencerai par la bonne nouvelle : le général Middleton disposera de deux mille hommes pour monter sur Batoche, qui a été transformé en camp retranché par les Métis.

Il y eut des regards échangés et quelques murmures. Le major Hughes, qui se tenait aux côtés de Ouimet, émit un petit sifflement étonné.

— À une soixantaine de milles à l'ouest de Lac-à-la-Grenouille, poursuivit Ouimet, six agents de la Police à cheval ont quitté les lieux pour leur propre sécurité, tout comme ceux de Fort Pitt, ce qui veut dire que la population est sans défense. Les dépêches indiquent qu'une faction de Cris serait très agressive à l'endroit des colons. Nous savons que la population, à la recommandation du père Fafard, un oblat, a décidé de rester sur place. Un émissaire de Louis Riel aurait rencontré Gros-Ours, le chef de cette tribu crie, et se serait entretenu aussi avec de jeunes guerriers. Il leur aurait fait part de la victoire décisive des Métis sur Crozier à Lac-aux-Canards. Tout indique donc que les Métis sont en train de former des alliances.

Les capitaines se regardaient, interloqués et silencieux, ce qui mettait en évidence le torrent sonore de la Mattawa. La colère des eaux au printemps reflétait-elle celle des Indiens ?

— Où se trouve exactement cette mission, Lac-à-la-Grenouille ? demandai-je soudain.

Chacune des têtes se pencha sur la carte.

— Frog Lake est à environ cent vingt-cinq milles au nord-ouest de Fort Battleford. Il semble donc évident que la révolte déclenchée par Riel va s'étendre à l'ouest de Regina.

Hughes prit la parole sur un ton affirmé.

— Voilà pourquoi Middleton voudra faire un exemple avec Riel et Dumont.

— Pourquoi est-il mentionné que l'émissaire de Riel aurait aussi parlé à de jeunes guerriers cris ? demanda le capitaine Des Trois-Maisons.

— Il semble, répondit Ouimet, que Gros-Ours n'aurait plus le même ascendant sur ses chefs guerriers. Ces derniers ont toujours été les plus hostiles aux politiques du gouvernement. Ils refusent d'être civilisés.

— Est-ce que ce nouvel incident change quelque chose à notre destination ? reprit Des Trois-Maisons.

— Non. Notre mission consiste à freiner la révolte des Métis et nous allons rejoindre les troupes du général Middleton.

Il était difficile de faire le piquet par ce temps frisquet. Je soulevai mes pieds pour les soustraire au sol gelé.

— Notre prochain arrêt aura lieu à Biscotasing, où nous passerons la nuit. Ce sera notre dernière halte avant la fin du tronçon. Ensuite, il y aura un très long portage pour se rendre au suivant. Préparez vos hommes en conséquence, car ce ne sera pas facile. Nous sommes à cent quatre-vingts milles du portage et à neuf cents de Saint-Boniface. C'est de là que nous recevons les ordres définitifs pour nous rendre sur le théâtre des opérations.

Par petits soubresauts et saccades, le train se remit en route une heure plus tard. J'avisai Alphonse, Laf, Lupien et Rivard des derniers développements.

— Je ne donne pas cher de la peau de Gros-Ours, commenta Lupien.

— Pas si sûr, argua Rivard. Après tout, celui qui a allumé la mèche, c'est Riel.

— Il faudrait enquêter longtemps pour comprendre réellement comment tout ça a commencé, lui rétorqua Lafontaine.

— Quant à moi, mon jugement est fait, conclut Rivard.

— Sortons la potence ! ironisa Lafontaine.

Le silence retomba sur nous. Mieux valait ne pas argumenter sur un sujet aussi délicat. Je complétai la lecture du journal de la veille. J'avais déjà épluché toutes les nouvelles, mais elles ne voulaient plus rien dire après ce que je venais d'entendre.

— Une partie d'échecs, Georges ? me convia Lafontaine.

— Pourquoi pas ?

◆

Le train poursuivit son chemin jusqu'à Biscotasing. Nos estomacs allaient enfin se repaître d'un repas chaud. Un plat de fèves au lard et de pruneaux confits fut servi dans un hangar humide du Canadian Pacific d'où émanait une forte odeur de créosote.

Il suffit de remplir le ventre du soldat pour lui remonter le moral. L'endroit était à la mesure de notre solitude. Biscotasing était l'un de ces villages typiques qui poussaient avec la construction du chemin de fer : une gare souillée par la fumée des trains, des entrepôts, un bureau de télégraphie, des saloons, des réservoirs d'eau, des monticules de charbon, des locomotives et des petites baraques sans âme.

Avant que les hommes ne s'y aventurent, le père Provost grimpa sur le marchepied du train, comme s'il était monté en chaire, et y alla d'une mise en garde sévère.

— La ville de Bisco a mauvaise réputation. C'est un lieu infâme. On s'y bat pour un rien. Les travailleurs cherchent l'affrontement et les femmes, la luxure. Méfiez-vous. Faites honneur à votre race et à votre patrie, rappela-t-il, l'index en l'air. N'oubliez pas que nous sommes dans la semaine sainte.

À l'heure du souper, je me rendis dans une gargote avec mes trois comparses. Nous fûmes accueillis avec froideur, pour ne pas dire hostilité. Je compris vite que la langue que nous parlions dérangeait. Il n'y avait pas que le chemin de fer qui s'allongeait vers l'Ouest. Les loges orangistes se répandaient avec leur haine du français et des catholiques. Les regards hargneux et mesquins, les propos bilieux échangés à voix basse ne laissaient aucun doute sur la médisance de certaines personnes croisées sur notre passage.

Après un repas maigre, nous allions rentrer quand le jeune Hamel arriva à toute épouvante.

— Lieutenant Villeneuve, des hommes de la cinquième compagnie se font tabasser.

— Où ça ?

— Au saloon.

— Vite, allons-y !

Alphonse, Lafontaine, Rivard, Lupien et trois autres soldats qui étaient dans le même établissement que nous me suivirent. J'avançais avec la détermination du taureau. C'était le temps d'appliquer notre devise.

— Qu'est-ce qui s'est passé ? demandai-je à Hamel tout en courant à ses côtés.

— Un gars s'est installé au piano pour chanter un air du pays et un type de la place lui a demandé de se taire. Notre gars a continué de chanter en français et la bagarre a pris net.

— Peau de chien ! Moi qui m'ennuyais d'une bonne bataille de bar, ça va brasser ! se réjouit Lafontaine.

Lupien, qui était gros et fort comme un cheval, releva ses manches.

— Ah ben, tabarnak !

Le bruit de la bagarre était audible à cent pieds de là.

D'un pas décidé, on lança l'assaut. J'entrai le premier dans le repaire enfumé. Le saloon comptait une dizaine de tables rondes entourées de chaises en rondins de bois ; un bar et son régiment de bouteilles, dédoublé par un grand miroir derrière, couraient sur tout un côté. Un drapeau britannique était accroché sur un mur avec un portrait de la reine Victoria. Sur un autre, une tête de bison empaillée surveillait la place. Près d'un escalier, le piano droit et déserté jouait en mode automatique. Dans la mêlée, deux de nos hommes étaient aux prises avec six matamores.

— *It's enough, leave them alone*, lançai-je alors que je jaugeais la scène.

En se tournant vers moi, un poivron chevelu et édenté demanda :

— *Who's that beardy froggy ?*

Je lui administrai un coup de tête et il s'affaissa de tout son long sur une chaise qui émit un craquement, à moins que ce ne fût l'arête de son nez.

— *Is anybody else has something to say?* cria Lafontaine.

Les chaises revolèrent dans tous les sens. Une dizaine de types en colère se jetèrent sur nous. Alphonse et moi avions grandi entourés d'Anglais à la Custom House et il avait fallu apprendre à nous défendre. Lafontaine, qui avait vu bien des rixes dans la police, resta calme. Une tête rouge aux cheveux jaune moutarde se ruait sur lui avec une bouteille. Il feinta puis accueillit le visage par une droite qui assomma raide son agresseur. À mes côtés, Rivard et Hamel esquivaient et frappaient à qui mieux mieux les projectiles humains lancés vers eux. C'était étrange d'entendre le piano jouer seul et marteler son rag joyeux. Le sergent Lupien, qui avait le coffre d'un percheron, retenait deux hommes à bout de bras comme de vulgaires pantins.

Après avoir poinçonné le visage d'un cow-boy abruti par l'alcool, je tirai un coup de feu, ce qui saisit tout le monde. Après tout, c'était la semaine sainte et il ne fallait pas se battre.

— C'est assez, j'ai dit ! *It's enough !*

Pendant que nos orangistes se relevaient péniblement, je me frayai un chemin jusqu'aux deux soldats qui avaient été grêlés de coups. L'un d'eux avait la joue ensanglantée et l'autre aurait à s'habituer à manger avec deux dents en moins.

Je montai sur le banc du piano pour rétablir l'ordre, fermai le couvercle du clavier et stoppai le rouleau. Un étrange calme tomba sur l'endroit.

— *If you touch one of my soldiers, I will bring all of you in front of the martial court for felony ! Is it clear ?*

L'avertissement gela les esprits échauffés par l'alcool et la haine. J'ordonnai ensuite à mes hommes de sortir du saloon pendant que les clients ramassaient les éclopés et que patron et serveurs remettaient en place les chaises. J'entendis deux des bagarreurs marmonner des insultes à leur passage.

— Si j'étais à Montréal, je ferais passer la semaine en prison à ces deux-là, me dit Lafontaine, qui était venu se poster à mes côtés.

Puis nous nous dirigeâmes à notre tour vers la sortie. Laf, en regardant dans les yeux ses adversaires, commença à chantonner la Marseillaise et, arrivé dehors, le couplet fut repris avec joie par les soldats.

Je leur demandai aussitôt de se taire. Cela n'avait rien d'un jour de gloire. Notre troupe prit la direction de la gare. Je n'aimais pas l'idée de ramener des soldats amochés par l'alcool et la bagarre, surtout des soldats appartenant à *ma* cinquième compagnie. Quel mauvais exemple !

Toujours à mes côtés, Laf me regardait d'un drôle d'air.

— Qu'est-ce que tu as à me dévisager ainsi ? lui jetai-je d'un ton bourru.

— Je ne savais pas que le lieutenant Villeneuve avait la tête aussi dure, blagua-t-il.

Dès notre arrivée, l'aumônier sermonna vigoureusement les deux éclopés pour leur intempérance. Il fallait voir les yeux en feu de l'ecclésiastique. J'eus droit moi aussi à un regard de reproche puisque ces hommes étaient sous ma responsabilité.

Je fis un premier rapport au commandant Ouimet, qui me demanda de mener une enquête interne sur les événements. J'arrivai à la conclusion, après avoir accumulé et comparé les versions, que nos soldats avaient vraiment été victimes d'orangistes qui n'avaient pas envie d'entendre chanter en français. Le seul fait d'entrer dans ce saloon avait été une provocation, au dire de nos miliciens.

L'incident clos, je retournai à ma couchette. J'avais mal au front et aux jointures, et ma fierté avait été amochée par ce premier incident. Vivement que l'on quitte Bisco la bigote !

◆

Le train fonçait toujours vers l'Ouest mais devait faire de nombreuses haltes, à Nemagosenda pour remplir la chaudière et s'approvisionner en bois, à Dalton pour prendre de la nourriture. J'observai ma carte et avisai les soldats que le premier portage dont je leur parlais depuis quelques jours approchait. J'eus droit à des murmures de dépit. Il n'y aurait pas vraiment de repos au cours de la prochaine nuit.

De gros flocons de neige tombaient de plus en plus fort. Certes, ils fondaient et ruisselaient en touchant la vitre, mais le train n'en filait pas moins à travers une forêt enneigée. Le chasse-neige de la locomotive soufflait une poudrerie pareille à un blizzard.

Un autre cas d'indiscipline marqua la journée. Un soldat fut victime d'un moment de folie passagère et frappa avec sa baïonnette un caporal, qui ne fut pas gravement blessé. Heureusement, l'incident ne relevait pas de ma compagnie. Partir aussi loin, pour des hommes qui n'avaient jamais voyagé dans une perspective de conflit armé, usait les nerfs de plusieurs.

Peu avant minuit, la machine amorça lentement son long freinage. Nous arrivions à Algoma. Chacun se rua aux fenêtres et une scène féerique s'offrit à nous : de grands feux d'épinettes brûlaient de chaque côté de la voie ferrée pour indiquer la fin du tronçon. Les étincelles pétaient sec et fusaient dans tous les sens comme des milliers de feux follets. C'est de là que nous devions rejoindre le suivant à la suite d'un pénible transbordement. Alors que je me rendais avec mes collègues au wagon des soldats de la cinquième compagnie, je vis des hommes qui se réchauffaient autour des feux d'où jaillissaient de hautes étincelles. Ils nous envoyèrent la main.

— Ramassez vos sacs, ordonnai-je à mes hommes. N'oubliez rien, surtout.

— Terminus le bois, criait Lafontaine au passage des soldats. Veuillez chausser vos raquettes !

En sortant des voitures, les hommes poussaient des cris de joie. Ils se lançaient des balles de neige, se bousculaient. Ils étaient revenus en enfance sous leur attirail de guerre.

Je sortis à mon tour pour apprécier la scène d'hiver. Les feux éclairaient la neige, blanche comme en plein jour. L'acier du train brillait et le reflet des flammes dansait sur le noir de la locomotive et les ridelles du wagon à charbon comme des aurores boréales. À notre gauche, si je me fiais à ma carte, s'élevait la montagne Tremblante, nom que lui avaient donné les Indiens ; à droite, une forêt dense et ses arbres lourds de la neige qui tombait toujours à gros flocons.

Par l'entremise d'Alphonse, de Lafontaine et de Rivard, les ordres furent transmis à tous. Il fallait tout d'abord charger les traîneaux. Heureusement, des immigrants d'Europe de l'Est avaient été envoyés en renfort – les hommes que nous avions vus se chauffer près des feux. J'entendis parler dans diverses langues slaves pour la première fois. Après avoir empilé nos précieuses réserves dans les traîneaux, qui seraient tirés par les immigrants, les soldats chaussèrent leurs raquettes et chacun porta à l'épaule son lourd bagage.

Tout comme les autres capitaines, je sortis ma boussole, vérifiai ma carte. Je jetai un œil au ciel, mais le couvert nuageux m'empêchait de voir l'étoile du Nord. Il ne fallait pas se perdre et les conditions se dégradaient à vue d'œil.

Le commandant Ouimet donna finalement l'ordre de nous mettre en marche. Torche à la main, notre détachement piqua sur une piste à travers bois en direction du camp du Canadian Pacific. Les branches d'épinettes, alourdies de neige, ressemblaient à des fantômes. L'atmosphère était digne d'un soir de fête. Les soldats lançaient des boutades en rafales, d'autres se donnaient des frayeurs, disant voir des Peaux-Rouges embusqués ou des loups-garous. Certains se rappelaient les contes de la chasse-galerie. Bref, la nuit était belle de tous ses mystères, féerie blanche et noire de lumière et d'ombres.

Régulièrement, je consultais ma boussole.

— Tu vérifies que Ouimet ne nous ramène pas à Montréal, Georges ? blagua Lafontaine dont la barbe avait givré.

— Si c'était juste de moi, nous y serions restés, lança mon frère.

— Comme je m'ennuie de toi, rue Sainte-Catherine… fredonna Lupien.

Alors que la nuit s'étirait, le mercure chuta. Les bourrasques ralentissaient notre équipée. La visibilité, devenue quasi nulle, rendait la traversée périlleuse, surtout qu'il fallait se méfier des ravines. Les hommes se plaignirent bientôt du froid et plusieurs souffraient d'engelures. Je les encourageais à tenir le coup, évoquais le lit douillet qui les attendait, sans oublier le petit-déjeuner. Nos anoraks noirs se couvraient de plus en plus d'une neige glacée. Ma barbe était depuis longtemps blanche de givre, mais je supportais bien la froidure.

— Vous ressemblez à l'abominable homme des neiges, lieutenant, me lança le jeune Hamel, qui semblait toujours aussi heureux de participer à notre mission.

— Nous, les Canayens, sommes des bêtes de l'hiver, répondis-je.

Là-dessus, le sergent Lupien entonna *Le Rossignol*, ce qui nous plongea dans un beau maelström d'émotions. Les voix en chœur des soldats reprenaient le refrain.

Déambulation et méditation vont de pair. Je marche, donc je pense… même à travers le blizzard, me disais-je tout en mettant un pied devant l'autre. J'avais depuis toujours pensé en marchant. Arpenter Montréal m'avait toujours apporté de grandes joies. Proba-blement parce que le silence dans la contemplation m'est indispensable.

Une fois la conversation épuisée avec un soldat, je laissais mijoter mes pensées. Elles me ramenaient souvent à ma famille…

Je viens d'une lignée patriote qui a une tradition militaire, particulièrement du côté maternel. C'est la raison principale de mon enrôlement dans la milice : la perpétuation du devoir envers la patrie. Cette idée de servir la nation canadienne-française est toute naturelle chez nous. J'avais des oncles plus grands que nature et les veillées familiales me le rappelaient chaque fois.

Ma mère, Juliette Fortin, était en plus la nièce de Ludger Duvernay, le fondateur de la Société Saint-Jean-Baptiste. Mon oncle Ludger avait participé à la Rébellion. Il était présent lors de la bataille de Saint-Armand-Station. Lorsque le gouvernement avait lancé un mandat contre lui et d'autres Patriotes en 1837, il avait quitté Montréal pour se réfugier aux États-Unis. Durant son exil de cinq ans, il avait publié *Patriote canadien* puis était revenu au pays en 1842. Les deux duels auxquels il avait participé l'avaient tout autant rendu célèbre.

Je pensais aussi à mon oncle Pierre-Étienne, le frère de ma mère. Après avoir fait ses études médicales à l'Université McGill, il s'était porté volontaire pour soigner les victimes du typhus qui arrivaient par milliers à la Grosse-Île et à Pointe-Saint-Charles. Les immigrants irlandais, victimes de la maladie de la pomme de terre, succombaient sur les bateaux, mais grâce aux bons soins de médecins et de religieuses, plusieurs passaient au travers. L'oncle Pierre, fervent patriote comme Ludger Duvernay, s'était souvent retrouvé dans le feu de l'action. Il avait même eu la tâche un jour de protéger le premier ministre Louis-Hippolyte LaFontaine contre les orangistes. Ces derniers s'opposaient à la loi d'indemnisation votée par le gouvernement LaFontaine pour dédommager les

familles qui avaient perdu des biens lors de la rébellion de 1837-1838. Ces fanatiques prétextaient
qu'il s'agissait d'une prime à la révolte. N'écoutant
que leur haine, les émeutiers de Montréal, inspirés et
appelés par le journal extrémiste *The Gazette*, avaient
incendié le parlement du Bas-Canada, détruisant du
même coup une bibliothèque exceptionnelle. LaFontaine,
sentant sa vie menacée, avait alors demandé à mon
oncle, un solide gaillard, de former une cavalerie pour
le protéger. Après l'incendie, les émeutiers s'étaient
effectivement rendus à la résidence du premier ministre
pour le pendre. Mais la garde de LaFontaine, com-
mandée par mon oncle Pierre, les attendait le fusil au
poing. Les orangistes avaient retraité les jambes à leur
cou, le feu au derrière et des sueurs froides dans le dos.
Il n'en avait pas fallu plus pour que le mythe de mon
oncle se répande partout. À partir de 1852, il avait
accepté le commandement de *La Canadienne*, un magnifique voilier chargé de faire respecter la convention
maritime signée entre les Britanniques et les Américains.
Les actions de mon oncle lui avaient valu le surnom de
« roi du golfe ». Il s'était même présenté une année
aux scrutins provincial et fédéral et avait remporté cette
double élection. Il avait été l'un des hommes les plus
influents de son époque !

Alors que je marchais vers le Nord-Ouest avec le
65e bataillon afin de pacifier les Métis, je me rappelais
comment Pierre-Étienne Fortin avait à cœur le sort
réservé aux Micmacs et aux Montagnais qui, selon
lui, avaient été dépossédés de leurs territoires par les
Blancs. Et ma mère qui me disait toujours à quel point
je lui ressemblais ! Mais ses bottes étaient lourdes à
chausser, tandis que les miennes s'enfonçaient dans la
neige jusqu'aux genoux et que le vent me rabotait la
face. Néanmoins, penser à lui et à tous les autres me
redonnait courage ; j'étais de la lignée des fils du pays,
j'étais un patriote…

À travers la poudreuse, un grand camp de bois rond fut enfin bientôt visible. La rumeur se propageant, je m'empressai de dire à mes hommes que nous allions faire halte ici, mais que nous n'étions pas encore rendus à destination. Tous avaient le visage rougi par le froid.

Au relais, on alluma un bon feu. Chacun put se détendre, avaler quelques biscuits secs et boire du thé chaud. Le docteur Paré soignait les engelures les plus sérieuses et recommandait aux soldats moins atteints de les frotter avec de la neige. « C'est ce qu'on appelle combattre le froid par le froid », philosophait-il malgré le surplus d'ouvrage. Il ne fallut pas longtemps pour que ceux qui avaient préféré ne pas l'écouter et réchauffer leurs mains gelées près de la flamme souffrent le martyre en étouffant des blasphèmes.

Une heure plus tard, on décampa en entonnant des chants du pays. L'étape suivante – la finale, avait annoncé le commandant Ouimet – portait le nom de Lac-du-Chien. L'aurore bleuissait le ciel et un soleil malingre s'y déploya bientôt.

Au milieu de l'après-midi du dimanche de Pâques, nous atteignîmes enfin notre objectif. Jamais la vue d'un rail et d'un campement n'aura généré autant d'effervescence. Le CP avait érigé de grandes tentes qui servaient aux travailleurs du chemin de fer. C'est de là que nous allions repartir, cette fois bien assis dans un wagon.

Fourbu par ce long portage, prostré sous le fardeau, chacun laissa choir son lourd bagage. Qu'il faisait bon s'étirer, envisager la prochaine nuit de sommeil sous un toit chaud.

Je désespérais d'entrer dans la tente mise à la disposition des officiers, mais le sommeil tant attendu devait encore céder la place au devoir chrétien : le père Provost voulait célébrer la messe de Pâques en plein air. Après la communion, chacun regagna enfin sa tente pour un repos bien mérité.

Les pieds me faisaient mal, comme si je marchais sur des lames. J'avais derrière les tendons d'Achille des ampoules que je dus soigner. Je n'étais pas le seul. Autour de moi, tous les autres officiers pansaient des blessures diverses. Je crevai les cloques et désinfectai la plaie, que j'entourai d'un pansement, puis me couchai enfin. La douleur se dissiperait dans les bras de Morphée.

9. La peur

Je m'extirpai du lit tard le lendemain, en milieu de journée. La lumière passait à travers la toile. L'odeur de transpiration, qui levait le cœur, m'incita à sortir au plus vite. Debout devant le feu de camp, j'avalai une affreuse ration de *hard task*, ces biscuits secs sans saveur auxquels je n'arrivais pas à m'habituer, et me réchauffai en buvant un thé bien chaud. J'allai ensuite de bivouac en bivouac saluer mes soldats.

Les hommes occupaient leur temps comme ils le voulaient. Vers la fin de l'après-midi, avec Alphonse et d'autres officiers, je fis un feu qui éclaira l'azur. Puis l'on chanta des chansons à répondre jusque tard en soirée.

Le lendemain matin, je fus réveillé par le crissement d'acier du convoi ferroviaire venu nous chercher dans ce *no man's land*. Des voiles de neige tourbillonnaient sur le toit des wagons. Le soleil luisait sur les roues ferrées.

Je demandai à ma compagnie de se préparer à hisser le matériel à bord. Certains soldats qui avaient abandonné leurs bottes à la froidure les retrouvèrent gelées comme de la bouse de cheval sur un chemin l'hiver.

— Lieutenant, qu'est-ce qu'on fait avec les bottes ? me demanda le jeune Hamel.

— Si l'envie vous prend de les servir en court-bouillon…

— Merci du conseil, lieutenant.

— Ce n'est pas une blague, Hamel. Enduisez-les de neige et passez-les au-dessus du feu. Elles vont se réassouplir bien vite.

J'eus droit à des regards dégoûtés. Les soldats se débattaient pour enfiler leurs godasses. Déjà que les ampoules martyrisaient les pieds meurtris, sans parler des courbatures, des élancements... Nous avions hâte de retrouver la quiétude et la chaleur des voitures.

Je me dirigeai vers le chemin de fer. Tandis que la locomotive reculait en crachant une fumée noire, des hommes attendaient déjà, prêts à charger les wagons. Le convoi reculait lentement quand une clameur s'éleva alors que perçaient des hurlements de douleur. On réclama de l'aide et un médecin. J'accourus.

— Qu'est-ce qui s'est passé ? dis-je en me taillant une brèche dans le cercle d'hommes qui m'empêchait de voir.

— Il s'est... dit un sous-officier en se signant.

— Quoi ?

Je m'approchai pour constater la cause de cet émoi. Un homme gisait, ensanglanté, près de la voie ferrée. Je demandai à nouveau ce qui s'était passé et compris rapidement que le soldat, un certain Boucher, avait tenté de mettre fin à ses jours en se couchant sur les rails. Il avait dû changer d'idée au dernier instant, mais ne s'était pas enlevé assez vite pour s'éviter une affreuse blessure au pied gauche.

— Vite, allez prévenir le médecin et des brancardiers.

Le sang se répandait et il fallait enrayer l'hémorragie. Je tentai de confectionner un garrot provisoire sur la jambe gauche de Boucher pour limiter l'écoulement.

Le docteur Paré arriva bientôt à la course. J'écartai l'attroupement de curieux pendant qu'il se penchait à son tour sur le blessé.

— Qu'est-ce qui est arrivé ?

— Il s'est jeté sous les roues du train, au dire des témoins.

— Non, c'est pas vrai !

La tentative de suicide était considérée comme un crime dans le Code criminel et le pauvre était dans de beaux draps. Je ne voulais pas que cet incident contamine le moral du bataillon. Il fallait occuper les soldats et les éloigner de ce drame. Avec une voix grave et un ton bourru, Lupien s'en chargea.

— OK, les gars, il faut charger le train. Cessez de regarder ! Allez travailler !

Ils partirent rejoindre leur compagnie respective.

Le garçon poussa un cri de souffrance quand on le déplaça loin du rail. Paré examinait l'estropié avec circonspection. Je l'aidai à retirer avec précaution ce qui restait de la botte. Il fallut la découper par endroits avec un couteau. Ce qu'on aperçut n'était pas beau à voir. L'acier avait tranché à travers les os. Paré lia un garrot plus efficace que le mien au-dessus de la cheville, puis déposa de la neige sur la blessure pour atténuer la douleur et éviter l'enflure.

— Il faudra sans doute l'amputer, dis-je en voyant l'étendue des dégâts.

— Souhaitons que la plaie ne s'infecte pas, répondit-il tout en faisant un signe discret aux brancardiers qui venaient de surgir avec une civière.

Ceux-ci soulevèrent Boucher pour l'installer sur le lit ambulant. Son visage tordu par la douleur me faisait craindre le pire. C'est à ce moment que le commandant Ouimet arriva. Il arborait une mine d'enterrement.

— Qu'est-ce qui est arrivé au juste ?

Dès qu'il comprit à mes explications que le garçon avait tenté de se tuer, il serra les poings et, derrière les verres épais, ses yeux témoignèrent de son indignation.

— On avait bien besoin de ça ! Lieutenant Villeneuve, je vous demande de trouver pourquoi ce malheureux a commis un tel acte. Je veux un rapport.

J'acquiesçai à sa demande tout en faisant le salut militaire. Décidément, le commandant voulait me transformer en enquêteur du 65e bataillon. Alors qu'il s'éloignait et que je me demandais comment procéder, je le vis porter discrètement quelque chose à sa bouche. Était-ce un médicament quelconque, un cachet? Je repensai à la mine qu'il avait à son arrivée et le suspectai d'être souffrant. Mais de quoi?

Je m'ébrouai, puis me mis à la recherche de Lafontaine et de Rivard. Je les trouvai en train de houspiller les soldats pour accélérer le chargement des wagons. Je leur demandai d'aller me chercher les hommes qui avaient côtoyé le désespéré depuis le début du voyage.

— À quelle compagnie appartient ce Boucher? demanda Lafontaine.

— La sixième. Demandez la permission à son capitaine avant d'amener les soldats.

Pendant que je surveillais le chargement, je mis par écrit dans mon carnet de bord ce que je savais de l'accident. Une demi-heure plus tard, mes deux officiers revenaient avec trois soldats.

Carnet à la main, j'écoutai les compagnons d'armes du soldat Boucher. Ils en faisaient un portrait élogieux: charmant garçon, poli, musicien, il était infirmier à l'hôpital Notre-Dame. Il s'avérait cependant très discret, au point de paraître refermé sur lui-même. Je ne connaissais rien à la santé mentale, mais je dépistai vite les symptômes de la dépression.

— Vous avait-il parlé de ses plans?

— Non. Il ne causait pas beaucoup depuis qu'on avait quitté Montréal. Il avait l'air triste.

— Pourquoi?

— Il s'ennuyait des siens. Il regrettait, je crois, de s'être engagé.

— Était-il du genre à déserter?

— Peut-être, je ne sais pas… Je l'ai vu pleurer lorsque le convoi a quitté Biscotasing.

— Et comment s'est-il comporté pendant le portage ?

— Il n'a pas dit un mot à personne.

L'heure du départ approchait et j'avais assez d'informations pour rendre compte à Ouimet. Je remerciai les trois soldats et leur ordonnai de rejoindre leur compagnie.

— Va-t-il survivre, lieutenant ? me demanda l'un d'eux avant de s'éloigner.

— Je ne sais pas. Je ne sais vraiment pas…

Une chose était certaine, c'est que, mort ou vivant, Boucher devrait poursuivre le voyage avec nous. Il fallait le transporter dans le premier hôpital que nous croiserions sur notre route.

Cet interrogatoire me laissait un goût amer en me faisant prendre conscience que plusieurs de nos soldats, totalement inexpérimentés, s'étaient enrôlés sur un coup de tête. Qui plus est, la simple idée de perdre un infirmier n'avait rien de réjouissant. Advenant un affrontement qui ferait de nombreux blessés, nous aurions besoin de toutes nos ressources médicales.

Je refermai mon carnet en soupirant : je vivais sans le savoir mon premier coup de sape de la campagne.

◆

À la queue leu leu, les hommes montaient dans leurs wagons respectifs comme s'ils allaient à l'abattoir. Une volée de blasphèmes accompagnait leur avancée. Heureusement que Pâques était fini ! Le sergent Lupien supervisait l'embarquement.

— On nous prend pour du bétail, torrieu ! s'était indigné Tellier, un soldat de ma compagnie, en voyant ce qu'on leur réservait, une opinion qui avait été rapidement partagée par la majorité des hommes.

— Si t'étais du bétail, tu t'en irais à l'abattoir, et laisse-moi te dire que tu aurais une raison de meugler, répliqua Lupien. Ferme-la pis monte sur la plate-forme, tabarnak !

De fait, les wagons-passagers mis à leur disposition étaient plutôt des wagons à claire-voie et sans aucune commodité. On leur distribua des couvertures supplémentaires, car le vent glacial leur sablerait durement la peau quand le train filerait.

Les officiers, eux, bénéficiaient d'un wagon d'ouvriers étroit et presque aussi mal isolé. Nous n'étions pas partis depuis dix minutes que les courants d'air nous glaçaient le corps entier. Je me recroquevillai dans ma couverture de laine du pays, blotti entre mon frère et Lafontaine. Rivard avait enfoui sa tête dans la couverture et ressemblait à une vieille babouchka. Mais je n'allais pas me plaindre alors que, du côté des soldats, des pères de famille gelaient dans les wagons à bestiaux.

Notre convoi rallia le lac Supérieur vers six heures du matin. Le paysage était splendide. Sous la lumière de la lune, la couche glacée du lac contrastait avec le drap noir du ciel piqué d'étoiles. Sur ses rives, se dressaient les rocs gris givrés de bleu et à demi enneigés. J'étais frigorifié.

Pendant le voyage, j'avais consulté le père Provost et le commandant Ouimet, à qui j'avais fait mon rapport, et c'est avec empressement – et l'approbation de mes supérieurs – que je descendis rejoindre des soldats de ma compagnie avec un petit remontant. Ma bouteille de rhum fut saluée par de grands éclats de joie. Je servis un verre à chacun pour les réchauffer de leur nuit glaciale, alors que bleuissait lentement l'horizon. Le chaud liquide, bu à la barre du jour, racheta bien des peines.

— Lieutenant, il faudra en faire une tradition ! me lança le jeune Hamel.

— Mais jamais quand le mercure franchira les dix degrés.

Lafontaine avait avalé d'un coup sec son verre de rhum.

— Dieu que c'est bon! Dieu que c'est bon! chantonna-t-il. Juste pour ça, j'irais à la guerre tous les jours de la semaine.

— À la guerre ou dans une ligue de tempérance, lieutenant Lafontaine? s'enquit le père Provost, qui était venu voir comment se déroulait mon « expérience ». Est-ce donc là votre prière du jour?

— Mon père, il faut bien remercier Dieu pour tous les bienfaits de la Terre, et celui-là itou.

— Vous avez raison, mon fils, mais n'oubliez pas la tempérance.

— J'y pense tous les jours, mon père, j'y pense tous les jours.

— Et je me charge de la lui rappeler, mon père, ajoutai-je.

Une fois l'aumônier à distance, nous éclatâmes de rire.

Puis une mauvaise nouvelle se répandit comme une traînée de poudre: un journal de Toronto, le *Globe*, affirmait que le 65e bataillon de Montréal avait dévalisé à Biscotasing des magasins du Canadien Pacifique! Je me précipitai vers le groupe d'officiers d'où provenait cette nouvelle, Laf à ma remorque. Nous trouvâmes bien vite le moyen de nous faire prêter le torchon et il passa rapidement d'une main à l'autre.

— C'est de la merde, scanda Laf en terminant sa lecture. Peau de chien, on a peut-être cassé la gueule à quelques orangistes, mais ils l'avaient bien cherché. Nous ne sommes pas des voleurs, crénom!

— Je sais bien que vous avez raison, lieutenant Lafontaine, riposta le major Hughes qui faisait partie du groupe, mais admettez que c'est une très mauvaise publicité pour nous…

— … et une raison supplémentaire pour surveiller encore plus le comportement de nos hommes, conclut Ouimet en me regardant.

Je hochai la tête, montrant que je comprenais fort bien son message, puis rebroussai chemin avec Laf.

En revenant vers mes hommes, je croisai les brancardiers qui sortaient du train le soldat Boucher sur sa
civière. Le docteur Paré, qui les suivait de près, me
confia qu'il en réchapperait, mais sa guerre était bel et
bien finie, alors que la nôtre nous attendait en chemin.

Comme si ce n'était pas assez, des soldats rappli-
quèrent, pleins de colère : il leur avait fallu payer pour
affranchir leurs lettres. Le commandant Ouimet les
avisa qu'il allait envoyer une lettre de protestation au
ministre Caron.

On nous servit dans un grand hangar un déjeuner
qui n'avait rien pour améliorer l'état d'esprit qui pré-
valait depuis notre halte à Lac-du-Chien – une humeur
de chien, justement. Massacrante. Puis les soldats
s'attelèrent à la tâche de tout décharger de nouveau
pour le prochain portage.

10. Humeur et temps de chien

Le lendemain, la marche commença sur la rive du lac Supérieur, un périple de vingt-cinq milles que nous espérions parcourir en neuf heures. Par endroits, il fallait marcher sur la glace, le pas incertain. L'eau suintait au-dessus. Je souhaitai qu'elle ne cède pas sous le poids des hommes et de leur fardeau.

Sur le lac, le vent brûlait la peau, givrait les barbes. Le sifflement sinistre des rafales s'amplifiait, baissait, reprenait sans cesse en crescendo. Le froid indisposait les plus endurcis. Les lèvres bleues, les hommes grelottaient en jurant.

Quand le commandant Ouimet annonça que nous étions tout près de Little Peak pour une distribution de rations, les cris d'encouragement retentirent. Je me retournai. Notre longue colonne blanche progressait péniblement dans la bourrasque, plusieurs traîneaux peinant à franchir d'immenses congères. Heureusement que nous avions les chevaux. Après cette halte, il nous resterait encore quelques milles de portage avant le prochain train.

La masse noire d'une locomotive sur ce fond blanc généra enfin un vaste élan de joie. Mais il fut de courte durée : les wagons plates-formes étaient encore moins adaptés aux conditions hivernales que les précédents. À part les ridelles sur les côtés, il n'y avait rien. Pas même un toit. Une niche à chien eût été mieux !

Les hommes en colère reprirent la pénible corvée de chargement avant de se hisser eux-mêmes sur les plates-formes. « Mais pour qui ils nous prennent ? » entendais-je pester les uns. « On ferait pas endurer ça à des chevaux », grommelaient les autres.

Quand le train s'ébranla, un esprit de révolte frayait son chemin. La plainte chemina vite jusqu'au wagon des officiers. On ordonna au conducteur de faire un arrêt afin de permettre aux soldats de se réchauffer. Les capitaines, accompagnés d'autres officiers, passèrent parmi leurs miliciens pour offrir un remontant. Je fus de nouveau accueilli avec soulagement par les soldats de la cinquième compagnie.

Pour le jeune Boucher, le calvaire du voyage prit fin à McCay's Harbor. Il fallut retarder l'expédition de quelques heures pour le mener à l'hôpital. Plusieurs allèrent le saluer, lui souhaiter bonne chance. Je fus reconnaissant de l'attitude des hommes, qui refusaient de le juger.

Les autorités de McCay's Harbor nous remirent quelques denrées supplémentaires, que nous chargeâmes à bord. Le convoi reprit son avancée. Nous percions l'ouest d'heure en heure à travers une région montagneuse et boisée au nord-est du lac Supérieur. Le nouveau tronçon s'appelait le Michipicoten, qui signifiait, en langue ojibwée, « grandes falaises ». Sur la carte, je vis qu'il tirait son nom de la réserve indienne du Gros Cap n° 50, habitée par les Ojibwés.

Puis il fallut de nouveau décharger et reprendre la route à pied dans un paysage magnifique, émaillé de lacs gelés. Nous avions calculé qu'il faudrait environ dix heures pour rallier la baie du Tonnerre en passant par Red Rock.

Après la tempête et le froid, le soleil qui se reflétait sur la neige darda nos yeux. Certains soldats aveuglés furent la proie d'étranges mirages. Était-ce l'esprit malveillant d'un shaman cherchant à nous apeurer ? Je crus bientôt que la nature nous avait déclaré la guerre.

Notre colonne s'étendait sur plusieurs centaines de verges. À mes côtés, Alphonse et Lafontaine se lançaient des devinettes historiques pour passer le temps. Je servais d'arbitre dans les cas litigieux où ils se tiraillaient.

Jamais n'avais-je parcouru autant de milles à pied. Mais je dois avouer que ce périple dans la grande nature comblait le citadin que j'étais. La marche me plaisait, car elle m'endurcissait le corps et se révélait propice à la réflexion. J'avais tout le temps pour laisser trotter mon imagination. Je me vis au combat, récitai des vers de Racine et de Shakespeare pour passer le temps. Je rêvassais ; le rêve est le labour de l'esprit. Il prépare la moisson des désirs. Dans mon cas, je préparais mon examen d'admission à la Faculté de médecine.

Sur le tapis monotone de la baie du Tonnerre étalé à perte de vue, longs couloirs d'infini aux nuages bas, je révisai également mes notions de latin, de grec et d'anglais, j'inscrivis mes fractions et mes décimales sur fond de ciel bleu. Bien entendu, je pensais aussi à la guerre, au combat, aux blessures mortelles. Je revoyais les livres d'histoire illustrés du Canada, les altercations meurtrières entre Français et Iroquois. Allais-je y passer à mon tour ? Mais il n'était pas envisageable d'attaquer l'un des miens, Louis Riel. Les Métis, ces *half-breed*, disaient les Anglais, étaient issus du mariage de colons canadiens et d'Indiens. Ils étaient les descendants de nos trappeurs, chasseurs, négociants de fourrures. Ils parlaient français, pratiquaient la même religion que nous, aimaient le Québec. Pouvais-je songer en toute sérénité à attaquer nos frères métis ? Non. Je n'étais pas le seul à penser ainsi. C'était un sentiment général, sauf chez les anglophones du 65e avec lesquels nous entretenions, malgré tout, de bons liens. Mais nous ne voulions pas passer pour des félons. La plupart d'entre nous souhaitaient jouer un rôle de pacificateurs et ramener Riel et Dumont à la raison. Nous savions à quel point les deux Métis étaient d'excellents stratèges.

Ce long train de pensées, entrecoupé de chansons du pays, aidait à supporter les courbatures causées par nos havresacs trop lourds et nos pieds endoloris.

— Le lieutenant a l'air songeur, disait parfois Lafontaine en se retournant pour me regarder.

— Je vois de belles images sur ce grand écran de ciel.

— Des images de jolies demoiselles déambulant dans la rue Sherbrooke ? raillait Alphonse à ses côtés.

— Tu es fiancé, Georges ? s'enquérait Rivard.

— Heureusement que non.

— Tant mieux, tu ne pourras pas être cocu ! s'esclaffait Laf, toujours moqueur…

Peu avant minuit, la vue de notre prochain convoi au loin déclencha une joie prudente : allions-nous de nouveau avoir droit à des wagons à bestiaux ? La foulée doubla néanmoins en vitesse et les chansons en tempo.

Deux heures plus tard, à la faveur de la nuit, nous roulions encore une fois, mais dans des conditions nettement plus acceptables, enfin. Comme tant d'autres, je sentais mes pieds endoloris et mon corps prostré.

Je m'endormis en rêvant du long chemin qui nous avait avalés jusqu'ici. Le sommeil profond me tapit dans des zones mystérieuses de la psyché. Mais le réveil fut brutal. Quatre heures à peine et le train décélérait à la rivière de la Femme. « Mais où sont-elles, lieutenant ? » disaient les soldats à la blague. « Notre odeur les a sans doute fait fuir ! » répondais-je.

Éternel recommencement, la marche reprenait ici. Les yeux collés de fatigue, les cheveux emmêlés, les pieds couverts d'ampoules, mes hommes rapaillaient leur équipement. Alphonse, Rivard, Lafontaine et moi les encouragions en leur disant qu'une surprise les attendait au bout de ce portage. Tout était silence et noirceur. D'après ma carte, quatorze milles nous séparaient de Port Arthur. Somme toute, le moral tenait toujours, le mien du moins.

Le lent défilé reprit. L'aurore révéla encore le grand lac Supérieur, mais dans sa partie nord-ouest. Nous avions atteint son extrémité canadienne. Le feu du soleil à l'horizon imprima de longues bandes rouges et orangées à l'ouest du lac. Je laissai mon regard se perdre dans la splendeur du paysage. « *Fiat lux!* » m'exclamai-je. J'inclinai la têtc devant tant de beauté. Ma prière me laissa plein de lumière. Nous étions le 9 avril. Une semaine était passée depuis notre départ.

Une ville propre avec de beaux espaces verts et de nombreux clochers se dessina enfin dans notre champ de vision : Port Arthur. Elle comptait une partie haute et une partie basse où se trouvaient les bâtiments publics et le centre-ville. À part quelques belles résidences victoriennes, vernaculaires ou gothiques, les maisons étagées à toits versants étaient coquettes et toutes identiques.

La population nous fit un accueil enthousiaste. Des cris de joie et des regards admiratifs rachetaient les affres de la marche et les bigots de Bisco. Les officiers eurent droit aux yeux doux des jeunes femmes ; l'uniforme militaire est un passeport pour l'amour. C'est une arme en soi. Un rafle-cœur. Il éveille chez la femme des désirs insoupçonnés d'être conquise. On ne s'étonne pas de la popularité des romans de Stendhal, de Hugo et de Tolstoï.

Après notre bain de foule, le maire nous convia à une cérémonie à l'hôtel Brunswick. S'asseoir sur des chaises confortables et manger derrière une table couverte d'une nappe était un luxe que j'avais oublié.

Au cours de la réception, un notable nous apprit qu'un colon belge, un certain Bernard Frémond, avait été assassiné le 31 mars sur sa ferme dans la localité de Dewan, près de Battleford. Un maraudeur indien, Wah-wah-nich (Homme-sans-cœur), avait été arrêté et accusé de meurtre prémédité. Cette nouvelle nous rappela que nous entrions en territoire hostile.

Vers dix heures, il fallut se diriger vers le nouveau train. Une foule salua notre départ, comme cela avait été le cas à Montréal.

Ce soir-là, ordre fut donné pour le lendemain d'astiquer les carabines et les bottes en prévision de notre arrivée à Winnipeg.

TROISIÈME PARTIE

Wild West

Qu'au lieu de wagons, si c'est le désir des chefs et qu'ils fassent option à cet effet, il sera donné à chacun d'eux, partie au présent traité, au Fort Pitt ou ailleurs par la suite (à l'exclusion des chefs dans le district de Carlton), en reconnaissance de la conclusion du traité, deux charrettes avec leurs garnitures et les bandes de roues en fer, et cela dès que le transport pourra s'en faire commodément.

Traité N° 6, 1876

Fort Edmonton, 5 mai 1885

Déposition sous serment de François Lépine, interprète métis, survivant du massacre de Lac-à-la-Grenouille

Interrogateurs : capitaine Georges Villeneuve, lieutenant Bruno Lafontaine et le docteur Paré

Secrétaire : Georges Villeneuve

— Ce qui devait arriver arriva. En 1869, les arpenteurs s'étaient rendus à Rivière-Rouge pour subdiviser nos terres en lotissements de deux milles en prévision de la venue des colons. À ce moment-là, on s'est opposés au découpage des lots en carrés selon la méthode anglaise. Les Métis avaient déjà découpé leur terre en lots rectangulaires qui se terminent à la rivière, comme on le fait chez vous.

» Quand Riel a vu les arpenteurs circuler sur la terre du Métis André Nault pour en délimiter de nouvelles bornes, les esprits se sont échauffés. Riel a réuni une dizaine d'hommes armés et s'est rendu sur la terre du Métis. À la pointe du fusil, il a donné l'ordre aux arpenteurs de quitter les lieux. Devant l'hostilité et la détermination de Riel, ils se sont éclipsés immédiatement. Redoutant des troubles, le gouvernement a nommé James McDougall lieutenant-gouverneur des Territoires du Nord-Ouest. Celui-ci a décidé de se rendre au Manitoba pour prendre possession du territoire par une simple proclamation. Avisé de l'arrivée du lieutenant-gouverneur, Riel a formé le Comité national des Métis de la rivière Rouge. Il a fait voter une résolution interdisant la venue de McDougall sur leur territoire.

» La diligence de McDougall a été vite interceptée par les Métis. Ils lui ont remis la résolution. Le lieutenant-gouverneur a été outré que l'on ne respecte pas l'autorité de la Reine. Il a refusé de s'arrêter, s'est entêté. Mais il n'y a pas plus têtu qu'un Métis privé de ses droits. McDougall a continué jusqu'aux portes de la Compagnie de la Baie d'Hudson. Son convoi a été à nouveau intercepté par mon oncle Ambroise Lépine, le chef militaire des Métis. Mon oncle est monté dans la voiture et a pointé son pistolet sur la tempe du représentant de la Reine en lui donnant une dernière chance de faire demi-tour. Il lui a rappelé que le Canada n'avait pas officiellement pris possession du territoire et qu'il n'avait pas à y entrer. Ce qu'il y a de formidable avec nous, les Métis, c'est que nous connaissons nos droits autant que notre catéchisme.

— Je suppose que ç'a été perçu comme une déclaration de guerre.

— Oui, la nouvelle a créé un grand remous à Ottawa. Qu'on ose éconduire un sujet de Sa Majesté était impensable. Mais le gouvernement n'avait encore rien vu de notre détermination. Riel a décidé alors de former un gouvernement provisoire et a donné aux Métis une constitution digne de ce nom. Anticipant l'arrivée des colons et de la Police à cheval, il a réuni son comité. Ils ont décidé de prendre possession de Fort Gary. Dans la nuit du 2 novembre 1869, les Métis, par petits groupes, ont traversé la rivière Rouge et, une fois ensembles, ils sont entrés dans le fort pour s'en emparer. Ils y ont fait quarante-huit prisonniers, qu'ils ont gardés dans le fort. Devant cette crise majeure, le gouvernement de Macdonald a envoyé Donald Smith, le patron de la Compagnie de la Baie d'Hudson. Lors d'une grande assemblée en plein air, Riel a servi d'interprète à Smith et la rencontre a paru apaiser tous les partis.

» Mais les choses continuent de s'envenimer. Voilà que plusieurs prisonniers faits par Riel s'échappent. Ils essaient de prendre d'assaut le fort. Ils font à leur tour un prisonnier métis, un nommé Parisien. Ils le libèrent, mais en s'éloignant le jeune Métis tire sur un Anglais, qu'il blesse gravement. Parisien est à nouveau fait prisonnier et battu sauvagement à coups de hache. Le Métis et sa victime succombent dans les heures qui suivent. Chez les Métis, les pires rumeurs circulent quant aux supplices qu'aurait endurés le jeune Parisien.

» À leur tour, les Métis font prisonniers des Anglais qui passent près du camp. L'affaire va encore dégénérer. Un des prisonniers de Fort Gary, Thomas Scott, que tous connaissent de nom, ne cesse de causer du trouble. Le jeune orangiste insulte les Métis. Avisé de son comportement agressif, Riel va le voir. Scott insulte Riel en le traitant de sale sauvage puant, lâche, affreux. Riel lui ordonne de cesser de l'insulter, mais en vain.

» Alors Riel l'a fait traduire en cour martiale, où il a été condamné à mort. On a conduit Scott devant le peloton d'exécution, on lui a bandé les yeux, puis on l'a exécuté. En guise de représailles, le gouvernement a dépêché les hommes du colonel britannique Wolseley. Devant l'écrasant contingent de soldats qui entendaient tuer le chef des Métis, Riel a pris la fuite. À partir de ce moment-là, il a constamment eu des orangistes fous à ses trousses. Il est allé aux États-Unis pour y rencontrer le président Ulysses Grant, à qui il a demandé de l'aider dans son plan d'invasion du Manitoba. Riel préparait déjà son retour. Nous avions obtenu des droits du gouvernement, comme l'acte du Manitoba, mais nous avions perdu celui qui nous les avait obtenus. Aujourd'hui, nous savons ce que notre chef a enduré durant son terrible exil.

» Mais il n'était pas dit qu'il n'allait pas relancer notre combat. Gros-Ours est allé au Montana. Il y a rencontré Riel à la mission St. Peter, où il poursuivait son exil. Riel l'a entretenu de son plan d'invasion du Manitoba qu'il mijotait depuis qu'on l'avait chassé des Territoires du Nord-Ouest. Gros-Ours lui a demandé s'il pouvait aider les Cris. Riel, qui a des origines cries, s'était montré sensible à leur condition misérable. Je peux en parler. La vie était difficile. Et davantage pour les Cris que l'on jugeait obstinés, insoumis. Savez-vous ce qu'est la faim qui vous assaille le corps et l'esprit ? Savez-vous ce que c'est d'avoir connu le temps où il y avait autant de bisons dans cette plaine que de brins d'herbe et de les voir disparaître ? Pouvez-vous concevoir l'idée de payer des taxes sur des terres que vos ancêtres foulent depuis des millénaires ? Dans les réserves, les rations promises par le gouvernement étaient de plus en plus maigres. Puis il y a eu des incidents qui ont mis le feu aux poudres. Les agents de la PCN-O ont commencé à demander aux Indiens des preuves d'identité pour entrer et sortir des réserves. C'était très humiliant. On sentait de semaine en semaine la tension monter entre les Indiens et certains agents indiens qui les méprisaient ouvertement. Mon travail d'interprète ne me permettait pas de rendre le centième de la colère de ceux que je devais traduire. J'évitais de traduire les menaces de mort que lançaient les Indiens aux agents de la Compagnie de la Baie d'Hudson ou aux policiers. Gros-Ours a tenu à renégocier le traité avec le chef Faiseur-d'Enclos. En vain. Le chef cri a voulu défier les autorités en organisant une *nipakwe cimuwin*, une danse de la faim. Les Blancs avaient désormais interdit cette cérémonie religieuse qui durait quatre jours. Pas assez de prendre nos terres, ils prohibaient nos rituels. Ajoutez à ça, messieurs, les mauvaises récoltes, les maladies contagieuses, la famine, les rentes viagères du gouvernement promises que l'on attend sans fin, les agents indiens méprisants qui abusent de leur pouvoir et vous avez un tableau de la situation.

» Chez nous, la révolte couvait. Les Métis de Saint-Laurent et de Batoche, en tant que premiers occupants du territoire, ont alors confié leur lutte à Gabriel Dumont. Nous n'avions pas encore bénéficié des droits que Riel avait obtenus par le traité de 1870. Nous attendions toujours. Nous n'avions plus le traité en main pour le jeter au visage du gouvernement. Louis Riel en exil en avait une copie. On fit signer une pétition pour que le gouvernement respecte son accord. Dumont, qui parle le cri et le sauteux, avait agi comme médiateur entre six tribus indiennes. C'est un homme très respecté des Indiens, une force de la nature. Grâce à lui, plusieurs guerres tribales ont été évitées. Quand Gabriel parle, on l'écoute. Puis le harcèlement du gouvernement a repris. Le gouverneur a décrété que nous devions payer des taxes sur le bois de chauffage ou de construction que nous coupions juste derrière nos habitations. On nous interdisait de l'utiliser sous peine de sanction. J'ai vu mon père signer une pétition pour que le gouverneur change d'idée et les Métis ont eu gain de cause. On apprenait aussi que les Métis d'Edmonton étaient dépossédés de leur terre au profit des nouveaux colons blancs. Pour protester, les Métis tiraient leurs maisons avec des chevaux puis, à bras d'homme, ils jetaient leurs habitations dans la falaise. La tension montait constamment à Batoche et Saint-Laurent. C'en était trop. Et les pétitions ne donnaient rien.

» Au printemps dernier, Gabriel Dumont est allé rencontrer à son tour Riel au Montana avec trois autres Métis influents. Notre chef enseignait à Sun River à de jeunes Métis.

» Ils ont tenté de le convaincre de revenir dans les Territoires du Nord-Ouest pour reprendre la lutte, comme il l'avait fait jadis. Riel a accepté avec enthousiasme de retourner dans ses terres défendre les droits des Métis. Depuis 1870, Louis était pourchassé par les orangistes. Il fuyait de ville en ville, des États-Unis jusqu'au Canada et dans les Territoires du Nord-Ouest. Même s'il a été élu député à trois reprises, les orangistes voulaient obtenir sa tête avec l'appui des journaux ontariens. Il n'a jamais pu siéger. Riel et ses Métis réclamaient des titres leur garantissant des droits. Mais le gouvernement a fait la même erreur qu'en 1869. Il a envoyé des arpenteurs qui ont cadastré les terres sans tenir compte de notre présence. Les spéculateurs, comme des hyènes,

ont suivi pour s'accaparer nos terres et les revendre. Riel et Dumont ont expédié deux longues
pétitions au gouvernement Macdonald. Mais il
n'a pas donné suite. Les Métis ont été forcés de
radicaliser le débat. Puisque j'étais un employé
des Affaires indiennes, je ne pouvais pas me
joindre à eux, mais j'y étais de tout cœur. Il est
difficile de choisir la révolte alors que vous avez
de quoi manger et vous loger. C'était mon cas.
Puis la police a pris la décision d'arrêter Louis
Riel. Nous entendions dire qu'on voulait le pendre.
La hache de guerre était à nouveau déterrée…

11. Passer droit
sur le front de l'Histoire

Le train entra en gare de Winnipeg dans la nuit du jeudi. Nous étions le 10 avril et à mille milles de Montréal. Plus d'une semaine avait passé depuis notre départ.

L'enthousiasme des Manitobains était indescriptible. Nous avions le nez collé aux fenêtres. Après avoir descendu le marchepied, je dus me frayer un chemin dans cette marée humaine. Tous voulaient nous toucher, nous dire un mot d'encouragement. Des milliers de personnes se pressaient pour voir « les Canadiens d'en bas », comme on nous appelait. Certains d'entre nous renouaient avec la parenté ou des amis qui avaient étudié à Montréal. « Comment ça va ? » lançaient les uns. « Ah ! t'as don' changé ! Je suis content de te voir ! » disaient les autres.

Au matin, après les corvées d'usage, je donnai congé à ma compagnie jusqu'à midi et la joie fut totale. Les soldats, se dispersant dans la ville, jasèrent avec la population, entrèrent dans les saloons, traversèrent la rivière pour se rendre à Saint-Boniface, visitèrent Fort Gary.

À l'hôtel où les officiers étaient logés, j'eus enfin le plaisir de prendre un bain, de tailler ma barbe, d'enfiler un uniforme propre et de cirer mes bottes. Sur ma table se trouvait un carton d'invitation de l'Honorable

Joseph Royal, député du comté de Provencher, qui donnait une réception pour les officiers dans l'après-midi.

Auparavant, nous étions attendus pour le déjeuner au restaurant du Canadian Pacific. En déambulant dans King Street, heureux de retrouver la civilisation, j'avais l'impression d'arpenter la ville de Montréal, mais comme si elle avait été construite sur la surface plane d'un billard! Les rues larges étaient sillonnées de rails pour les tramways à chevaux.

Dans la rue principale s'élevaient des immeubles en grosses pierres ou en briques. Mes yeux se posaient sur les enseignes: le magasin de la Baie d'Hudson, le saloon O'Lone, où se tenaient jadis les gardes de Riel, le magasin Gingras... Quand nous croisâmes la rue de la caserne de pompiers, le commandant Ouimet, qui nous guidait dans la ville, nous indiqua où se trouvaient le saloon Monchamps, les bureaux du journal *Nor'Wester* que Riel avait fait fermer et le magasin de l'apothicaire John Schulz, son ennemi juré.

— Quand Riel a appris que Schulz et ses alliés, McTavish et Mair, complotaient contre lui, il n'a pas hésité à les faire emprisonner. Quand il a soupçonné Schulz et l'homme d'affaires A. G. B. Bannatyne de cacher des armes, Riel et ses gardes ont pointé un canon devant la résidence de Bannatyne. Le soir où son projet de constitution et de gouvernement provisoire du Manitoba a été avalisé et que Riel a été nommé président du comité de négociation, la rue King s'est animée. Même Schulz, qui s'était finalement rallié, a fait un feu d'artifice alors que les Métis tiraient des coups de feu en l'air. Et tout le monde s'est rendu fêter aux saloons Monchamps et O'Lone, qui appartenaient à un fidèle allié de Riel, Robert O'Lone.

Néanmoins, la ville de Winnipeg que nous foulions n'avait plus rien à voir avec celle de 1869. Les orangistes avaient pris la place, imposé la langue anglaise.

Bien sûr, il restait des francophones sur l'autre rive de la rivière Rouge. Les rues Provencher, Notre-Dame, La Vérendrye, Saint-Jean-Baptiste sillonnaient toujours cette berge. C'est dans ce quartier, où Riel était né, que la colonie de la rivière Rouge avait vu le jour.

Mais les Métis avaient été persécutés après la première insurrection, forcés de se déplacer devant la violence dont ils faisaient l'objet. Il n'y avait pas si longtemps, les Métis formaient la majorité de la population du Manitoba. Aujourd'hui, ils étaient largement minoritaires. Avec l'Acte du Manitoba, on leur avait promis de préserver les terres déjà occupées et qu'un million quatre cent mille arpents de terrain seraient accordés aux enfants métis non mariés, mais le gouvernement fédéral n'avait jamais respecté sa promesse.

À un certain moment, nous remarquâmes plusieurs de nos soldats qui entraient dans le Veli Wholesale Wines and Liquors ou en sortaient avec un petit remontant. Considérant les difficultés du voyage, Ouimet affirma que c'était fort mérité. Et puis, la vue de jolies dames vêtues de chemises blanches en dentelle et de longues jupes noires n'attisait-elle pas les ardeurs ?

J'achetai la dernière édition du *Manitoba* pour connaître les récents développements de la crise. Bien des gens nous saluaient en français, nous, les frères du Québec.

Je pris place à une table avec mes compagnons de voyage. On nous servit un copieux déjeuner : œufs, bacon, scones, café. On parlait de nous en des termes élogieux dans le journal.

— Écoutez ce qu'on raconte sur nous…

— Encore des saloperies ? se révolta mon frère.

— Non, pas du tout. C'est un journal français qui parle de notre passage à Port Arthur. Je cite : « Chacun put admirer ces jeunes et brillants officiers. Comme ils ont l'air martial avec leur galant uniforme et leur démarche militaire. On dirait qu'ils vont à un bal tellement ils ont de l'entrain. La bravoure rayonne sur leur visage, leur galanterie est toute française… » Plus loin, il est dit à propos du 65e : « Robuste de corps, endurci aux fatigues et aux marches, air martial, tout en un mot concourt à en faire un des plus beaux bataillons de la Puissance. »

— Si par notre seule apparence nous pouvions inciter les Métis à rendre les armes, ce serait formidable, lança Rivard. Je pourrais rentrer tranquille chez nous sans une égratignure, retrouver mon salon douillet et ma petite femme.

◆

Il faisait un soleil radieux quand Rivard, Lafontaine, Lupien, Alphonse et moi traversâmes le pont pour nous rendre à Saint-Boniface afin d'honorer l'invitation du député Royal.

L'imposante résidence de la rue Provencher, avec ses toits versants, convenait à un notable comme Royal. Devant la porte, j'aperçus bientôt les capitaines Éthier, Ostell, Beauset, Des Trois-Maisons et Roy, tous sur leur 36. Être reçus par le député Joseph Royal avait de quoi impressionner les jeunes barbares que nous étions. Le nom de cet ami des Métis circulait pour jouer le rôle d'émissaire dans une tentative de règlement pacifique du conflit. Il nous attendait sur le seuil de la porte et serrait la main de chacun des nouveaux arrivants. Il avait un bon mot pour tous.

Royal avait dans la cinquantaine. Sous un nez busqué, il entretenait avec soin une moustache poivre et sel. Son menton fuyait au-dessus d'un cou bien gras. Sur sa calvitie perlaient quelques gouttes de sueur. Son regard perçant et ses froncements de sourcils harponnaient votre attention sur-le-champ.

Quand Lafontaine tendit sa main vers lui, la prestance et la voix de stentor de Royal le figèrent pendant un instant. Voyant la situation, le commandant Ouimet, qui se tenait aux côtés de l'hôte des lieux, intervint :

— Voici notre policier d'expérience, un garçon qui n'a pas froid aux yeux.

— Métier passionnant et d'aventures s'il en est un, répondit Royal en souriant à Lafontaine.

— Merci, monsieur. Je n'avais jamais pensé à faire rimer passionnant avec brigand et sanglant, répondit Laf.

Avant de me céder la place, Lafontaine se rapprocha de notre prestigieux invité avec ce regard espiègle qui le caractérisait.

— Mais savez-vous, honorable député, la différence entre le métier de député et celui de policier ?

J'avais une réponse – les politiciens mentent alors que les policiers ont affaire à des menteurs –, mais je la gardai pour moi.

— Je serais curieux de le savoir, lança Royal.

— Il n'y en a pas : personne ne croit en notre utilité, tous nous critiquent, mais tout le monde a besoin de nous un jour ou l'autre…

Constatant que le sens de la repartie du lieutenant était revenu bien vite, tant Royal que Ouimet s'esclaffèrent, mais la toux grasse de ce dernier prit aussitôt le relais.

Entendant notre commandant expectorer de la sorte, Royal s'inquiéta de sa santé, d'autant qu'il paraissait visiblement affaibli.

— Ne vous alarmez pas, ça va bien, rétorqua Ouimet. Probablement un coup de froid.

Je tendis à mon tour la main.

— Georges Villeneuve, capitaine par intérim de la cinquième compagnie.

— Mais que vous êtes jeune, vous avez l'air d'un gamin !

— J'ai vingt-deux ans, monsieur. Comme disait mon oncle Ludger Duvernay, la valeur n'attend pas l'âge.

— Je suis d'accord avec votre célèbre oncle.

Je cédai la place à mon frère Alphonse pour rejoindre les invités qui avaient pris d'assaut le bol de punch. Tout près, le gros sergent Lulu se goinfrait dans les assiettes à cocktail.

— Tu te rappelles, Lulu, ce que le maire de Montréal a dit : le bataillon doit faire honneur à Montréal. Là, tu fais plutôt honneur à la boucherie de ton père et à la gourmandise.

— Je sais, mais j'ai faim. Je mange de la merde en canne depuis dix jours et j'en peux plus, Georges.

Cette réception nous changeait des champs plats et de l'inconfort du train. Le salon victorien était cossu et brillait à la fois de la lumière du jour et de tous ses lustres. Près d'une des larges fenêtres, une jeune pianiste aux nattes blondes me ravit par sa beauté et sa dextérité à jouer les *Romances sans paroles* de Mendelssohn. De doux parfums féminins caressaient mes narines. Étais-je bien au cœur d'un conflit militaire ?

Quelques minutes plus tard, faisant tinter son verre avec un couteau, Joseph Royal demanda l'attention de tous.

— Mes amis, c'est un grand plaisir de vous recevoir chez moi. Buvons à Montréal, buvons à la présence du 65e bataillon au Manitoba, buvons à l'amitié qui unit les francophones du Québec et du Manitoba. Je nous souhaite de tout cœur de régler sans effusion de sang cette triste répétition des événements de 1869.

Tous levèrent leur verre avec enthousiasme. Une dame bourgeoise bien fardée dans une robe à crinoline s'arrêta pour observer Alphonse, puis me jeta un long regard et se tourna de nouveau vers Alphonse. Elle retira avec maniérisme le porte-cigarettes de ses lèvres grimées de rouge.

— Ah ! deux frères, ça ne trompe pas… et elle repartit sans rien ajouter.

Nous ne fûmes surpris ni l'un ni l'autre. Il arrivait souvent que nous nous faisions ainsi remarquer tant l'un se voulait l'ombre de l'autre : même carrure, même port de tête fier et volontaire.

Partout, on faisait l'éloge de Joseph Royal, notre hôte. Il semblait aussi à l'aise qu'un poisson dans l'eau au cœur de ces mondanités. Mais son regard laissait paraître son angoisse. Ce grand avocat, historien et journaliste, avait été l'éditeur de *La Minerve* avant de fonder le journal *Le Métis*. J'avais douze ans lorsqu'il s'était trouvé plongé au cœur d'une crise politique. Il avait défendu la cause d'Ambroise Lépine et d'André Nault, des Métis accusés du meurtre de Thomas Scott en 1870.

Des officiers faisaient cercle autour de lui pour l'écouter nous parler de son ami Riel.

— En 1870, alors que la répression frappait les Métis, que l'on voulait sa tête à tout prix, je soupais avec des amis quand des orangistes sont entrés brusquement dans ma demeure en me demandant où était Louis. Je reconnus John Schulz, le Schulz qui persécutait Riel depuis des années, toujours à ses trousses à le traquer, souhaitant le voir monter sur la potence. Schulz savait que j'étais son conseiller juridique, que j'avais œuvré pour que Riel obtienne l'amnistie qu'on lui avait promise mais qu'il n'obtenait jamais. Ce soir-là, on nous a bousculés, menacés, insultés parce que nous étions francophones et catholiques. Mais Louis, heureusement, n'était pas chez moi ; il était déjà sur la route du terrible exil qui allait causer tant de mal : de rivière Rouge à Pembina, du Montana à Chicago en passant par Montréal et Québec. On ne peut pas imaginer ce que Louis a enduré…

Notre hôte discutait avec chacun, distribuait ses encouragements.

— Je lève mon verre au 65e bataillon de Montréal ! Je sais que Riel vous écoutera. Les Métis sont aussi nos frères. Ne l'oublions pas. Riel est le père de cette province. Il a défendu ici même au Manitoba les grands principes de la liberté. À votre célèbre bataillon. Hourra !

— Hourra ! répondaient les invités.

Je n'avais assez d'yeux pour tout voir ni assez de temps pour prolonger mon plaisir dans la haute société francophone de Winnipeg. Les verres de vin et les petits canapés ne restaient jamais longtemps sur les plateaux. Les jolies dames arrachaient des soupirs à bien des célibataires. Les filles de notre hôte suscitaient l'envie de tous les hommes en uniforme. Nous portions toast sur toast à notre bataillon et je commençais à me sentir légèrement éméché, Lafontaine aussi, qui avait le teint cramoisi et le ton paillard.

— Si on continue de lever nos verres à chaque discours, je vais tomber dans l'intempérance la plus totale.

— Il n'y a pas de croix de tempérance, ici. Laisse-toi aller, l'avisa Alphonse.

Un peu plus tard, Joseph Royal s'approcha de moi et, me prenant par le bras, m'amena vers le piano afin de me présenter ses filles Joséphine, Marie-Antoinette et Emma. Mes collègues officiers avaient les yeux sortis de leurs orbites alors que j'engageais la conversation avec elles, encouragé par notre hôte. En apprenant que je voulais devenir aliéniste, Emma m'observa comme un étrange spécimen.

— Pourquoi voulez-vous vous engager dans cette spécialité, capitaine Villeneuve ?

— Parce qu'il faut des médecins pour soigner le corps, et d'autres pour soigner l'esprit.

— Moi, je préférerais de loin soigner les jeunes filles, me chuchota Lafontaine à qui j'enfonçai discrètement mon coude dans les côtes.

Emma, heureusement, n'y prêta pas attention.

— Enseigne-t-on la médecine des aliénistes à Montréal ?

— Non, je devrai me rendre à Paris, probablement à l'asile Sainte-Anne ou à la Salpêtrière.

— N'est-ce pas dans cet établissement qu'officie le fameux Charcot ?

— Vous avez raison, mademoiselle Royal, et j'espère bien avoir la chance de le rencontrer.

Je vis alors ses yeux devenir rêveurs.

— Il est vrai que, moi aussi, j'aimerais bien aller à Paris pour étudier la musique au conservatoire.

Je me vis tout d'un coup arpenter le Quartier latin avec elle, flâner le long de la Seine, et cette vision idyllique paralysa mon esprit. Mais devant la beauté, le moindre silence prend l'allure d'une catastrophe et voilà que j'étais muet, impuissant.

Notre honorable hôte en profita pour meubler mon silence.

— Comme vous avez pu l'entendre, capitaine, ma chère Emma est excellente musicienne, dit-il d'une voix pleine de fierté. Elle a même joué plusieurs fois pour le premier ministre à Ottawa.

À sa demande, elle prit de nouveau place au piano afin de faire résonner de la plus exquise façon l'imposant instrument.

Tout en l'écoutant, son père me posa discrètement quelques questions. Je dus ainsi démentir les rumeurs de dysenterie dans notre bataillon qui avaient circulé dans les journaux – il s'agissait de mensonges lancés par des Américains sympathiques aux Métis –, admettre le fait que nos soldats devaient payer pour affranchir leurs lettres – « Je vais m'assurer personnellement que la gratuité prévaudra pour tout le 65e », m'assura-t-il avec du feu dans les yeux –, puis nous parlâmes du conflit, chacun y allant de son appréciation.

Quand la jeune pianiste termina la pièce qu'elle jouait, je voulus l'impressionner :

— N'était-ce pas une ballade de Brahms que vous avez interprétée, mademoiselle Royal ?

Elle sourit.

— Capitaine, Brahms n'a pas composé de ballade. Chopin, par contre…

Je redevins muet. Je m'étais couvert de honte. Huit ans au collège de Montréal et des premiers prix

n'empêchent pas de dire des inepties. Je m'en voulais
à mort.

— Si vous le voulez, capitaine, je peux vous en
interpréter une autre?

L'œillade qu'elle m'envoya fit des ravages dans mon
système nerveux et je ne pus que m'incliner devant
elle, conquis.

La musique s'éleva doucement et, tandis que le père
s'éloignait avec d'autres invités, je sentis que quelqu'un prenait sa place près de moi. Je reçus une tape
amicale dans le dos. Laf avait sans doute noté mon
désarroi. Il me toisait d'un air moqueur.

— Tu la ramènerais avec toi à Montréal, Georges?
chuchota-t-il.

— Dis pas de bêtises.

— En tout cas, tu lui fais des yeux de velours…

J'allais lui dire de se mêler de ses affaires quand
un vent de silence se propagea depuis l'entrée principale. En m'étirant le cou, je vis deux agents de la
PCN-O sur le seuil de la porte. Ils remettaient au commandant Ouimet un télégramme. Emma interrompit
son récital alors que notre supérieur ouvrait la missive.
À sa lecture, je vis son visage s'empourprer. Il leva la
tête vers l'assemblée et, constatant le silence qui régnait déjà, nous fit part de la nouvelle.

— Mesdames et messieurs, on vient de m'informer
qu'un colon de Lac-à-la-Grenouille, qui était prisonnier
des Indiens, s'est rendu hier à Battleford pour dire qu'il
y a eu un massacre.

Une clameur s'éleva dans le grand salon.

— De plus, Fort Pitt a été incendié et plusieurs personnes qui s'y étaient réfugiées ont été prises en otages
par les Cris. Conséquemment, le 65e bataillon doit se
rendre toutes affaires cessantes à Calgary.

Tous les officiers présents se regardèrent, interloqués,
alors que Ouimet poursuivait en annonçant que le bataillon allait être sous le commandement du major-
général Strange. Nous serions intégrés à l'Alberta Field

Force qui, aussitôt qu'elle aurait assez d'hommes, se dirigerait vers Edmonton.

— … car d'autres troubles ont lieu au nord d'Edmonton, tout près d'une réserve crie. Départ immédiat, messieurs. Nous devons prendre congé de notre hôte…

Une rumeur négative se répandit. Quelqu'un laissa tomber un verre, qui éclata. Je n'en croyais pas mes oreilles. Nous étions sidérés par la nouvelle. Dépité, Joseph Royal secouait la tête. Plusieurs d'entre nous avaient pensé pouvoir désarmer nos frères métis en évitant un bain de sang. Tous se sentaient trahis. Bien sûr, la situation exigeait une action immédiate, mais pourquoi alors ne pas lever une milice à Calgary et Edmonton ?

Dans un certain brouhaha, il fallut saluer nos compatriotes. Je remerciai chaleureusement Emma Royal de son accueil.

— J'espère, mademoiselle Emma, avoir le plaisir de vous croiser à Montréal ou à Paris…

— Je l'espère de tout cœur aussi, capitaine Villeneuve.

Avant de partir, je m'enhardis et lui demandai s'il m'était possible de lui écrire mes impressions.

— Je serais heureuse de vous lire.

Elle se dirigea vivement vers un grand secrétaire. Elle y prit du papier à lettres à l'en-tête de l'honorable Joseph Royal. Sa main effleura la mienne en me remettant la feuille que je rangeai précieusement.

Avant de me laisser partir, elle m'enveloppa de son regard limpide et lumineux.

— Faites attention à vous, Georges.

À ces mots, je me sus prisonnier d'amour, non de guerre. Plus tard, je mentionnerais avoir été la première victime du bataillon.

Je pris le chemin du retour toujours avec Alphonse, Lafontaine, Lupien et Rivard. En dépit de mon état

d'esprit, je n'en ruminais pas moins ma déception.
Notre route était-elle définitivement détournée de celle
de Riel ? Le gouvernement cédait-il à la pression des
journaux de Toronto ? Avait-il perdu confiance dans le
65e bataillon de Montréal ?

Je vis dès lors ce conflit d'un autre œil. L'histoire
nous rattrapait au milieu des prairies. Notre route se
poursuivrait plus à l'ouest que prévu. Les Cris n'allaient
sûrement pas nous accueillir comme l'auraient fait les
Métis.

L'annonce de notre départ vers Calgary avait dé-
grisé Lafontaine.

— Tu comprends, Georges, me dit-il alors que nous
marchions la tête basse, que l'on souhaite nous tenir
loin des Métis ?

— Fais attention à ce que tu racontes, l'avisa Rivard,
si les ordres sont de…

— Je ne fais que dire la vérité et c'est pas toi qui
vas m'empêcher de dire ce que je veux, s'emporta
Bruno en coupant sec Rivard, qui n'apprécia pas.

Il me fallut intervenir, car je craignais que mes deux
lieutenants en viennent aux coups.

— Du calme, voyons, du calme !

— Laf a raison et t'as pas tort non plus, Rivard,
concéda Alphonse. C'est juste que, maintenant, nous
n'avons plus le choix. Nous nous sommes engagés.

— Mais peut-être souhaite-t-on nous voir encercler
Riel en nous faisant passer par l'autre bras de la rivière
Saskatchewan ? avança Laf sans trop y croire.

— Nous ne sommes pas là pour nous poser des
questions, riposta Rivard.

— Rappelez-vous ce que disait Hughes : une armée
ne pense pas, elle agit.

— Écoutez, martela Lupien sur un ton de reproche,
j'ai pas étudié au Collège de Montréal comme vous
autres, mais une armée qui pense pas est comme une
poule pas de tête. Elle va à l'abattoir.

— Tu as raison, Lulu. Je crois que nous sommes les dindons de la farce dans cette histoire, conclut Lafontaine, ce qui sema l'hilarité chez ses compagnons.

Même Rivard apprécia le jeu de mots.

— N'empêche, dit-il, il faut amener les Indiens au cœur de la civilisation. Que cela leur agrée ou non.

Le reste du parcours se déroula en silence jusqu'à ce que nous croisions le jeune Hamel et un caporal qui sortaient du saloon Monchamps, le premier assez éméché et le deuxième carrément ivre. Mais je n'avais pas la tête aux reproches et demandai plutôt à mes lieutenants et à mon sergent de faire le tour des saloons pour s'assurer que tous les soldats de la cinquième compagnie se présentent à temps à la gare pour notre départ précipité.

12. Toujours plus à l'ouest

Avant que nous montions dans le train, des agents des Affaires indiennes remirent aux officiers supérieurs un dossier relatif aux alliances entre les tribus et une mise à jour de la situation. Je pus lire le traité numéro n° 6 signé en 1876 et qui concernait les réserves cries du district Saskatchewan vers où nous nous dirigions. L'essence du conflit prenait ses racines dans ce document.

À Calgary, le commandement passerait entre les mains de ce major-général Strange qui, avait-on maintenant appris, avait été incapable de lever une milice à Calgary. Cela n'augurait rien de bon.

À la gare de Winnipeg, une foule compacte était venue nous dire au revoir dans le jour déclinant. Nous remerciâmes les gens au son de *Vive la Canadienne*. Sur le quai, la foule se joignit à notre chœur de trois cent cinquante voix. Le chant résonnait dans la gare devenue cathédrale. Dans le désarroi qui nous habitait, c'était grandiose et tellement décevant à la fois. Je repensais à la jeune pianiste, mais à quoi bon ? Je venais d'une famille trop modeste pour espérer ravir la main d'une dame d'aussi bonne famille. Tant que je n'aurais pas une position enviable, mes chances auprès de la gent féminine de cette classe seraient nulles.

Les portes des wagons s'ouvrirent enfin et j'ordonnai aux hommes de ma compagnie de monter. L'embarquement me sembla ne pas vouloir finir, mais le train, secoué de soubresauts, s'ébranla enfin dans une lente pulsation. Des centaines de mains nous saluèrent pendant que nous continuions de chanter.

Il me faut dire ici que nous nous étions comportés comme des gentilshommes durant ce séjour à Winnipeg. Il m'importe de le préciser, car dans les jours qui allaient suivre, le *Toronto News* allait répandre les pires calomnies sur notre bataillon.

Sur le pont, je regardai la rivière Rouge qui sinuait sous un chapeau de lune. Dans les compartiments, les conversations portaient sur notre nouvelle affectation. Difficile de se reposer dans ces conditions.

À la barre du jour, le train traversa Qu'Appelle. À regret, je vis défiler des centaines de bivouacs dressés dans la plaine, ce qui donnait un avant-goût de l'affrontement à venir. Le foyer de la révolte brûlait trois cents milles plus au nord dans la vallée de la rivière Saskatchewan. Le théâtre de l'opération avait pour lieu Batoche, Battleford, Lac-aux-Canards. C'est le général Frederick Middleton qui allait affronter les Métis retranchés à Batoche, tandis que le lieutenant-colonel Otter aurait la responsabilité de protéger Fort Battleford et la population de Battle River. Notre nouveau commandant, lui, se voyait confier la tâche de freiner Gros-Ours.

— Bonne chance, Riel, on est avec toi, murmura avec dépit Lafontaine.

Rivard tiqua comme toujours en entendant cela, et il l'avisa qu'il risquait la cour martiale pour félonie.

— C'est ça, qu'on me fusille à la prochaine gare… soupira Laf en roulant des yeux.

Je voyais bien qu'il provoquait délibérément son collègue. Il n'arrêtait pas de lui chercher noise. Rivard représentait à ses yeux le Canadien français soumis aveuglément à la Couronne.

Mon frère, qui jouait aux dames contre Lupien dans le compartiment en avant du nôtre, se tourna pour donner son avis.

— Écoutez, il aurait été difficile pour nous de tuer des Métis. C'est une bonne décision. Réjouissons-nous. On nous épargne une situation intenable. Je crois qu'il sera plus facile de freiner les élans assassins des Cris. Ils ont tué des gens de chez nous. Moi, je n'hésiterai pas à leur faire la guerre. Point à la ligne.

Il se repencha sur son damier.

— Ton frère a raison, mais je ne savais pas qu'il était philosophe, railla Rivard.

— Et c'est en plus un excellent comptable ! dis-je, la mine imperturbable.

— Et il me torche aux dames ! ajouta Lupien.

L'amertume et la colère nous gagnaient à mesure que nous percions l'ouest. J'en avais pour encore cinq cents milles à maugréer jusqu'à Calgary. Les armes allaient donc parler. Je me doutais fort que l'on nous soupçonnait de sympathie avec l'ennemi, que l'état-major nous écartait du conflit pour des raisons politiques. L'idée d'une pétition circula, mais elle fut vite abandonnée.

La détermination de nous envoyer plus à l'ouest était aussi droite que la ligne de chemin de fer qui nous y menait.

Le même paysage jaune et plat semblait se répéter sans cesse de l'autre bord de la fenêtre. Cela en devenait hypnotique.

Je me décidai à prendre le dossier que nous avaient préparé les agents des Affaires indiennes. J'y appris que le jeune Faiseur-d'Enclos, le fils adoptif du grand chef Pied-de-Corbeau, s'était allié à Gros-Ours en dépit des avis de son père. Les Pieds-Noirs, les Piégons et les Gens-du-Sang avaient refusé de se joindre à la révolte métisse. Mais les jeunes Indiens de ces tribus en avaient contre leurs chefs, qu'ils jugeaient trop timorés et sympathiques au gouvernement canadien. Eux auraient

aimé se rallier aux Métis. Pied-de-Corbeau, le grand
pacificateur à l'origine du traité n° 6 qui avait entériné
l'idée des réserves, voyait son autorité menacée. Les
jeunes Indiens n'acceptaient plus le mépris de la Police
montée, le confinement dans les réserves, les épidémies
de variole, le manque de rations, les récoltes de famine
et l'arrivée massive des immigrants. Faiseur-d'Enclos se
plaignait de devoir montrer son carton d'identité avant
de sortir de sa réserve. C'était l'humiliation suprême
pour le chef des Cris-des-Bois. Avant de quitter la
réserve, il lui fallait calmer l'ardeur des jeunes prêts à
déterrer la hache de guerre. La disparition des bisons,
était-il écrit dans le dossier, avait perturbé leurs habitudes de vie millénaires. Alors que le traité n° 6 leur
permettait de circuler sur les terres des colons, ils se
faisaient maintenant arrêter à l'encontre de l'accord.
On ne respectait pas non plus la quantité de nourriture
prévue dans l'entente. Les Indiens se retrouvaient
ainsi dans une position de dépendance face à l'Empire
britannique, ce qui les humiliait.

S'il fallait que les chefs de toutes ces tribus re-
viennent sur leur décision, il serait difficile de ramener
l'ordre dans l'Ouest, me disais-je. L'alliance paraissait
fragile.

Le chef Gros-Ours avait longtemps été en guerre
contre Pied-de-Corbeau, mais ils avaient fini par
s'apprécier et se respecter. Cependant, le sage Pied-
de-Corbeau savait que le serpent de fer, comme il
l'appelait, permettrait à la milice canadienne de se
rendre rapidement et en grand nombre là où la révolte
sévissait. Le chemin de fer, en plus d'altérer les habitudes de vie, assurait une meilleure défense du territoire
de l'Empire, une plus grande pénétration coloniale.

Je refermai le document ; je commençais à mieux
saisir les enjeux politiques du conflit.

Le soleil claquait fort dans les fenêtres et la poussière entrait dans les wagons. Une horde de chevaux

LE SANG DES PRAIRIES ———————————— 135

sauvages galopait en sens inverse du train. Plus nous
avancions dans la plaine infinie, plus la chaleur devenait accablante. Les soldats s'en plaignaient. Mais
un officier ne se lamente pas sur la température. Surtout
après avoir eu si froid. Je résistais à la tentation de
l'apitoiement. La critique négative agit comme une
contagion qui vire en pandémie. Il n'y a qu'à lire nos
journaux. Bien sûr, nos vêtements d'hiver, lourds et
encombrants, n'étaient pas adaptés au climat printanier
de la région.

Je dus somnoler un peu. Le train traversait l'interminable district d'Assiniboine. Mon regard embrassait
l'étendue de plaine comme on contemple la mer. Mais
une mer jaune. Un océan de foin. Un horizon sans fin.
Un ciel bas où les nuages au loin semblaient câliner la
plaine.

Ma carte indiquait que nous étions tout près de la
frontière. Le dernier rapport signalait que six mille
soldats américains la parcouraient pour empêcher les
Indiens de passer et de se joindre à Riel. Macdonald
avait exigé du gouvernement américain qu'il adopte
une position neutre, et ce déploiement en était la conséquence.

Le convoi arrêta à Regina pour prendre des vivres
et remplir les chaudières. J'aperçus les vestiges d'un
monticule d'ossements de bisons qui s'élevait à trente
pieds dans les airs.

Lupien et Lafontaine se ruèrent aux fenêtres.

— T'as vu cette sculpture d'os ? s'étonna le policier.

— Incroyable ! Je suis boucher, j'ai découpé des
milliers de carcasses, mais là, c'est le bout du bout,
commenta Lupien.

La ville avait longtemps porté le nom de *Piles of
Bones*. Ce mont blanc d'os ressemblait à une sépulture
de l'histoire de l'Ouest. Elle résumait à elle seule notre
présence. Une pancarte annonçait que la tonne d'os

coûtait cinq dollars. Des hommes remplissaient les charrettes des fermiers qui utilisaient ces os comme engrais.

La ville comptait une centaine de bâtiments disséminés dans la plaine au nord de la voie ferrée. Un petit hameau blanc dans la prairie sans arbres.

Je descendis en compagnie de Laf. Les rues de Regina étaient tout aussi larges et plates qu'à Winnipeg. Il y avait plusieurs maisons à toits versants, des églises, des bâtiments agricoles. J'aperçus le Bureau des Affaires indiennes et le quartier général de la Police à cheval du Nord-Ouest. Des Indiens assiniboines habillés de couvertures traînaient dans la rue, misérables et désemparés. Ils nous toisaient avec un regard hostile. Ils avaient les yeux creux, perdus et fatigués. Ils savaient pourquoi nous étions là. Nous aussi. Bruno ressentit un malaise qui me gagna.

— Vois-tu la haine dans ces regards ?

— Tu t'imagines, quand cette rage se déploiera sur la détente d'une carabine ?

— Je préfère ne pas être devant.

Il valait mieux retourner à la gare où l'on achevait de remplir la chaudière de la locomotive.

Plus tard, à la gare de Moose Jaw, deux chefs indiens couverts d'un imposant panache de plumes accueillirent le commandant Ouimet et le major Hughes. Après la danse d'usage ponctuée par le rythme des tambours, les chefs échangèrent du tabac contre des biscuits. Les officiers et les soldats, eux, reçurent lors de cet arrêt dix rondes de cartouches et l'ordre de garder leur arme à portée de main.

Plus tard encore, à l'approche de la nuit, je rappelai à mes hommes une maxime bien connue : « En avril, ne te découvre pas d'un fil. » La température pouvait se refroidir rapidement dans cette région où même les nuits d'été étaient parfois plus que fraîches. J'eus droit à des regards sceptiques. Après tout, nous crevions littéralement de chaleur depuis notre départ de Winnipeg.

Le train entra bientôt dans le district d'Alberta, et défilèrent dans la monotonie Swift Current, Cypress, Medicine Hat, à partir d'où la voie remontait enfin vers le nord, traversant Crossing, Gleichen…

Cinquante milles nous séparaient de Calgary.

13. Entre fournaise et glacière

Dix jours après que nous eûmes quitté Montréal, Calgary se dessina à l'horizon. Nous avions parcouru deux mille trois cent vingt-cinq milles depuis notre départ.

Calgary était une bourgade de deux ou trois cents bicoques disséminées çà et là. J'aperçus les restes calcinés d'un fort. C'étaient les vestiges du fort Calgary qui avait passé au feu un an plus tôt. On y construisait de nouvelles baraques. Ce fort, premier établissement de la ville, avait été érigé en 1875 par le gouvernement fédéral afin de déloger les marchands de whisky de la région, qui exploitaient les Indiens. L'impopulaire Éphrem Brisebois en avait eu le commandement et, au dire de certains de nos officiers qui l'avaient connu, il méritait amplement sa très mauvaise réputation.

L'absence d'arbres me frappa. Rien ne poussait sur cette terre à part ces affreuses cabanes à toits versants, qui semblaient perdues dans la vastitude, comme écrasées sous un ciel bas. À l'exception d'une montagne à l'ouest qui rompait ce plateau monotone, tout était désespérément plat. Heureusement, la belle rivière de l'Arc soulignait de bleu ce décor austère.

Alors que nous nous préparions à débarquer, le major Hughes s'approcha de mon groupe d'officiers.

— Une parade est prévue, messieurs.

— Ah non ! Pas encore, chiala Lafontaine lorsque Hughes eut quitté notre wagon. Qu'on nous laisse tranquilles un instant ! On a assez marché comme ça.

— Voyons, calme-toi, lui enjoignit Alphonse.

Je laissai Laf s'épancher pendant qu'il ramassait ses effets personnels et préférai m'étirer après ce long voyage qui m'avait ankylosé. Puis j'avisai les soldats de ma compagnie de prendre leur place dans le défilé qui s'organisa dès le débarquement.

Le temps, toujours chaud et humide, rendit la marche ardue. Comme partout ailleurs, la population était en liesse le long de notre parcours. Pendant que nous déambulions dans les rues, un message circula de bouche à oreille en semant la joie sur son passage : les hôteliers de la ville mettaient des douches à notre disposition.

— Chacun aura droit à sa douche ! se répétaient les soldats en se transmettant la nouvelle.

— C'est aujourd'hui que les eaux de Calgary seront contaminées, blagua Lafontaine.

— J'allais te proposer de te jeter dans la rivière de l'Arc, lui suggéra mon frère.

— Pense aux pauvres poissons, Alphonse !

Après la marche, je me rendis tout de suite à l'hôtel désigné pour notre compagnie. Me laver à l'eau fraîche après deux jours de chaleur accablante me fit un bien immense. Ce qui constitue des acquis du quotidien fait le bonheur du soldat : un bon repas, un toit, une douche, un peu de musique et un verre de whisky. On tient trop facilement pour acquises les joies du confort.

Comme plusieurs soldats, je profitai des facilités de l'hôtel pour écrire une lettre à mes parents. Je m'inquiétais de la santé fragile de mon père. Il m'avait beaucoup manqué durant ces longs jours et mes prières me ramenaient souvent à lui. Après avoir posté ma lettre, je me rendis au camp. Il était niché sur un plateau près de la caserne de la Police montée. Des dizaines de tentes blanches avaient été dressées.

C'est la cinquième compagnie qui fut chargée de la garde du bataillon en prévision de cette première nuit à Calgary. J'assignai une vigie de vingt-quatre soldats. L'homme qui avait répondu avec la bouche de ses canons, Frontenac, servit de premier mot de passe. Chacun reçut l'ordre de ne pas l'oublier.

— Et si on l'oublie, qu'est-ce qui arrive? demanda naïvement Hamel.

— Dans ce cas, je te répondrai avec la pointe de ma botte, lança Lafontaine.

— Et si on répond Champlain, lieutenant Villeneuve? blagua l'infirmier Prieur.

— Ce sera deux coups de pied au lieu d'un!

— Eh bien, je vais m'en souvenir, lieutenant, rétorqua le jeune Hamel en souriant.

L'orphelin semblait apprécier chaque moment de notre périple. Cette porte ouverte vers l'Ouest l'avait libéré de la tutelle de l'État. Passer de l'asile au pensionnat de l'école de réforme pour finalement se retrouver un bon matin sur le chemin de l'infini avait de quoi rendre cet enfant heureux et reconnaissant.

Après cette journée fébrile de déchargement et d'installation, les hommes regagnèrent leurs tentes en feignant d'oublier le mot de passe ou en le déformant.

Peu à peu, les voix se turent et Morphée convia le 65e dans ses bras. Mais au cœur de la nuit, la quiétude du sommeil fut troublée par les échos d'un *pow-wow*. Je me levai, cherchai à tâtons mes bottes. Ces glapissements guerriers – Yé-hé, yé-hé-hé, yé-hé... – et le son des tam-tams nous rappelaient que la hache de guerre avait été déterrée. On cherchait à nous tenir éveillés, à miner notre moral.

J'allumai une chandelle pour examiner ma carte. La ville de Calgary était pourtant entourée de tribus qui avaient fait alliance avec le gouvernement. Mais plus rien ne pouvait être tenu pour acquis dans le contexte présent. Au sud-ouest de la rivière de l'Arc, près des

Rocheuses, s'étendait la réserve des Sarcis et sur l'autre rive, celle des Stoneys. Au sud-est, coincée entre la rivière au Chevreuil et la rivière de l'Arc, se trouvait la réserve des Pieds-Noirs. Les réserves des Gens-du-Sang, Gros-Ventres et Piégons étaient près de la frontière américaine. Mais les notes des agents des Affaires indiennes mentionnaient que les Red-Crow avaient déplacé leur réserve plus au sud, ce qui avait engendré un conflit avec les Pieds-Noirs de Pied-de-Corbeau. Quant aux Cris de Gros-Ours, ils vivaient au nord d'Edmonton. Nous étions encore loin d'eux.

Je sortis pour faire le point avec les officiers. Je lisais bien l'effroi dans les yeux des soldats de garde.

— Vous ne répondez surtout pas par des cris, répétais-je à chacun.

Le commandant Ouimet avait le teint pâle et les yeux chassieux. Sa santé semblait décliner de plus en plus. À l'extérieur du campement, plusieurs miliciens étaient sur le qui-vive, mais nous en arrivâmes à la conclusion que nous avions le contrôle.

— Retournez vous coucher, il n'y a aucun danger, annoncèrent bientôt les lieutenants des compagnies aux hommes qui sortaient des tentes, inquiets.

La nouvelle du massacre avait semé la crainte au sein du bataillon.

— Mais jusqu'à quand serons-nous en sécurité? ironisa mon frère en passant à côté de moi.

— Ces Indiens-là sont nos alliés, Alphonse.

— Pourquoi ils ne nous laissent pas dormir, alors? maugréa-t-il en remplissant le fourneau de sa pipe.

Il n'y avait rien pour nous inquiéter, mais décision fut prise tout de même de doubler la garde.

Dire que la crainte ne me tenaillait pas les tripes aurait été mentir. Au collège militaire, les officiers nous avaient appris à la gérer, mais elle n'en demeure pas moins présente. Je n'avais jamais voyagé aussi loin de ma vie et la finalité de ce périple serait un affrontement. Nous étions à mille lieues des nôtres, de nos foyers, de nos habitudes.

Je retournai à ma tente, où je me sentais bien seul. J'avais entendu des récits horribles sur les Indiens, qui mutilaient leurs victimes au cours de sadiques rituels. Tout au long de ma jeunesse chez les Sulpiciens, on m'avait appris à parlementer, à régler pacifiquement les conflits dans la foi catholique. L'éducation avait affiné notre jugement. On m'avait répété à satiété : « Tu ne tueras point », « Si on te frappe, tends l'autre joue ». Et voilà que je tenais un fusil, que j'étais prêt à tuer mon prochain.

Je tentai de ne plus prêter l'oreille aux chants sauvages lointains et me rassurai en pensant que les sentinelles veillaient, et Frontenac aussi...

◆

Le lendemain matin, nous apprîmes que des Indiens avaient monté un camp à deux milles du nôtre.

— Ils sont très agités. Ils ont dansé et crié toute la nuit, avait mentionné le milicien à un soldat de la garde, qui s'était empressé de colporter la nouvelle.

Une tension palpable gagna le bataillon. Certains voulaient les déloger par la force.

La carte du bureau des Affaires indiennes à la main, le commandant Ouimet réunit les hommes et prit la parole.

— C'est une tribu qui a refusé de se joindre à Riel. Combien de fois vos officiers devront-ils vous le répéter : vous ne les provoquez pas, vous ne leur montrez aucune hostilité, vous restez calmes !

Le major Hughes acquiesça à ce discours volontaire et prit le relais.

— Nous sommes entourés de plusieurs tribus. Ce n'est pas le temps de commettre une erreur et de nous les mettre à dos. Ils sont des milliers et nous sommes trois cent cinquante. Les Gens-du-Sang, les Sarcis, les Red-Crow et les Gros-Ventres savent que nous ne venons pas les attaquer. Vous n'allez pas vous mettre à trembler chaque fois que vous entendrez un chant indien ? Pensez-vous que les Indiens s'énervent quand ils entendent nos chansons du pays ? Maintenant, il est l'heure de commencer votre entraînement.

Alors que débutaient les manœuvres, je me disais que, en un sens, cette peur qui s'était frayé un chemin dans nos têtes avait du bon. Nous serions plus vigilants et plus aptes à défendre notre peau en temps et lieu. Car si plusieurs d'entre nous étaient bien entraînés, férus de stratégie militaire et habiles au tir, outre Hughes et Ouimet, pas un n'avait l'expérience de la guerre. Contrairement à la médecine que je m'apprêtais à étudier, qui amenait ses futurs praticiens sur le champ de bataille des maladies dès les premiers jours, rien de tel dans les écoles militaires. Que des cartes, des reconstitutions, et une image imprécise du terrain des opérations.

◆

Vingt-quatre heures plus tard, une nouvelle rumeur courait d'une tente à l'autre : un excentrique personnage venait d'arriver au camp sur son alezan. Ordre fut donné de rassembler le bataillon. Je vis passer le cavalier entre deux tentes. Il était remarquable : grand de taille, droit comme un i, porteur d'une longue barbe taillée avec un soin maniaque et d'un sabre au fourreau étincelant, il semblait sorti tout droit des *Trois Mousquetaires*.

Le bataillon fut réuni à toute vitesse pendant que l'homme descendait de sa monture avec grâce, puis ajustait son uniforme. Le commandant Ouimet arriva à la course pour aller au-devant de lui et, après un échange de saluts protocolaire, il se tourna vers les hommes pour faire les présentations.

— Soldats du 65e, je vous présente le major-général Thomas Bland Strange, premier commandant de la batterie B. Il prendra le commandement de notre bataillon. Accueillons-le comme nous savons le faire.

— Hourra ! tonna d'une seule voix le bataillon.

Du bonnet, le général salua. D'un pas agile, il monta sur une pierre pour nous adresser la parole.

— Chers amis canadiens, je suis heureux d'être parmi vous. Je connais bien la province de Québec, car j'ai longuement habité la belle ville de Québec. Je m'y suis fait beaucoup d'amis et je suis content de prendre le commandement du 65e bataillon, dont j'adore la devise, qui devient mienne dès maintenant : Ne jamais reculer – *Nunquam Retrorsum !*

— *Nunquam Retrorsum !* reprirent en chœur les trois cent cinquante voix.

Dès ces premiers instants, les hommes s'attachèrent au général, d'autant plus qu'il parlait un très bon français et demanda à tous de ne l'appeler que par le surnom qu'on lui avait attribué dans les colonies de l'empire, Gunner Jingo.

Plus tard dans l'avant-midi, le commandant Ouimet résumerait aux officiers le parcours digne d'un roman de cape et d'épée de cet Écossais d'une cinquantaine d'années né aux Indes. Admis très tôt à l'école militaire de Woolwich, il y avait obtenu son brevet d'officier d'artillerie. Il avait parcouru ensuite les colonies britanniques, dont Gibraltar et la Jamaïque. Appelé à participer à la guerre de Crimée, il avait été dépêché plus tard aux Indes afin de mater la mutinerie de l'armée du Bengale et avait mérité six citations à l'ordre du jour. Après avoir vécu un temps en Irlande, il était ensuite venu au Canada pour s'installer à Québec.

Depuis quelque temps, Strange habitait un ranch au sud de Calgary et c'est de là qu'il avait tenté, sans grand succès, de lever une milice. Les locaux n'avaient pas confiance en lui. Leur protection reposait pourtant entre les mains du général. En plus du commandement du 65e, Strange aurait sous la main les Steele's Scouts, de l'infanterie légère de Winnipeg, ainsi qu'un détachement de la Police montée, qui n'allait pas tarder à nous rejoindre.

Le général fit rompre les rangs, puis descendit de son estrade improvisée et s'en vint rencontrer les officiers pour échanger avec chacun de nous.

— À regarder vos visages, je vois que vous avez pris beaucoup de soleil ! À moins que ce ne soit le scotch… Je suis Écossais. Je connais bien l'ambre liquide !

Tous les officiers s'esclaffèrent.

— Messieurs, il n'y a pas de honte à prendre un verre de temps à autre…

Il s'approcha de moi et me toisa de haut en bas.

— *Well, well, well…* Je vois que nous avons aussi notre Big Bear.

Mes compagnons éclatèrent de rire, Lafontaine en tête.

— Comment vous appelez-vous, lieutenant ?

— Georges Villeneuve, mon général.

— Vous venez d'où ?

— De Montréal.

— *Well !* Je compte sur vous pour prendre deux Indiens à la fois avec cette paire de bras, dit-il en tâtant mes biceps.

— Comptez sur moi, mon général !

Puis il découvrit qu'il y avait encore plus colossal à une verge de biais.

— Mais c'est la version humaine du cheval canadien. Comment vous appelez-vous ?

— Je suis le sergent Lupien, commandant.

Il hocha la tête et continua sa ronde en distribuant un bon mot à chacun des officiers présents. Sa spontanéité et sa franchise permirent de créer en un tour de main un fort lien de confiance envers ce commandant anglophone que, sans nous l'avouer, nous avions redouté.

Vers la fin de l'après-midi, cependant, une nouvelle allait semer des doutes dans nos rangs. Le commandant Ouimet nous réunit de nouveau et nous annonça de but en blanc qu'il repartait pour Ottawa. La stupéfaction se peignit sur le visage de tous les officiers. Nous tentâmes de savoir la raison de son départ, mais il ne voulut rien nous dire, ce qui pava la voie à toutes sortes de rumeurs. Pour ma part, je croyais qu'il partait pour des raisons de santé – je m'étais douté qu'il ne se portait pas bien depuis notre départ.

Je ne sus que plus tard que, avec le général Strange, Ouimet avait tenté de négocier une retraite sécuritaire pour Louis Riel, mais que ce dernier avait refusé. Fort de ce refus, Strange dépêchait donc Ouimet à Ottawa pour accroître au plus vite les ressources du bataillon, d'où il reviendrait dès qu'il aurait eu gain de cause.

◆

Trois jours après avoir observé nos visages tannés comme du vieux cuir, Strange réunit le bataillon pour une distribution de cadeaux.

— La chapellerie Strange & Cie est fière de coiffer le 65e bataillon, lança-t-il en boutade.

Il sortit d'une boîte un chapeau noir de cavalerie à large bord sur lequel était épinglé le bouton du régiment. Il le montra fièrement à tous, puis ordonna qu'on entreprenne la distribution. Chacun apprécia ce geste du général, qui se souciait de notre bien-être.

— Et que dit-on à notre général? hurla le major Hughes une fois que tous les soldats eurent leur chapeau sur la tête.

— Merci, mon général! hurla l'ensemble des troufions avant de reprendre l'entraînement.

Deux heures plus tard, les capitaines de compagnie étaient convoqués d'urgence par l'état-major du bataillon. Je me rendis, plein d'appréhension, au quartier général. L'ambiance était lourde. Nous nous installâmes autour de la grande table. Le major Hughes affichait une mine d'enterrement. Il relisait le télégramme qui venait d'entrer pour s'assurer qu'il n'avait pas la berlue.

D'une voix grave, il nous fit part de la situation.

— Nous avons enfin reçu plus de détails concernant le massacre. Il s'est bien produit à Lac-à-la-Grenouille. Deux oblats, les pères Fafard et Marchand, y ont été tués le 2 avril dernier, tout comme de nombreux colons. Un agent des Affaires indiennes, Thomas Quinn, a aussi été exécuté. Les Indiens ont fait plusieurs otages. Ce sont des guerriers de la tribu de Gros-Ours qui sont responsables des meurtres. Ordre est donné de nous rendre là-bas, de retrouver les otages et de mettre Gros-Ours et ses meurtriers en état d'arrestation.

De retour dans mon baraquement, je réunis mes sous-officiers et leur relatai ce que je venais d'apprendre. Mon frère me regardait et je voyais monter l'effroi dans son visage. Au collège militaire, on nous apprend que la peur est une arme en soi. La crainte de mourir vous tient en vie. Elle vous maintient aux aguets. Les sans-peur se font abattre comme des poules sans tête. En retournant son regard à mon frère, je savais que moi aussi j'avais peur de mourir, peur d'être tué.

— T'as envie de finir scalpé? me demanda Alphonse quand j'eus terminé de leur exposer la situation.

— On ne sait pas encore si les victimes l'ont été.

— Qui sait? C'est peut-être pire. On a déjà entendu dire que des colons avaient eu des membres disloqués, ajouta mon frère, que…

Je coupai court à sa tirade.

— Ne pars pas de rumeurs, Alphonse. Pour l'instant, on ne sait rien de plus que ce qu'il y avait dans ce télégramme. Ce sera à nous de faire les constatations.

— Georges a raison, dit Lafontaine. On verra bien de quoi il retourne une fois sur place.

Nous commençâmes à annoncer à la cinquième compagnie qu'il fallait préparer notre départ pour Lac-à-la-Grenouille, puis je sortis ma carte pour les préparer au périple qui les attendait.

— Si jusqu'à maintenant vous croyez que vous avez marché, détrompez-vous. Ce n'était rien par rapport à ce qui nous attend. Il n'y aura plus de train. Nous mettrons d'abord le cap sur Edmonton, ensuite sur Lac-à-la-Grenouille. Ce que vous verrez là-bas ne sera pas beau. Vous aurez besoin de tout votre courage. Nous avons reçu le mandat de mettre la main sur des assassins. Ils ont tué des prêtres et des colons. Je compte sur la détermination de la cinquième compagnie dans toutes les tâches qui lui seront commandées. *Nunquam Retrorsum!*

— *Nunquam Retrorsum!*

Ce fut mon premier véritable discours avec l'idée de transmettre du courage à ma compagnie. Pendant que les hommes faisaient leurs préparatifs, il fallait entendre les sentiments hostiles à l'endroit des Indiens. Les mots Sauvages, Peaux-Rouges et Apaches étaient accolés aux pires épithètes.

Le peu d'enthousiasme que j'avais à l'idée de combattre changea ce jour-là. Cette nouvelle avait fouetté l'ardeur du bataillon, qui en avait bien besoin après le départ du commandant Ouimet. Les ragots qui avaient commencé à circuler à ce sujet nuisaient à la réputation du bataillon. Nous avions appris au matin que le *Toronto News* affirmait que Ouimet avait déserté, qu'il avait refusé les ordres du major-général Strange. D'autres éléments de la presse anglophone le qualifiaient qui de traître, qui de sympathisant à la cause de Riel et des Métis. Des rumeurs de comparution en cour martiale circulaient, bref, rien pour égayer le moral des troupes avant l'assaut. Pour ma part, je répétais que, s'il était vrai que notre commandant s'était plaint du manque de munitions, la véritable raison de son départ était d'ordre

médical. Il devait se faire soigner d'urgence. Malgré
cela, les soldats se sentaient de nouveau trahis par
ceux qui nous avaient entraînés dans cette expédition.

Un autre télégramme fut acheminé au QG. Il laissait
entendre que Gros-Ours ne contrôlait plus ses guerriers
et que ce problème existait dans plusieurs tribus. Des
Indiens d'Assiniboine s'étaient joints aux guerriers rebelles. Il semblait que la victoire de Riel et de Dumont
à Lac-aux-Canards ait finalement eu l'effet d'entraînement tant redouté, était-il écrit.

Un agent de la Police montée nous remit un dossier préparé par des agents des Affaires indiennes. Il
contenait un plan de Fort Pitt, une carte détaillée de la
région avec Frog Lake au nord d'Edmonton. Un cercle
indiquait où les meurtres avaient été commis. Il y
avait aussi un portrait de Gros-Ours et une biographie
sommaire du chef indien. Je me plongeai dans ces documents. J'espérais trouver assez d'informations dans
ce dossier pour comprendre ce qui avait poussé ces
hommes à agir ainsi.

◆

Les tirs des carabines détonaient dans le ciel bas des
prairies. La canonnade faisait trembler le sol, répandait
de longues guirlandes de poudre qui piquaient les yeux.
À Calgary, la température, qui était enfin redescendue
à des niveaux acceptables, était idéale pour exercer les
recrues. Le lieutenant Lafontaine supervisait l'exercice.

— Retenez votre respiration avant de tirer ! répétait-il
sans arrêt. Regardez le viseur, maintenez votre arme
droite, l'œil bien fixé sur la mire.

Si j'avais été une cible, mes chances de survie auraient été excellentes dans les premières heures. Certains
hommes n'avaient jamais utilisé un fusil et manquaient
la cible de manière inquiétante. Les munitions baissaient
rapidement et certaines armes mal entretenues au fil

des ans s'enrayaient. Nous étions équipés de carabines Snider, des armes redoutables. Mais encore fallait-il savoir s'en servir et qu'elles fussent aussi en bon état de marche ! J'écrivis à ce sujet un rapport au major-général Strange pour lui signaler en plus qu'il faudrait recevoir de nouvelles munitions au plus vite.

Peu à peu, les tirs gagnèrent en précision. Les soldats mettaient moins de temps à recharger leur carabine. Mais s'ils adoraient tirer sur des cibles, ils étaient peu disposés à l'entretien et à la réparation des armes. Il était temps de les initier. Rivard se joignit à Lafontaine pour cette partie de l'entraînement.

— Une arme mal entretenue est très dangereuse. Vous allez démonter chaque partie afin de la nettoyer et de la huiler.

Je pus entendre le long soupir de dépit. Des mains habiles parvenaient en trente minutes à tout nettoyer et à remettre en place alors que d'autres, pleines de pouces, n'y arrivaient qu'avec de l'aide. Une heure plus tard, il n'y eut aucune plainte quand Rivard mit fin à l'atelier d'entretien.

Je me joignis alors à mes lieutenants pour la *drill* et on les fit simuler des assauts, former des lignes d'attaque, charger de front, opérer des mouvements par échelons, tirailler, se camoufler, utiliser la morphologie du terrain, couvrir ses camarades au cours d'une attaque, communiquer les signaux, assister un blessé… Une bonne partie de la journée y passa, épuisante pour les soldats, mais bénéfique en ce qu'ils n'avaient plus le temps de penser à autre chose.

— Préparez-vous pour la marche, cria plus tard le lieutenant Rivard, ce qui déclencha quelques jérémiades.

— Et je ne veux pas entendre vos lamentations, la marche mène à tout, même à la gloire, gueula Lafontaine aux soldats, puis il me regarda en clignant de l'œil, fier de son mot d'esprit.

Je le lui retournai. Même s'il n'avait pas la langue dans sa poche et critiquait l'expédition, quitte à nous mettre dans l'embarras, Laf mettait du zèle au travail et son humour rendait les journées plus gaies pour chacun de nous.

Il fallait voir ces corps remodelés par l'effort et le grand air, ces teints basanés. Depuis le départ de Montréal, ces hommes s'étaient endurcis et bénéficiaient d'une meilleure condition physique. À la fin de cette première journée d'entraînement aux armes, j'entrevoyais enfin le potentiel de ma compagnie.

◆

Était-ce en raison du mot de passe choisi la veille, « Montréal », toujours est-il que, trois jours après le début des exercices, un vent chaud et violent, se levant dans la nuit, fouetta les tentes. Je passai ma tête à travers l'ouverture. La fureur des bourrasques me fit comprendre que c'était le chinook, « le mangeur de neige », qui passait sur nous. Dans la lumière argentée de la lune à son déclin, une large bande nuageuse en forme de grotte se dressait à l'ouest.

Aù matin, un froid incisif avait cependant remplacé notre visiteur. Un nouveau couvert de nuages surplombait la région et nous nous réveillâmes sous un amoncellement de neige. La prairie s'était emmaillotée de blanc, et seule la chaîne de montagnes à l'ouest cassait la blancheur des plaines.

Un vent cinglant se leva avec le soleil. Il fallut nous rabattre dans nos tentes. Mais la neige s'y infiltrait jusqu'à les rendre inhabitables et la fureur des bourrasques s'amusait à les renverser. Je sortais de la mienne quand Lafontaine arriva.

— Qu'est-ce qu'on fait ? hurla-t-il pour couvrir les éléments. On va finir enterrés si ça continue !

— Je vais au QG prendre les ordres.

Je me mis en marche, suivi de Lafontaine. Partout autour, les blasphèmes se mêlaient au sifflement du vent. La colère des hommes et celle de la nature se confondaient dans une même furie. Pourtant, aux abords de la tente du QG, j'entendis un violon. De la musique classique. Nous entrâmes dans la grande tente des officiers supérieurs. Les capitaines Éthier, Ostell et Des Trois-Maisons attendaient déjà les consignes. Devant eux, le général Strange maniait l'archet avec dextérité, les yeux fixés sur une partition de Bach. Après la pièce, nous l'applaudîmes pendant qu'il rangeait son instrument dans son étui.

— J'adore Bach, messieurs. Cette musique m'aide à prendre des décisions. Elle m'apporte la paix intérieure en temps de guerre. Mais la question est bien sûr de savoir si on va mourir gelés ici. N'est-ce pas, capitaine Éthier ?

— Oui, mon général.

Le major Hughes entra, couvert de neige.

— La garnison de la Police à cheval va nous héberger dans ses quartiers durant la tempête.

— *Good !* laissa simplement tomber le général. Alors exécution, messieurs !

Je chargeai Lafontaine de faire circuler l'ordre d'évacuation dans notre compagnie. Alors que les soldats formaient les rangs dans le blizzard, ce froid et cet hiver qui reprenaient brusquement leurs droits me donnaient l'allure d'un vieux sage. « Vous êtes encore en tenue d'hiver ? Il me semblait que ces manteaux vous embarrassaient ! » lançai-je à mes hommes qui gagnaient leur refuge temporaire.

◆

La tempête retarda l'entraînement que nous avions prévu ce jour-là. Jouer aux cartes et aux dames, voilà tout ce que nous pouvions faire. Au moins, nous étions dans des quartiers bien chauffés.

Je multipliai les parties d'échecs avec Alphonse. Mais le général Strange s'avisa dans l'après-midi de passer les soldats en revue. Ils apparaissaient comme des manchots sur une banquise. Seul un vieil excentrique comme Gunner Jingo pouvait défier ces conditions. Il remonta le flanc des différentes compagnies en fixant les hommes dans les yeux. La neige collait à sa vareuse, blanchissait sa barbe. Le général se pencha soudain pour rouler une balle de neige et il la lança avec précision sur un poteau. Il se retourna, arbora le sourire du petit garçon qu'il avait été, puis annonça que les exercices non armés prévus se poursuivraient malgré la tempête. Il donna l'ordre de rompre les rangs.

Le 65e, blanc de neige, s'exerça tout d'abord dans la bonne humeur. Qui ne revivait pas son enfance ? Je me revoyais en train de contrer les Indiens autour d'un fort de neige. Le temps était venu de défendre de véritables postes de traite devenus des enjeux politiques, commerciaux et stratégiques. Mais alors que les exercices se prolongeaient dans la lumière déclinante, j'entendis parfois blasphémer contre le général. Il faisait presque noir lorsqu'il se jugea satisfait du travail et donna l'ordre de retraiter dans les baraques de la police. La lune de miel entre Strange et plusieurs de nos soldats était terminée.

Dans le baraquement réservé à notre compagnie, un endroit infect avec ses odeurs de transpiration, de tabac à chiquer et de bouse séchée, le soldat Hamel vint m'annoncer que le maître de poste avait livré le courrier.

— Le courrier est arrivé, criai-je pour que tous entendent. Des nouvelles de Montréal !...

Le message fut repris en écho et déclencha une pagaille folle.

— C'est le temps d'apprendre si vos femmes vous ont quittés, hurlait Lafontaine.

Des mains tendues se dressaient pour saisir leur ration de nouvelles. Alphonse et moi avions reçu, en plus d'une lettre, un colis. Il contenait du chocolat Hershey qu'on fourra avec joie dans les poches de nos vareuses.

— On se trouvera un endroit tranquille et sans pilleurs pour le manger, nota Alphonse en rigolant.

Je m'installai près du fourneau pour ouvrir mon enveloppe. Recevoir enfin des nouvelles de la maison nous réconfortait, mon frère et moi. En découvrant l'écriture difficile de ma mère, je compris que le père n'allait pas mieux. C'était lui, le lettré dans la maison. Je sentais qu'ils souhaitaient qu'on ne se tracasse pas avec son état de santé. Les gazettes, écrivait mère, ne parlaient que de nous. On pouvait lire notre avancée dans la plaine. Nous savions que nos parents ressentaient autant de fierté que d'anxiété quant à notre expédition.

Je regardai autour de moi. Pour les soldats qui avaient laissé femmes et enfants au pays, l'émotion était palpable. Certains n'étaient pas fortunés et avaient hâte de savoir si la levée de fonds, organisée par le maire Beaugrand et *La Presse*, avait permis d'aider leurs familles sans ressources.

Tandis que je rangeais ma lettre, le mot de passe de la nuit – Alberta – circula. Il me fit sentir loin de chez moi et en pleine rébellion. Puis j'aperçus, seul devant une fenêtre, le jeune Hamel, le regard perdu. Je me rappelai qu'il était orphelin, qu'il ne recevrait jamais de lettres. Je m'approchai de lui, cassai ma tablette de chocolat en deux. Je me sentais une certaine responsabilité de l'avoir entraîné avec nous.

— Soldat Hamel?

Il leva la tête. Je lui tendis une moitié de ma friandise.

— Non, lieutenant, c'est trop gentil.

— Si, prends-la. C'est pour toi.

— Merci, lieutenant.

Il la prit et croqua dedans avec avidité. La barre de chocolat, qui avait mis des jours à se rendre jusqu'ici, fut engloutie en quelques secondes. Mais à voir le sourire édenté du jeune soldat, elle avait eu l'heur de lui remonter le moral.

— Tu ne regrettes toujours pas de t'être engagé, mon gars ?

— Non, c'est cent fois mieux que l'asile ou la réforme. Une fois que ce sera fini, je vais aller faire ma vie aux États-Unis avec ma solde. J'irai travailler dans un ranch au Montana. Ça ne pourra jamais être pire qu'à Montréal.

Au moment de tourner les talons, il me rappela.

— Lieutenant ?

Il sortit sa tablette de dessins d'une poche de sa vareuse. Il la feuilleta. Je reconnus plusieurs scènes du voyage : le train dans la poudrerie, la bagarre de Bisco, la gare de Winnipeg... Il avait un talent exceptionnel. Analphabète mais virtuose dans l'art de fixer la réalité sur une feuille. Je reconnus soudain ma grosse tête. Il détacha le croquis et me le remit.

— Souvenir de voyage.

— Merci, mon gars. C'est gentil. Je vais l'envoyer à mes parents.

— C'est moi qui vous remercie, lieutenant. Je n'étais jamais sorti de Montréal et regardez où je suis maintenant.

— Tant mieux, mon bonhomme.

Avant la nuit, on nous annonça que les Steele's Scouts arriveraient au matin.

◆

Je sentais que le vent venait de tourner. Dès l'aurore, le général Strange nous ordonna de rassembler les troupes. Il annonça que le bataillon serait scindé en deux.

— Le premier détachement, composé des deuxième, cinquième, sixième et septième compagnies, ainsi que des Éclaireurs du major Steele, prendra la route d'Edmonton. Les autres compagnies demeureront en retrait afin d'éviter toute possibilité d'encerclement et prendront la route une journée plus tard.

J'étais heureux d'être du nombre des premiers partants. Strange accompagnait notre avant-poste, tout comme le major Hughes, le père Provost et le docteur Paré. La présence de l'aumônier et du docteur me rappela qu'il n'y avait pas que les habitants d'Edmonton à nous attendre avec impatience. La mort aussi réclamerait certains d'entre nous. Le dernier message, arrivé dans la nuit, laissait entendre que la situation se dégradait à vue d'œil, que la peur régnait en maître dans le nord de la plaine.

Pendant que tout le bataillon revenait vers le campement et que les corvées de déneigement s'amorçaient, Strange expliqua aux capitaines des compagnies en partance et à leurs officiers qu'il allait former trois colonnes pour monter sur Edmonton.

— Votre compagnie, lieutenant Villeneuve, sera intégrée à la première, qui comprendra aussi les Éclaireurs. Vous aurez la mission de protéger un convoi de vingt chariots.

— À vos ordres, mon général.

Malgré l'énervement du moment, j'étais déçu de laisser des soldats derrière nous. Un bataillon, c'est un corps unifié, une force en mouvement. On ne le sépare pas sans regret. Mais je n'eus pas le temps de me morfondre sur le sujet, car le général poursuivait en détaillant les obstacles que nous aurions à surmonter, dont la traversée de la rivière au Chevreuil, qui traçait la frontière sud du territoire des Cris, ne serait pas le moindre. Il glissa aussi un mot sur la Ferme du gouvernement, seul poste que nous rencontrerions d'ici à Edmonton. Dirigé par le père Lacombe, cet établissement nous permettrait de refaire nos forces.

Le père Provost, qui connaissait bien le curé, nous parla avec le plus grand bien de cet homme apprécié des chefs indiens. Il avait souvent servi d'interprète et d'émissaire de paix. Né à Montréal, il avait été séduit par les histoires d'Indiens et de chasse aux bisons que lui contaient ses professeurs. Il était parti aussitôt après

avoir prononcé ses vœux pour s'établir à Rivière-
Rouge.

— Il y a deux ans, enchaîna le général, les Pieds-
Noirs ont menacé de bloquer le passage du chemin de
fer qui passait sur leur réserve. C'est le père Lacombe
qui a négocié la fragile entente de paix avec le chef
Pied-de-Corbeau pour l'empêcher de se joindre aux
insurgés.

— Même les Sioux américains ont eu recours à ses
talents de négociateur, ajouta le père Provost, qui était
très enthousiaste à l'idée de revoir son collègue.

Après deux ou trois autres précisions sur notre trajet,
le général décréta la fin de la réunion en annonçant
que, dans le courrier de la veille, se trouvaient aussi
les gages du bataillon. Enfin, nous avions nos payes !
Je constatai que le gouvernement avait tenu compte de
mon changement de grade. Mon salaire avait presque
doublé. Si je survivais au conflit, j'aurais accumulé un
beau pécule en prévision de mes études.

Le major Hughes, qui avait reçu l'avis de changement, en profita pour annoncer officiellement que je
devenais capitaine de la cinquième compagnie. Le lieutenant Lafontaine entonna aussitôt un refrain repris
par tous les officiers :

— *Il a gagné ses épaulettes, maluron malurette...*

Après la réunion, puisque le capitaine est le paie-
maître, je répandis bien de la joie autour de moi en
distribuant à mes soldats leur ration de billets du dominion.

— Merci, mon cher capitaine ! me disaient les
hommes, à qui Laf s'était empressé d'apprendre la
nouvelle.

En fin d'avant-midi, une messe fut célébrée par le
père Provost dans une chapelle en rondins érigée par des
missionnaires. Il régnait une ambiance peu ordinaire
en ce jour de départ. Cette cérémonie fut pour moi
l'occasion de penser à mes proches, à ces événements
qui survenaient dans ma vie. Le père fit des prières

pour les martyrs de Lac-à-la-Grenouille. Jamais n'avais-je entendu les hommes chanter avec autant d'émotion. J'observais les mines sombres des soldats durant le sermon du révérend.

Après le repas du midi, je veillai à l'organisation du transport. Le matériel passait de main à main. Chacun s'activait autour des trois charrettes assignées à chaque compagnie. Des Métis anglophones, fidèles au dominion, avaient été engagés pour les conduire. Comme il fallait prévoir des provisions pour quinze jours, les hommes de la Police à cheval et les Éclaireurs, tout frais débarqués du train, hissaient le fourrage pour leurs bêtes. Il ne resterait plus qu'à y atteler les petits chevaux de prairie mis à notre disposition. Les hommes de ma compagnie plaçaient dans les voitures les tentes, les bagages, la vaissellerie, les armes et les munitions, tandis que le docteur Paré et les ambulanciers veillaient sur leur équipement hospitalier. En moins d'une heure, il ne restait plus que la moitié des tentes sur le plateau.

Avant de partir, le major-général Strange s'adressa avec solennité aux troupes.

— Chers amis, ce n'est pas la première fois que j'ai l'honneur de commander des Canadiens français et des soldats anglais. Je tiens à souligner à ces derniers le courage, la bravoure et la bonne humeur de ces Canadiens. Mes petits diables noirs, comme je les appelle, feront honneur à leurs racines.

Les commentaires du général furent accompagnés de nombreux hourras.

— En avant, marche ! cria le major Hughes.

Notre détachement se mit en route. Aux portes de la ville, une fanfare nous accompagna avec ses fifres et ses tambours. Derrière les colonnes, des centaines de personnes suivaient le détachement en nous acclamant. Nos frères d'armes qui nous rejoindraient plus tard nous encourageaient tout autant ! Le cortège impressionnait par sa longueur : quatre compagnies du 65e, cent soixante soldats d'infanterie, trente hommes à cheval, vingt éclaireurs et trente-deux véhicules. Les essieux des charrettes et des chariots crissaient; nous marchions sur un tapis boueux glissant et creusé d'ornières. La trail noire se découpait dans la neige. La colonne avançait.

Nos compagnons tout en noir et les tuniques rouges de Winnipeg lancèrent un dernier adieu au sortir de la ville. Devant nous s'allongeaient cent quatre-vingt-six milles de marche dans des conditions hostiles jusqu'à Edmonton. Or, le général Strange avait reçu l'ordre de s'y rendre le plus vite possible!

14. Calgary-Edmonton à pied

Deux jours plus tard, le vent sifflait ses airs froids dans nos oreilles. Nos jambes calaient dans la vase jusqu'aux genoux et sa succion avalait nos pas. Les charretiers anglophones hurlaient dorénavant sans ménagement après les soldats pour qu'ils soulèvent les charrettes enlisées et les relations ne cessaient de se dégrader. Au beau milieu d'une série d'ornières éreintantes, Lafontaine n'y tint plus.

— Les esprits s'échauffent, Georges, encore plus vite que les muscles. Il va falloir faire quelque chose.

— Dis-leur de faire preuve de discipline, on a un travail à accomplir.

Ayant entendu mes propos, le soldat Hamel s'adressa à moi. Ses mains étaient couvertes d'ampoules et rougies par le sang.

— Ils nous insultent, capitaine, au lieu de nous encourager.

Lupien s'avança en serrant les dents, prêt pour la bataille. Je lui demandai de rester à l'écart.

J'appris que des propos racistes avaient été tenus par certains des charretiers. Mais nous avions tellement de difficultés à franchir les obstacles naturels que je décidai de laisser aller. J'écoutai à distance le langage blasphématoire des charretiers, pas certain s'ils s'adressaient à la nature ou à mes hommes qui se démenaient

comme des forcenés. Même les chevaux hésitaient à
franchir les marécages dans lesquels notre colonne
s'enlisait, peinant à trouver prise dans cette vase nauséabonde. Apeurés, ils hennissaient, se braquaient,
piaffaient.

Résolu à maintenir le rythme, j'ordonnai de détacher les charrettes et c'est uniquement à bras d'hommes
et à grands cris qu'on réussit à les sortir du bourbier.
J'étais gelé, couvert de boue jusqu'au visage, la voix
enrouée. J'entendis mes hommes maugréer une fois
encore contre les charretiers qui harnachaient de nouveau les chevaux. Je me retournai et mon regard suffit
à rompre l'altercation.

— On se remet en marche ! cria Lafontaine.

◆

Cinq jours après notre départ de Calgary, nous étions
devant la rivière au Chevreuil. Elle avait débâclé, rendue
furieuse par la fonte des neiges et la pluie. Sa musique
avait le tempo d'un *allegro presto* enragé. Comment la
franchir avec tout notre équipement ? Ordre fut donné
d'ériger le campement. Personne ne s'en plaignit. Il
fallait reprendre des forces avant de risquer nos vies
dans la crue.

Je me couchai sous un ciel couvert. Le vent secouait
violemment la toile de ma tente. Je craignais de la voir
s'envoler. Je m'enroulai dans ma couverture de laine.
Je lus quelques pages de *Richard III* à la lueur de la
lampe. En cherchant le sommeil, je méditai cette phrase
de Richard avant qu'il ne se jette dans la bataille :
« Un cheval ! Un cheval ! Mon royaume pour un cheval ! » Malheureusement, nous, nous n'avions que nos
pieds.

La nuit se passa sous la pluie. Le grondement de la
rivière nous rappela ce qui nous attendait au petit jour.
Je dormis d'un sommeil de plomb. À la barre du jour, le

temps gris d'ennui de la veille avait laissé place à une belle éclaircie. Après l'appel du clairon, Lafontaine et Rivard achevaient de réveiller les hommes en frappant des gamelles.

— Debout, les gars de Montréal ! Si La Vérendrye, des Groseillers et Radisson y sont parvenus, ce n'est pas une petite rivière qui va nous faire reculer, criai-je. Est-ce que le 65e va se replier devant un ruisseau du Nord-Ouest ?

— Non, mon lieutenant ! tonna une trentaine de voix.

Mais en contrebas, la vue de la rivière au Chevreuil me laissa à nouveau songeur. Écumant sa rage, elle semblait nous narguer. Mais ce n'était pas tout de la traverser, il fallait aussi assurer la sécurité du convoi de l'autre côté. Notre caravane s'étirait sur un mille ou deux selon les conditions du terrain. Elle était donc très vulnérable. Et passée la Chevreuil, nous entrions dans le territoire cri. Comme la rive nord était boisée, la mince bande de terre entre la rive et la forêt empêcherait la cavalerie de protéger correctement le convoi et les Indiens pourraient nous prendre en embuscade. Après discussion, il fut décidé que la cinquième traverserait en premier afin de sécuriser les lieux.

Le temps était venu de pratiquer les exercices qu'on avait appris aux soldats. Pendant le conciliabule avec les autres capitaines, Des Trois-Maisons indiqua le firmament au-dessus de la forêt.

— Ils savent où nous sommes.

Un regard nous suffit pour comprendre que les Indiens avaient connaissance de notre progression. Les signaux de fumée qu'ils émettaient étaient sans équivoque. Leurs éclaireurs nous avaient à l'œil.

— Ça parle au yâble ! râla Lafontaine le nez au ciel. Je pensais qu'on voyait ça juste dans les livres.

— On y va ! ordonnai-je.

Plusieurs hommes ne savaient pas nager. Ils se regardaient, impuissants. Je dus les rassurer.

— Vous n'aurez pas à nager si vous savez marcher et tenir une corde… vous traverserez sans encombre. Rappelez-vous : le 65e ne recule jamais, surtout pas devant un peu d'eau.

Traverser une rivière à gué au printemps présentait des risques de noyade – mon métier de légiste allait un jour me le confirmer. Puisque ma compagnie serait la première à traverser l'obstacle, je déterminai le point le plus étroit et sécuritaire. Lafontaine et moi accrocherions une corde sur l'autre rive pour faciliter le passage. Après l'avoir enroulée autour de ma taille, je me lançai le premier, suivi de Lafontaine.

— Lâchez-la pas, implora Lafontaine en s'adressant à Rivard et aux autres soldats qui maintiendraient la corde tendue.

— Inquiète-toi pas, crâna Rivard. Quand on voudra se débarrasser de toi, tu vas le savoir ben assez vite !

Cette pique ne passa pas très bien, à voir le regard de Lafontaine.

Je ne pensais pas être surpris en mettant mes bottes dans l'eau glacée, mais elle me figea quand même. Elle vous coupait le souffle. Mes pieds engourdis par le froid foulèrent le lit accidenté de la rivière. On se sentait déporté, mal assuré. Sans la corde, le courant nous aurait déjà emportés.

Sur la rive, les hommes nous encourageaient en hurlant.

— Georges, donne-t-on des médailles pour avoir traversé une rivière ? cria Lupien.

— Je ne sais pas, mais si j'attrape mon coup de mort, remets-la à ma famille, criai-je à la blague.

Nos perches indiquaient des creux de trois pieds par endroits. Nous avancions lentement pour éviter les crevasses et délimiter le chemin le plus sûr. Soudain, Lafontaine perdit pied, mais il agrippait solidement la corde et se releva trempé des pieds à la tête. Il blasphéma à en passer tout le répertoire religieux. Le froid tranchant gelait nos mains et le courant nous tirait toujours plus fort. Nous n'étions pas encore au milieu de la rivière. Le bruit assourdissant des flots empêchait tout échange avec nos compagnons. Lafontaine me donna un coup sur l'épaule. Une longue bille de bois filait droit sur nous. Elle passa à grande vitesse en accrochant la corde et faillit nous arracher les bras. On continua d'avancer pouce par pouce. Je commençais à sérieusement claquer des dents. Puis le fond se remit à s'élever petit à petit. Nous avions réussi.

Une fois de l'autre côté, on attacha la corde autour d'un grand tronc. J'ordonnai par gestes à mes caribous de nous suivre. Un à un, les hommes s'élancèrent en s'époumonant. Le tumulte des flots m'obligeait à crier pour transmettre les ordres à ceux qui arrivaient.

Une fois la cinquième en position afin de parer à toute attaque, les soldats des autres compagnies entreprirent la traversée des chariots. Quand l'un d'eux se coinçait, le seul moyen de le déprendre consistait à le soulever à bras d'homme pour le dégager, une tâche ardue, car ils étaient terriblement lourds. À grand renfort de « ho hisse ! », les hommes finissaient par y arriver. Un chariot versa et fut emporté par le courant. Les hommes couraient sur la rive pour récupérer les ballots qui allaient s'y échouer. Heureusement, nous ne perdîmes presque rien.

Pour laisser se reposer nos collègues, ce furent les soldats de la cinquième qui hissèrent les chariots sur la berge pendant que nos confrères des Steele's Scouts et de l'infanterie légère de la Police montée assuraient la sécurité de l'opération. Tout au long de la journée, ils nous appelèrent les « alligators » tant l'opération les enthousiasma.

Alors que j'observais ma carte, boussole à la main, j'entendis une flopée de jurons. En me retournant, j'aperçus une scène impensable : trois charretiers, bras levés, étaient mis en joue par dix soldats de la cinquième compagnie ! J'accourus à la hâte.

— Qu'est-ce qui se passe, nom de Dieu ?

— Mon capitaine, cracha le jeune Hamel, ils nous ont encore traités de maudits lâches et de partisans de Louis Riel !

— Baissez vos armes ! hurlai-je à mes hommes. *And you, drop your arms !*

Je m'avançai vers les trois charretiers métis jusqu'à me tenir à un pouce de leurs visages inexpressifs. Les hommes de ma compagnie m'entourèrent comme une garde rapprochée. La tête de Lulu qui dépassait derrière la mienne d'un pied en intimida plus d'un.

— *If I hear that again, you bigots, you will lay down dead in your chariots. Is it clear ?*

Ils hochèrent la tête au moment même où survenaient les capitaines Des Trois Maisons et Roy, suivis de près par le major Hughes. Je lui expliquai la situation. Hughes se tourna vers les charretiers et les menaça de couper leurs gages à la prochaine incartade.

— *Have you understood ?*

— *Yes !*

L'avant-midi était bien avancée quand le convoi se remit en route. Pendant que nous faisions sécher au plus vite nos vêtements avec un feu improvisé, les Éclaireurs s'étaient enfoncés dans la forêt. Ils avaient découvert qu'elle ne faisait que border la rivière. Moins d'un mille plus loin, un décor de bois calciné prenait soudain la place.

— Les Indiens et les Métis pratiquent la politique de la terre brûlée ? s'interrogea Lafontaine.

— Ça pourrait être un feu de prairie qui a causé ça, rétorquai-je.

Laf secoua la tête, comme s'il n'y croyait pas.

— Je commence à m'ennuyer de mes cadavres de la rue Perthuis.

— Rassure-toi, tu en auras plusieurs dans quelques jours.

— Si on s'y rend…

Plusieurs milles plus tard, alors que le soleil s'approchait du sommet des Rocheuses, la fatigue se lisait sur tous les visages. On se hâta de faire un feu pour réchauffer nos os gelés. On planta des piquets au-dessus des flammes pour y accrocher nos bas et nos bottes de nouveau mouillés. Assis autour du feu, on sortit les biscuits, le pain sec, le thé et le lard salé. Mis en appétit par l'effort et exténués, les hommes avalaient leur repas en silence. La noirceur tomba et la chaleur du feu apaisa les hommes. Un soldat prit son harmonica. Les visages brunis par le soleil devinrent songeurs. Des hommes soignaient leurs ampoules. Lafontaine fredonnait une chanson nostalgique tandis que Lulu aiguisait les couteaux du bataillon avec une queue-de-rat.

Plus tard dans la soirée, je compris qu'il s'ennuyait de sa famille. Il regardait des dessins que lui avait fait parvenir un de ses enfants. Je le vis essuyer une larme qu'il n'aurait jamais voulu montrer.

Autour de nous, la majestueuse prairie était dévastée. Le décor ressemblait davantage à un no man's land. Je me sentais de plus en plus dépaysé. Je rentrai dans ma tente. La fatigue accumulée me largua aussitôt dans un sommeil d'abysse.

◆

Dans la nuit, le chinook souffla sur nous et la chaleur me réveilla dès la barre du jour. Je me levai reposé et de belle humeur. Je plongeai dans la rivière pour me rafraîchir. Nous étions soumis depuis une semaine à des écarts importants de température. Mes hommes s'en plaignaient à grand renfort de jurons. C'était à se demander si un shaman ne contrôlait pas la température pour nous éprouver avant le combat. Plusieurs se jetèrent à l'eau comme moi avec la promesse d'un éveil instantané.

La marche vers Edmonton reprit vers six heures. Il faisait chaud. Nous étions couverts de sueur. J'invitais mes hommes à boire pour éviter la déshydratation. Avec le soleil, le temps était venu de sortir nos chapeaux à large bord. Mais le feutre noir, gracieuseté du général, absorbait les degrés Fahrenheit, nous chauffant comme un rond de poêle. Ils étaient faits pour filer à cheval, pas pour l'infanterie. On se rendit dans ces conditions jusqu'à la rivière Bataille, un nom tout désigné dans le contexte. La nature nous livrait sa guerre. Même la monotonie de l'horizon participait à l'épreuve. J'en étais las. J'avais l'impression d'avancer dans un décor de théâtre ou dans une photographie. L'inertie du ciel, des nuages donnait le cafard.

Heureusement, la vie trépignait de partout. Le gibier peuplait en abondance les grands boisés que nous croisions : chevreuils, lièvres, cerfs. Sarcelles, faisans, perdrix et canards survolaient à basse altitude la morne prairie. L'envie ne manquait pas de chasser et de s'offrir le soir venu une ripaille amplement méritée ou de lancer sa ligne à l'eau pour en sortir un saumon. Malheureusement, les restrictions de l'état-major nous empêchaient de tirer. Il fallait éviter à tout prix de provoquer les Cris. Je trouvais difficile de respecter ces consignes. Elles mettaient un chasseur comme Lafontaine en rogne. Quel festin nous aurions fait ! Cette privation ne faisait qu'ajouter à la frustration. Ces centaines de milles de marche sans récompense sapaient le moral des plus endurcis. Je multipliais les encouragements, parlais de dépassement de soi pour que mes hommes maintiennent le cap. Lafontaine en profitait pour me narguer.

— Georges, avec tes encouragements tu me fais penser à une maman qui dit à ses enfants que les carottes, c'est bon pour la santé…

— Après les carottes, il y aura de la purée de fruits…

— Une fois à Edmonton, j'achète à un Indien un arc et des flèches. Pas question de vivre avec cette restriction alimentaire. Le bonhomme Strange ne pourra pas m'en empêcher. Je m'en vais chasser sans bruit et préparer pour notre compagnie un festin.

— C'est une belle initiative.

— Moi, je te ferai les plus belles coupes du monde, proposa Lupien. Pis on laissera les rognons aux Anglais, railla-t-il en déclenchant un rire franc chez Lafontaine.

— *You bet*, mon gros Lulu !

En raison de la canicule, le commandement avait pris la décision que nous nous lèverions à quatre heures et demie pour profiter de la fraîcheur matinale. Après nos ablutions et le déjeuner, les colonnes se mettaient aussitôt en marche. Nous en étions à notre dixième journée. Chaque jour nous rapprochait d'Edmonton et de nos limites. Chaleur accablante, boue, marécages nauséabonds accompagnaient notre itinéraire. Les visages brûlés par le soleil et couverts de cloques nécessitaient des soins. Nous étions devenus des Peaux-Rouges, nous disions-nous à la blague. Nous vivions le Wild West à chaque instant.

Puis se dessina enfin à l'horizon la Ferme du gouvernement. La cadence augmenta d'elle-même. Le père Lacombe, avisé par les Scout's, s'approchait de nous la soutane au vent et les bras ouverts.

— Comment vont mes petits Canadiens de Montréal ? nous criait-il, le visage tout souriant.

Le père Provost, qui avait pris la tête du convoi en voyant les bâtiments, fut le premier à se porter à sa rencontre. Les deux hommes se donnèrent l'accolade.

Lacombe avait de longs cheveux blancs qu'il peignait vers l'arrière. Il portait un grand crucifix qu'il coinçait de travers dans une boutonnière de sa soutane. Étonnamment, il y avait quelque chose d'indien dans ce long visage au front large et haut, aux yeux perçants et au nez aquilin.

Quand la grande majorité de notre colonne se trouva à portée de voix, il monta sur un tronc d'arbre pour s'adresser à nous.

— Mes chers enfants, que Dieu vous bénisse. Vous arrivez à un moment dramatique. Partout autour de nous gronde la révolte. Le Nord-Ouest est à feu et à sang. Riel maintient sa position et l'Église catholique l'a laissé tomber. J'ai appris que le général Middleton ne devrait pas tarder à prendre d'assaut les insurgés métis. Je sais que vous vous dirigez vers Frog Lake et Fort Pitt. Ce qui vous attend est difficile. Tous les vieux chefs indiens peinent à maintenir l'ordre parmi les jeunes guerriers de leur tribu, Gros-Ours n'est pas parvenu à freiner les élans meurtriers des siens. C'est l'anarchie. En conséquence, je demande à Dieu de vous bénir, de vous protéger et de vous aider à raisonner ceux qui ont assassiné les pères Marchand et Fafard, mes amis tout dévoués à leur mission de Lac-à-la-Grenouille et de Lac-à-l'Oignon.

Après que tous les soldats eurent fait le signe de la croix, le général Strange et le major Hughes s'avancèrent pour saluer le père. Steele et ses hommes assurèrent la sécurité du convoi pour la nuit. Le branle-bas était général quand le père Lacombe monta de nouveau sur sa bûche pour crier :

— Pour fêter votre arrivée, nous avons préparé pour tous un ragoût de viande d'ours.

Cette annonce fut accueillie par une acclamation unanime. Enfin de la vraie viande ! Chacun se voyait déjà tremper son pain dans la sauce de farine brune, piquer sa fourchette dans les gros morceaux d'ours… et c'est ce qui arriva, deux heures plus tard, alors que les mains s'agitaient au-dessus des assiettes et que jaillissaient entre deux bouchées les onomatopées gastronomiques. Le père Lacombe alla même jusqu'à nous servir un bon verre de vin de messe.

Mes soldats étaient de belle humeur.

En me voyant reprendre pour la deuxième fois du ragoût dans le gigantesque chaudron, mes hommes me taquinèrent.

— Pas surprenant d'aimer l'ours quand on s'appelle capitaine Big Bear, railla Lafontaine.

— S'il veut refaire le coup de Bisco, il faut engraisser l'ours, ajouta Rivard.

— Si vous continuez, capitaine, il ne restera plus que le poil au fond du chaudron, renchérit de sa voix de stentor Lupien, qui en était lui aussi à son troisième service.

Toutes ces taquincries déclenchaient de grands éclats de rire, qui pansaient les blessures causées par notre marche forcée.

Je m'entendais bien avec mes officiers et mes soldats. Être le plus jeune capitaine de l'histoire du 65e bataillon me valait du respect et bien des gamineries. J'avais accepté sans trop de difficulté le surnom de Big Bear. Il est vrai que j'étais noir de complexion, avec mes cheveux de jais, et baraqué comme un ours. Me voir comparer à celui que tous craignaient avait quelque chose de rassurant. C'était une manière de renverser la peur. Je ne m'en formalisais pas. J'y voyais une forme du respect que me vouaient mes hommes.

Ce soir-là, je m'endormis bien repu, le feu au visage. Mon corps fourbu se fossilisait sur le plancher de ma tente. J'avais soixante-dix ans. Avant de m'abandonner à la nuit, je priai pour mon frère, que j'allais laisser dans les prochaines heures. Le général Strange, après le souper, avait réuni ses capitaines pour leur demander de désigner chacun un officier et trois soldats qui demeureraient ici afin d'assurer la défense de la Ferme du gouvernement. Le père Lacombe avait convaincu le général de l'importance stratégique des installations. En ces temps de guerre et de famine, la Ferme pouvait effectivement constituer un butin inestimable pour assurer le ravitaillement en vivres des Indiens félons.

15. La commission d'enquête

Deux jours après notre séjour à la Ferme, nous foulions le sol d'Edmonton, un petit bourg de cinq cents habitants tout au plus avec des cabanes en torchis et en rondins. La ville était construite sur un plateau. En contrebas coulait la rivière Saskatchewan. Nous étions le premier mai à midi. Notre arrivée fut saluée par des salves d'artillerie. Avec tous ces milles dans le corps, nous étions harassés mais enjoués. Une petite foule endiablée nous accueillit. Les gens venaient nous toucher. Certains pleuraient. Nous allions assurer la défense de la ville et de Fort Edmonton.

Le massacre de Frog Lake, la destruction de Fort Pitt, la prise d'otages étaient sur toutes les lèvres. Des rumeurs circulaient à l'effet que Gros-Ours voulait faire d'une de ses otages, madame Delaney, son épouse. « Ça va faire de drôles d'oursons », avait ironisé Lafontaine. « *Thank you!* » « *Kill them!* » « *Save the hostages* », pouvait-on entendre le long du parcours. Les gens étaient terrorisés. Je me rendis compte cependant que ce n'était pas toute la population qui était amicale à notre endroit. Les Métis, eux, nous regardaient carrément avec animosité. Il y avait aussi beaucoup d'Indiens qui suivaient avec curiosité notre parade. Ils apparaissaient désœuvrés, certains ivres, d'autres déboussolés sous leurs couvertures colorées.

Nous traversâmes le quartier Saint-Joachim, qui était borné par un cimetière. Les clochers carillonnaient dans le ciel. En longeant la rivière, j'aperçus, au bas de la falaise, des maisons écrasées. Je pensai à un glissement de terrain, mais je ne voyais nulle trace d'éboulis.

Plus tard, j'inscrirais dans mon journal la réponse à cette énigme, qui me parviendrait par le truchement du bouche à oreille : c'étaient les maisons des Métis expropriés. Pour ne pas les céder au gouvernement, ils les avaient tirées avec des chevaux sur le bord de la falaise pour les y jeter dans le vide. J'ajouterais qu'il nous avait fallu, depuis Calgary, douze jours pour atteindre notre destination, une moyenne de quinze milles par jour.

Nous avions quitté Montréal le 2 avril ; nous étions le 5 mai. Mes cheveux avaient poussé, ma barbe allongé et, tout comme celui de mes hommes, mon visage était bruni comme du cuir usé et piqué par les mouches. Nos uniformes avaient été rapiécés avec du tissu de sacs de patates. Les petits diables noirs du général Strange semblaient sortis de l'enfer. Nous venions de réaliser une épreuve d'endurance, une épopée digne de celle de nos aïeux.

◆

Le 65e fut logé au vieux Fort Edmonton. Le bâtiment en pièce sur pièce en imposait par sa dimension et sa beauté. Il datait de 1795. Nos coureurs des bois s'y étaient jadis arrêtés pour vendre leurs fourrures. Dans le grand manoir de trois étages logeait le gouverneur. Le fort comportait des petits baraquements, les logis des familles, un comptoir de traite avec ses peaux étalées, une écurie. Des canons placés à différents endroits protégeaient l'ensemble.

Après notre installation, Bruno voulut s'acheter un arc et des flèches. À sa demande, Lulu et moi l'accompagnâmes. Il alla droit chez un artisan indien et commença à marchander son arme devant des regards incrédules. « Pourquoi un arc alors qu'il portait une Winchester? » semblaient se dire les gens qui l'observaient.

L'Indien voulut lui montrer comment s'en servir.

Pendant qu'ils conversaient, Lupien chercha une cible de fortune. Il ramassa une vieille pancarte de la Baie d'Hudson avec le mot « Furs ». D'un coup retentissant, il planta la pancarte avec son poignard sur le mur de la baraque. Les Indiens rigolaient à voir aller ce gros rustre de Lulu.

Bruno vérifia la pression de la corde qui vibrait comme une bourrasque. Les premiers tirs manquèrent la cible. L'Indien édenté riait, se tapait sur les cuisses. Il reprit ses instructions. Lafontaine affina sa technique et ne rata bientôt plus la vieille pancarte du comptoir de la Baie d'Hudson. Il regarda l'Indien avec orgueil.

— Comment assimiler dix mille ans d'histoire en dix minutes!

— Bravo, Laf, lançai-je.

— À partir de maintenant, il y aura de la viande dans nos assiettes, Georges.

— Je peux déjà la sentir, rêva Lulu en fermant les yeux.

L'Indien proposa à Bruno d'échanger sa carabine contre l'arc et cinq flèches. Il refusa, comme de raison, et lui offrit plutôt cinq dollars. L'Indien lui en demanda sept et le tout se régla pour six dollars avec le carquois.

On fila après au magasin général pour acheter des chaussettes. Les miennes étaient percées comme un gruyère. Les prix étaient exorbitants par rapport à ceux de Montréal. Je payai mes bas un dollar vingt – presque une demi-journée de paye! – alors que je les aurais payés trente cents rue Sainte-Catherine.

L'éloignement et l'insurrection causaient ces prix insensés, me donna-t-on comme raison. C'était le prix de la guerre.

◆

À la fin de l'après-midi, une réunion de l'état-major fut organisée dans la salle à manger du gouverneur. Au bout de la grande table rectangulaire, Strange arborait un air sévère. Il était clair que les nouvelles étaient mauvaises.

— Le 24 mars dernier, les Métis ont remporté une autre victoire à la coulée des Tourond, contre le 90e carabinier de Winnipeg. Ils étaient embusqués dans la forêt sur les rives de ravins escarpés le long de la Saskatchewan. Bilan : dix morts et quarante-cinq blessés. Middleton a dû battre en retraite. Il s'en est fallu de peu que nos troupes ne subissent des pertes plus importantes. Mais il paraît que, durant le combat, plusieurs Métis ont déserté. De deux cents combattants qu'ils étaient au départ, ils n'étaient plus qu'une cinquantaine à un certain moment. Cependant, le frère de Gabriel Dumont se serait amené avec soixante-dix hommes, ce qui a ragaillardi leurs combattants. Quoi qu'il en soit, en dépit d'un nombre inférieur de soldats, les Métis sont encore venus à bout de nos troupes. Ils connaissent mieux le terrain et l'exploitent parfaitement. Riel et Dumont ont été très encouragés par les résultats de cette bataille. Ils ont même nargué les carabiniers de Winnipeg en chantant l'hymne national des Métis, qui relate leur victoire à la bataille des Sept-Chênes.

Les visages qui faisaient face au général étaient longs et inquiets. Les Métis semblaient plus déterminés que jamais. Les Cris de Gros-Ours seraient galvanisés par cette nouvelle victoire de leurs alliés. Si le succès des Métis devenait contagieux, nous ne ferions pas le poids devant des Indiens beaucoup plus nombreux que nous.

— L'autre nouvelle importante que je veux vous communiquer concerne le massacre de Lac-à-la-Grenouille.

Nous avons ici sous bonne garde un témoin oculaire.
Il s'appelle François Lépine. C'est un Blanc marié à
une Indienne, ce qui lui a sauvé la vie. J'ai aussi les
noms des victimes de Lac-à-la-Grenouille. Ce n'est
pas une liste officielle. Nous devrons, une fois sur
place, identifier précisément les cadavres. Il s'agit de
l'agent indien Thomas Trueman Quinn, des pères
Fafard et Marchand, de John Delaney, dont la femme
serait l'otage de Gros-Ours, de James Gowanlock et
de son épouse qui aurait été soit tuée, soit enlevée, de
Charles Gouin, de William Gilchrist, de George Dill
ainsi que de John Williscraft. Et je n'oublie pas le
constable Cowan, qui a été tué à Fort Pitt.

J'inscrivais chacun des noms dans mon carnet pendant que Strange fourrait sa pipe dans sa blague à tabac.

— Avec la chaleur des derniers jours et les animaux, poursuivit-il, il est possible qu'il soit très difficile
d'identifier les cadavres, et encore plus de chercher
les preuves et les indices. J'aimerais savoir qui d'entre
vous pourrait assister le docteur Paré dans sa tâche. Il
faudra un cœur solide.

Je levai ma main.

— Je vais entrer à la faculté de médecine cet automne,
mon général, et j'ai déjà des connaissances en biologie.

— Merci, capitaine Villeneuve.

Le lieutenant Lafontaine leva la main à son tour.

— Je suis agent de police à Montréal. Des scènes de
crime, j'en ai vues. J'ai aussi travaillé avec des coroners
à Montréal et passé des heures à la morgue.

— *Well*, lieutenant Lafontaine, je vous charge donc,
avec le capitaine Villeneuve et le docteur Paré, de conduire l'investigation. Vous formerez la commission
d'enquête relative au massacre de Frog Lake. Il me
reste à ajouter à votre intention, père Provost, qu'il
faudra enterrer les cadavres et leur offrir une sépulture
décente une fois les recherches terminées.

Le père inclina la tête en signe d'acquiescement. Tous
les officiers proposèrent leurs services pour enterrer

les victimes. Le général alluma patiemment sa pipe et
en tira plusieurs bouffées avant de se tourner vers
Lafontaine :

— Lépine a échappé de justesse au massacre. Si
j'ai bien compris, il aurait tout vu ou entendu de ce
carnage. À vous et à votre équipe de recueillir son
témoignage.

Voyant que ni Lafontaine ni le docteur Paré ne
posaient de questions, je demandai :

— Est-ce que le témoin a fait une première déposition ?

— Non. L'agent de la Police à cheval ne parlait pas
français, et Lépine n'a pas voulu la faire en anglais.
Vous pouvez l'interroger quand vous voulez, mais il
est encore sous le choc.

Nous nous rendîmes sur-le-champ, le lieutenant
Lafontaine, le docteur Paré et moi, dans le logis du
fort où séjournait François Lépine.

Un policier de la PCN-O montra du doigt un homme
qui lisait un journal, pipe au bec. Brun de complexion,
les cheveux aux épaules, le solide gaillard affichait un
air grave et fier. On m'avait dit que les Métis avaient
beaucoup d'élégance. Je le constatais. Il portait un
superbe manteau ocre en peau tannée fumée avec des
franges aux épaules et un col de fourrure. Des perles
de verre et du fil de soie reproduisaient des fleurs sur
le justaucorps.

Nous nous présentâmes ainsi à lui pour la première
fois.

— Bonjour, monsieur Lépine, commençai-je. Nous
sommes membres du 65e bataillon. Je suis le capitaine
Villeneuve et voici mes collègues, le lieutenant Lafontaine et le docteur Paré.

— Tiens, je m'ennuyais de ne pas parler français.

— Nous venons pour vous entendre au sujet de ce
que vous avez vu à Lac-à-la-Grenouille.

Il nous demanda de le suivre à une table près d'un
comptoir de fourrures. Il sortit sa blague à tabac, emplit

sa pipe. Puis il sortit une autre pochette dont il tira une substance qu'il égraina dans le foyer. Devant notre étonnement, il nous expliqua :

— C'est du hart rouge, de l'écorce de cornouiller. On la ramasse au printemps et on la mélange au tabac. Ça donne un bon petit goût...

Lépine gratta une allumette et alluma sa pipe. Son visage, se figeant, arbora un air grave à travers les volutes de fumée. On tira trois chaises pour s'asseoir en face de lui.

— Pouvez-vous nous faire un compte rendu détaillé de ce qui s'est passé ? demandai-je.

— Ce qui s'est passé le 2 avril ?...

— C'est ça, dit Lafontaine. Un peu comme si vous nous faisiez une déposition officielle, que le capitaine Villeneuve transcrira. Vous pourrez la signer après...

Le docteur Paré avait emprunté la bible du père Provost. Il demanda à Lépine de placer sa main droite sur le livre sacré et de jurer de dire toute la vérité. Ce que le Métis fit de bonne grâce pendant que je plaçais face à moi sur la table le carnet dans lequel je transcrirais ses propos.

— Vous êtes prêt à commencer, monsieur Lépine ? demandai-je.

Il nous regarda tous les trois avant de répondre :

— Oui, messieurs, je suis prêt à parler.

QUATRIÈME PARTIE

Kapwatamut !

Ils promettent et s'engagent que sous tous les rapports ils subiront et se conformeront à la loi, et qu'ils maintiendront la paix et la bonne harmonie entre eux, et aussi entre eux et les autres tribus d'Indiens, ainsi qu'entre eux-mêmes et les autres sujets de Sa Majesté, qu'ils soient Indiens ou blancs, habitant maintenant ou devant habiter par la suite quelque partie de la dite étendue de pays cédée, et qu'ils ne molesteront pas la personne ou la propriété d'aucun habitant de telle étendue du dit pays cédé, ni la propriété de Sa Majesté la Reine, et qu'ils n'inquiéteront pas ni ne troubleront aucune personne passant ou voyageant dans la dite étendue de pays ou aucune partie d'icelle, et qu'ils aideront et assisteront les officiers de Sa Majesté à amener à justice et à châtiment tout Indien contrevenant aux dispositions de ce traité ou enfreignant les lois en force dans ce pays ainsi cédé.

Traité N° 6, 1876

16. *Koostatak*

— Ce que je vais maintenant vous raconter, je l'ai vécu en partie, puis j'ai appris le reste par ouï-dire durant ma détention. L'attaque s'est produite un dimanche matin.

La déposition durait depuis près d'une heure. Nous arrivions enfin à la séquence d'événements qui allait requérir notre présence.

— Vous pouvez préciser la date ? demandai-je.

— Le 2 avril.

— Et le lieu ?

— Lac-à-la-Grenouille. C'est à l'est d'Edmonton, sur la branche nord de la rivière Saskatchewan, à trente milles au nord de Fort Pitt. Il faut une journée à cheval pour s'y rendre.

— Dites-nous ce qui s'est passé ce dimanche 2 avril.

— Des cris et des coups de feu, des pleurs et des implorations. Beaucoup de bruit. Et j'ai vu des hommes tomber. Dans la langue de ma mère, il y a un mot qui décrit bien ce que j'ai ressenti ce jour-là : « koosta-tak », qui veut dire la peur.

— Qui a participé à la tuerie ?

— Ceux qui ont tué les colons se nomment Ka-papamachchakwew (Esprit-Errant), Kittimakegin (Homme-Misérable), Manachoos (Mauvaise-Flèche), Paypamakeesit (Autour-du-Ciel), Nabpace (Corps-de-Fer), Apachiskoos (Petit-Ours). Ils forment la branche guerrière des Cris de Gros-Ours, qui est le chef des Cris des plaines. Mais si vous voulez départager les responsabilités de chacun, il me faut vous conter le tout en détail.

— Allez-y.

— Je sais que je ne suis pas très objectif en vous disant que le gouvernement avait déjà décidé d'écraser les Métis par la force. Votre présence en est la preuve. C'est aussi le message qu'André Nault, un émissaire métis, est venu porter à Gros-Ours après la victoire de Lac-aux-Canards. Nault souhaitait que les Cris se joignent à eux pour rétablir leurs droits dans le Nord-Ouest. La victoire des Métis à Lac-aux-Canards, le 26 mars dernier, a enflammé les jeunes guerriers de Gros-Ours. Riel a prouvé plusieurs fois que les Indiens pouvaient vaincre la PCN-O. Sur le chemin du retour, Nault a été arrêté par le capitaine Dickens de la Police à cheval du Nord-Ouest. Les guerriers cris sont devenus plus belliqueux et ont juré de faire subir le même sort aux volontaires blancs. On a relâché Nault pour apaiser la révolte, mais le mal était fait.

— Affirmez-vous que Nault et les Métis ont une responsabilité dans ce qui s'est produit à Lac-à-la-Grenouille?

— Indirecte. La révolte couvait depuis longtemps à Lac-à-la-Grenouille. Les jeunes guerriers de Gros-Ours s'étaient installés à proximité en érigeant leur loge près du comptoir de la Baie d'Hudson. Tout a commencé l'an dernier par un incident en apparence anodin qui a eu lieu à ce poste pendant une distribution de vivres. Il y avait là Gros-Ours, son chef de guerre Esprit-Errant, et Homme-Misérable. C'était en octobre.

» La distribution a dégénéré quand Petit-Peuplier, un membre de la tribu expatrié depuis longtemps aux États-Unis, a surgi à l'improviste. Il était visiblement agité, très agressif. Il a avisé aussitôt l'agent indien Thomas Trueman Quinn, responsable des rentes viagères, qu'il avait quitté Grand-Côteau, dans le Dakota du Sud, pour venir aider ses frères qui souffraient cruellement. Il était très intimidant. Comme Quinn ne faisait pas de cas de lui, Petit-Peuplier a commencé à se moquer de l'agent. Quinn avait mauvaise réputation. C'était un homme dur, entêté. Même Pîhtokahâna-piwiyin, Faiseur-d'Enclos, un chef apprécié pour sa diplomatie et sa gentillesse, avait eu maille à partir avec lui. J'étais là comme interprète et je peux vous dire que les esprits se sont échauffés quand Petit-Peuplier a commencé à insulter Quinn, en affirmant qu'il était envoyé par les Blancs pour affamer les Indiens. Quinn, qui a des origines sioux, l'a mal pris, et quand le tour de Petit-Peuplier est arrivé, il lui a dit avec une attitude arrogante qu'il n'était pas sur la liste et qu'il ferait mieux de partir. Petit-Peuplier s'est entêté, a même exigé de la viande de bœuf, mais Quinn n'a pas bronché. Petit-Peuplier l'a alors menacé de le tuer. C'est à ce moment qu'Esprit-Errant, puis Homme-Misérable, ont pris la défense de Petit-Peuplier, ce qui n'a pas fait plier Quinn, même si les phrases que je devais traduire avaient le son de la guerre. Finalement, Gros-Ours a tenté d'apaiser ses guerriers, mais la graine de la colère était plantée. Dès le lendemain, les agents de la PCN-O, des Affaires indiennes et les colons blancs ont commencé à sentir que leur vie était en danger. Quinn, lui, a néanmoins continué à mener la vie dure aux Cris, allant même jusqu'à refuser de leur donner leur dû lors d'une distribution de denrées et d'argent, parce qu'ils s'étaient présentés en retard à cause d'un rituel.

» Le 28 mars, un agent de la PCN-O arrivait à Lac-à-la-Grenouille pour annoncer que le soulèvement des Métis était commencé. Comme le village comptait seulement six agents pour sa protection, le capitaine Dickens recommandait aux Blancs de se réfugier au Fort Pitt et ordonnait aux six agents de la PCN-O de partir au plus vite. Malgré la mise en garde, le père Fafard, après avoir obtenu l'assurance de Gros-Ours que la population de Lac-à-la-Grenouille n'était pas en danger, recommanda aux colons de demeurer sur place malgré le départ de tous les agents à l'exception de Quinn, qui avait refusé d'obéir à l'ordre d'évacuation.

— Il n'y avait donc que Quinn pour défendre le village lors de l'attaque ?

— On peut dire ça. Mais la communauté avait confiance en Mistahi-Maskwa, Gros-Ours. C'est un chef de bande apprécié et respecté, pas une brute. Mais la veille, le matin du 1er avril, Esprit-Errant et des membres du conseil de guerre, Petit-Homme-Mauvais et Homme-Misérable, s'en sont pris verbalement à William Cameron, le magasinier de la Baie d'Hudson. Esprit-Errant, qui compte plus de trophées de guerre que Gros-Ours, avait les nerfs à vif et il a parlé de la victoire de Riel à Lac-aux-Canards, ce qui a grandement inquiété Cameron. Peu après leur départ, Cameron a décidé d'aller avertir Quinn de ce qu'il venait de vivre, et c'est devant la maison de l'agent qu'il a revu Esprit-Errant, en grande discussion avec Gros-Ours et son fils, Petit-Homme-Mauvais. Cameron est aussitôt accouru pour que j'intervienne, mais à notre arrivée, la dispute était engagée entre Quinn et Esprit-Errant. J'ai vite compris que lui et Petit-Homme-Mauvais interdisaient à Quinn de sortir de sa demeure. Gros-Ours essayait de raisonner son fils et Esprit-Errant par des gestes d'apaisement, mais rien n'y faisait, les deux guerriers ne cessaient de célébrer la victoire de Riel, de clamer que c'était maintenant lui leur *uneyeen*, leur chef. Dans la maison, la femme de Quinn était terrorisée. Afin de les calmer, Gros-Ours leur racontait plutôt de sa voix solennelle le rêve sanglant qu'il avait fait la veille et où il était question d'un printemps de sang : « Kapwatamut ! Kapwatamut ! » répétait-il aux jeunes, les mettant ainsi en garde contre l'appel à la violence. Contre toute attente, le vieux chef a réussi à apaiser ses guerriers.

» Après le départ des Indiens, Cameron et moi avons incité Quinn à prendre la fuite. Sa vie était en jeu. Mais Quinn s'est obstiné. C'était vraiment une tête dure ! Un *bucké* ! Tout aurait été différent si... Plus tard, j'ai appris que les guerriers s'étaient emparés des carabines laissées dans l'armurerie de la PCN-O. J'ai craint le pire, mais le reste de la journée s'est passé sans anicroche. Je me trompais peut-être encore. Du moins, l'espérais-je.

» Dans la nuit, tout a basculé. Esprit-Errant a tenu un conseil de guerre auquel plusieurs jeunes guerriers ont assisté. Les tambours et les chants de guerre ont résonné. C'est vers cinq heures du matin que Petit-Peuplier et Petit-Homme-Mauvais ont fait irruption dans la maison des Quinn et leur ont demandé de s'habiller et de les suivre. Quinn a résisté et il a été ligoté sur une chaise.

— Comment avez-vous appris ce qui s'était passé chez Quinn ?

— C'est lui-même qui me l'a raconté. Moi, pendant ce temps, je dormais chez Louis Goulet, un autre interprète. À l'aurore, j'ai entendu une chevauchée terrifiante et des hurlements en langue crie. Je me suis levé. J'ai aperçu Esprit-Errant et Homme-Misérable suivis d'une vingtaine d'Indiens. Ils avaient tous des peintures de guerre sur le visage. J'ai reconnu plusieurs chevaux du gouvernement. Cheveux hérissés, des lignes ocre et vertes sur le visage, Esprit-Errant semblait en transe. Ils sont entrés comme des hors-la-loi dans la maison de Louis et nous ont obligés à les suivre. De sang mêlé, nous nous croyions tous les deux protégés, mais l'attitude belliqueuse d'Esprit-Errant et de ses guerriers semait des doutes en moi. Comme nous étions payés par le bureau des Affaires indiennes, nous étions vus comme des collaborateurs. J'ai commencé à penser à prendre la fuite.

» Ils nous ont amenés au magasin de la Baie d'Hudson. Là, ils ont réveillé brutalement William Cameron. Petit-Homme-Mauvais lui a ordonné de lui donner toutes les munitions disponibles. Cameron, terrorisé, a dit à Ours-Jaune, son commis, de remettre les munitions et des couteaux aux Indiens. C'est pendant la distribution des armes blanches que Gros-Ours est entré dans le commerce. Il était très en colère contre son fils et Esprit-Errant. Mais j'ai vite compris qu'il n'avait plus le contrôle. On ne l'écoutait plus et Ours-Jaune a continué son travail, le sourire aux lèvres. Gros-Ours, voyant qu'il n'arrivait à rien, a quitté le magasin encore plus en colère.

» Sous escorte, on nous a ensuite traînés jusqu'à la maison de Quinn. En arrivant, j'ai vu que deux autres colons, John Delaney et John Pritchard, étaient sur place. Ils faisaient cercle autour de Quinn, qui parlait comme un prédicateur même s'il était toujours attaché sur sa chaise. Petit-Peuplier s'est alors approché de lui et l'a frappé durement avant de réclamer un bœuf entier. Quinn a refusé, fidèle à lui-même, et il a récolté un nouveau coup. Sa femme pleurait à chaudes larmes.

» Gros-Ours, qui avait été chercher du renfort, est arrivé avec deux guerriers qui lui étaient toujours fidèles. Il s'est interposé et a répété sa prophétie fatidique : « Kapwatamut ! », mais Petit-Peuplier lui a ri au nez. Gros-Ours a fait un geste, comme s'il voulait le frapper. Petit-Peuplier a pointé la carabine vers lui. Pendant un instant, j'ai cru que tout allait basculer. Puis Gros-Ours a baissé le bras et il est sorti lentement de la maison, suivi par ses hommes.

» Esprit-Errant, qui n'avait pas dit un mot depuis son arrivée chez Quinn, a ordonné de détacher l'agent et que tous le suivent. Il nous a entraînés en direction du village. C'est en route que Quinn m'a conté ce qui était arrivé chez lui dans la nuit. Le soleil était déjà chaud sur nos épaules et la nature autour de nous se moquait bien de notre situation désespérée. Tout en marchant, je constatais que plusieurs maisons avaient été pillées et saccagées. Il n'y avait aucun habitant sur place. C'était le Jeudi saint. Le père Fafard devait célébrer une messe en compagnie du père Marchand, le prêtre de la petite mission de Lac-à-l'Oignon. Tous devaient être à l'église. Je compris que c'était justement là que nous amenait Esprit-Errant. Bientôt j'aperçus les guerriers à cheval qui montaient la garde devant le parvis. Plusieurs avaient des bouteilles de vin de messe à la main et commençaient à être ivres. Dans le temple, d'autres Indiens se tenaient debout à l'arrière, avec une attitude hostile et irrespectueuse. Toute la communauté de Lac-à-la-Grenouille, réunie dans son temple, était effrayée à la vue de leurs peintures de guerre même si, devant l'autel, les deux prêtres poursuivaient l'office comme si de rien n'était.

» Quand Esprit-Errant a franchi les portes du temple, les pères Fafard et Marchand se tournaient vers l'assemblée, prêts pour la cérémonie de la communion. Le jeune guerrier a lâché un rire dément et, se jetant à genoux, il s'est avancé vers l'autel, les bras au ciel, tout en enchaînant des propos vulgaires. Devant la foule apeurée, il s'est mis à railler les deux prêtres, à imiter leurs gestes, à reprendre dans un latin châtié les paroles et les gestes de la liturgie. Ses acolytes ricanaient de le voir commettre un tel sacrilège. Le moment de stupeur passé, le père Fafard a tenté de lui faire entendre raison, mais en vain. La messe a été interrompue. Les femmes ont commencé à pleurer, imitées bientôt par leurs enfants.

» Esprit-Errant a alors hurlé son cri de guerre, puis ordonné à tout le monde de quitter l'église.

» Les habitants ont cru un instant qu'il les invitait à regagner leurs maisons, mais la vue des guerriers armés à l'extérieur leur a fait réaliser que la situation était beaucoup plus grave qu'ils ne le croyaient. Les Indiens, carabines pointées, ont obligé les *settlers* à les suivre. Un groupe a pris la direction du village cri, un autre est monté sur la colline près de l'église. J'étais du premier groupe, Quinn de l'autre. Nous n'avions pas franchi deux cents pieds que j'ai entendu une prise de bec entre Esprit-Errant et Quinn, puis un premier coup de feu a été tiré, suivi d'un deuxième. « *Tesca! Tesca! Tesca!* Non! Non! Non! » hurla aussitôt une voix, celle de Gros-Ours.

» Le corps de Thomas Quinn gisait étendu près de la colline. Le sang coulait d'une blessure à la tête. Ceux qui avaient juré de le tuer avaient tenu parole. Une troisième décharge a retenti. Williscraft venait de tomber. Puis une autre détonation. Gowanlock, le pro-priétaire du moulin à scie, s'affaissait au sol. Sa femme s'est mise à hurler, en proie à une crise de nerfs. Le père Fafard, qui se trouvait non loin derrière moi, est accouru au chevet de Gowanlock pour lui donner les derniers sacrements. Un autre coup de feu et c'était au tour de John Delaney de tomber devant moi. Pendant que sa femme se jetait sur lui comme pour le protéger, le père Marchand s'agenouillait près d'eux. Je l'ai vu faire le signe de la croix, entamer la prière aux agoni-sants pendant qu'un guerrier s'approchait derrière lui, levait sa carabine. Le coup de feu a fait éclater la tête du père Marchand, qui est tombé sur la femme de Delaney, elle-même ployée sur le corps de son mari qu'elle implorait de ne pas mourir. Partout autour de moi, des hurlements de terreur s'élevaient. Terrifié, je croyais ma dernière heure venue. Un nouveau coup de feu assourdissant et, cette fois, c'était le père Fafard qui était tué. Tout se passait à une vitesse folle, d'autres détonations se faisaient entendre tout autour, je croyais que la prochaine serait pour moi, mais la mort venait frapper William Gilchrist, George Dill et Charles Gouin. Ils avaient tenté de prendre la fuite. Puis les tirs ont cessé. On n'entendait plus que les cris et les pleurs.

— Pourquoi les assassins ont-ils arrêté le carnage, selon vous? demandai-je.

Il me regarda avec des yeux agrandis par la peur. Pendant un instant, il avait de nouveau été là-bas, au milieu de l'hécatombe.

— Je ne sais pas, dit-il enfin. Peut-être parce que personne ne bougeait, que nous étions tous figés sur place, même les enfants que les femmes tentaient de soustraire au massacre…

— Que s'est-il passé ensuite?

— Esprit-Errant et ses guerriers ont regroupé tous les survivants et, sous bonne garde, ils nous ont emmenés à leur village où nous avons été emprisonnés.

Je regardai mes collègues. Leur mine indiquait clairement qu'ils avaient été aussi secoués que moi en entendant ce témoignage.

Nous allions suspendre la séance quand Lépine nous avisa qu'il voulait ajouter quelque chose.

— Il y a un autre meurtre qui se rapporte à ce massacre, même s'il a eu lieu dix jours plus tard, le 13 avril. C'est celui de She-Wins, une Indienne qui semblait avoir perdu la raison à cause de la faim. C'est connu, la faim peut rendre fou, et celle qui accablait la tribu de Gros-Ours était terrible. Depuis que nous étions prisonniers, elle parlait de manger les enfants. Vous imaginez le climat de crainte que cela causait parmi nous? Gros-Ours, Esprit-Errant, même Petit-Peuplier tentaient de lui faire comprendre que le cannibalisme ne pouvait qu'attirer le malheur sur la tribu. Elle n'écoutait pas. Quand elle s'est mise à se promener avec un bâton et qu'elle a commencé à essayer de s'approcher des enfants, la peur s'est installée pour de bon. Trois Sauvages se sont mis en tête de l'empêcher de commettre cet acte insensé.

— Qui sont ces trois hommes?

— Charles Ducharme, alias Charlebois, Wawasehoween (Homme-bien-vêtu) et Whasagama (Yeux-Brillants).

Le docteur Paré me regarda avant de poser la question qui avait germé aussitôt dans nos trois têtes:

— Pensez-vous qu'elle ait mangé les cadavres des victimes de Lac-à-la-Grenouille?

— Non. Du moins, je ne le crois pas. S'il y avait eu des enfants parmi les victimes, je ne dis pas, mais…

Lépine se passa une main dans le visage, comme pour effacer les visions qui l'assaillaient.

— Si vous le voulez bien, monsieur Lépine, revenons à ce qu'ont fait les trois Cris que vous avez nommés, demandai-je en voyant son état.

Il prit une grande inspiration, puis reprit son récit.

— Les Sauvages lui ont tendu un piège. Ils l'ont enlevée à la brunante, enroulée dans une couverture et transportée loin du village de Gros-Ours. Là, Ducharme l'a assommée d'un coup de bâton sur la tête, puis Yeux-Brillants l'a tirée à bout portant. Ensuite, il lui a tranché le cou avec une hache. Vous devriez découvrir son corps à peu près à un mille du camp, pas très loin du lieu du massacre. C'est tout ce que j'avais à dire.

Lafontaine, Paré et moi nous regardâmes, du dégoût dans les yeux. Nous étions fatigués et abrutis après avoir entendu le récit de tous ces meurtres. D'un commun accord, nous invitâmes Lépine à retourner à son logis, en lui indiquant que nous le reverrions le lendemain. Il se leva lentement et nous tourna le dos sans ajouter un mot. Malgré la fatigue et la concentration qui faisait défaut, il nous restait à compléter notre tâche.

En silence, je mis en ordre les feuillets sur lesquels j'avais noté les propos de Lépine. Il me faudrait les retranscrire au propre dans la soirée. Lafontaine, qui avait l'expérience des rapports judiciaires, me demanda de les consulter. Je les lui tendis. Il relut quelques passages, puis le docteur Paré fit de même. À certains endroits, il soupirait et secouait la tête, comme s'il ne croyait pas à toute cette barbarie.

Il est certain qu'à la lumière du long témoignage de Lépine, on pouvait déterminer les causes qui avaient poussé les Indiens à commettre ce massacre, mais aussi des mobiles plus importants.

— En tout cas, dis-je, il est clair pour moi que c'est Quinn qui a mis le feu aux poudres avec son comportement cavalier envers les Cris.

— C'est vrai, rétorqua Lafontaine. Comme c'est lui qui avait la mainmise sur les distributions de nourriture, c'est sa faute si la tribu crevait de faim.

— Et la faim conduit toujours à la révolte, renchérit le docteur Paré.

Je me reculai sur ma chaise et regardai mes deux collègues. Pour ma part, je trouvais que les racines du mal étaient plus profondes encore.

— Si vous voulez mon avis, cette révolte est une conséquence de la situation politique qui a aliéné les tribus indiennes en les dépossédant de leurs terres ancestrales, en les obligeant à demeurer dans les réserves sous peine de perdre en plus leur identité.

— C'est pourquoi la demande d'André Nault, l'émissaire de Riel, de joindre la rébellion, a trouvé un terrain fertile chez les jeunes guerriers cris, ajouta le docteur Paré.

Lafontaine se gratta la tête et me fixa :

— Moi, je dis que, en acceptant les réserves, les Indiens ont juste gagné le droit d'être des mendiants. C'est pour redonner un sens à leur vie, pour regagner leur indépendance qu'ils se révoltent.

— Mais est-ce que ça justifie le massacre d'innocents ? demandai-je.

— Non. Mais on vient d'apprendre que c'est Thomas Quinn qui les a poussés à bout.

— Oui, ça peut expliquer son meurtre, concédai-je. Mais pourquoi s'en prendre aux autres ?

— Comme on dit dans notre jargon de policier, il y a des facteurs atténuants pour expliquer leurs gestes.

— Et ce sera à un juge de déterminer ces facteurs, ce n'est pas notre tâche. On doit montrer le comment et non le pourquoi, dis-je.

Je voyais bien que le lieutenant Lafontaine était troublé par cette rencontre avec Lépine. Le policier de Montréal restait assis, les bras appuyés à sa chaise. Je comprenais que son malaise provenait de la sympathie croissante qu'il éprouvait envers les Métis rebelles et qui le portait à voir d'un œil différent le geste des Cris. D'une certaine façon, il vivait, avec un décalage d'un mois, ce que j'avais ressenti à leur égard avant de partir. Mais de mon côté aussi, mes pensées avaient évolué. J'étais maintenant face à un massacre. J'en fis part à Lafontaine.

Il leva les yeux au ciel, puis posa lourdement ses deux mains à plat sur la table.

— Georges, je sais plus trop quoi penser. Tu as entendu le témoignage de Lépine? Les Cris sont affamés, restreints dans leurs déplacements et, si je lis entre les lignes, restreints dans leurs rituels. Le gouvernement leur a fait des promesses qu'il n'a pas tenues. Tu le dis toi-même, le problème est politique. Nous sommes devant un drame politique. Ce ne sont pas des délits ordinaires. Il n'y a rien là-dessus dans le code criminel.

— Oui, mais la loi est la même pour tous, Bruno. Les guerriers cris l'enfreignent. Ils tuent, ils pillent, ils…

— Oui, mais c'est la guerre.

— Non, la guerre, c'est deux armées qui s'affrontent. Comme à la coulée des Tourond.

Il frappa la table d'un coup sec, se leva en secouant la tête et nous tourna le dos.

— Je sais plus quoi penser… l'entendis-je murmurer à nouveau alors qu'il quittait la pièce à grands pas.

Je voulus me lancer à sa poursuite, mais le docteur Paré me retint par le bras.

— Laissez-le aller, capitaine Villeneuve. Il ira mieux demain. La nuit porte conseil, comme on dit.

Il avait raison. Nous retournâmes lentement vers nos quartiers. Je ne vis pas Lafontaine sur notre chemin. Je m'enfermai dans ma chambre. J'avais encore du travail à abattre avant de me coucher.

17. Dernier jour de la commission d'enquête

La chaleur s'annonçait écrasante en ce matin du 6 mai et les moustiques harassants. À l'extérieur du fort, le bataillon s'activait déjà. Dans la moiteur du jour, un petit chantier maritime se dressait le long de la rivière. La cognée des haches résonnait de partout, décuplée par l'écho. À chaque trait des godendarts fleurissait une bonne odeur de bois. Les volées de bran de scie collaient aux visages en sueur des charpentiers. De grosses barges prenaient lentement forme sur les bords de la Saskatchewan. La flottille serait sous le commandement du major Hughes. Elle nous permettrait de nous rendre plus facilement dans le district Saskatchewan avec tout l'équipement.

Le général Strange savait qu'il pouvait compter sur un bataillon plein de ressources. Le 65e était une petite société en soi. Des gens de professions libérales côtoyaient des agriculteurs, des menuisiers et des journaliers. Depuis le début du voyage, il avait pu constater l'habileté de certains soldats dans le maniement de la hache et la menuiserie. Pour se désennuyer, certains de nos compagnons, sculptant le bois avec adresse, reproduisaient des scènes nostalgiques du pays : le bœuf aux labours, le cultivateur aiguisant sa faux, la mère canadienne penchée sur son métier à tisser… Le général Strange avait demandé aux capitaines de découvrir dans leur compagnie les bons charpentiers. Plusieurs avaient déjà bâti des granges, des fermes, des maisons et des chaloupes. Les volontaires avaient été nombreux et six de mes hommes choisis. Ils pouvaient ériger un fort si on le leur demandait, et tous les meubles qui allaient dedans.

Je venais à peine de terminer mon déjeuner qu'on entendait monter le chant joyeux du second détachement du 65e bataillon. On les accueillit par de vigoureux hourras! Ils étaient amochés, fourbus, grugés par les mouches noires et le soleil, pas beaux à voir, mais heureux d'être enfin arrivés.

Le général Strange convoqua aussitôt une réunion de l'état-major. Il paraissait inquiet. On en comprit la raison quand il nous apprit que les hommes de Steele avaient remarqué les mouvements de plusieurs bandes d'Indiens.

— La situation semble s'accélérer, messieurs, aussi la cinquième et la sixième compagnies, accompagnées d'une partie des scouts, n'attendront pas la finition des barges et partiront tout de suite à Frog Lake. Quatre-vingt-dix milles nous séparent du lieu du massacre, mais peut-être y arriverez-vous plus vite à la marche, même si les risques d'escarmouches seront nombreux pendant le trajet.

Le capitaine Roy et moi l'assurâmes que nous serions vigilants.

— Le capitaine Éthier est déjà en poste à la Ferme du gouvernement. Capitaine Ostell, vous mettrez le cap sur la rivière Bataille pour protéger le poste de la Compagnie de la Baie d'Hudson qui s'y trouve. Pendant ce temps, la huitième assurera les communications. Aussitôt les barges finies, nous appareillons.

Le général Strange termina en annonçant qu'il resterait à Edmonton pour superviser les travaux de fortification et, surtout, celui des sapeurs pour qu'ils livrent le plus tôt possible les barges.

Sitôt la réunion achevée, je fis rassembler mes hommes. Les gars de Steele avaient aussi indiqué que des ouvrages avaient été détruits ou endommagés le long des routes et des sentiers. Si on ne voulait pas perdre temps et énergie à faire franchir aux chariots le moindre ruisseau, il fallait qu'une équipe nous précède.

— Quels sont ceux parmi vous qui seraient volontaires pour construire des ponceaux ? lançai-je aussitôt que j'eus leur attention.

Cinq gars levèrent la main, dont le jeune Hamel, qui avait appris ce métier dans des ateliers à Saint-Jean-de-Dieu. J'avais l'embarras du choix.

— La cinquième compagnie est la crème des compagnies ! remarqua le lieutenant Lafontaine.

Je m'approchai du gamin, envers lequel je me sentais une responsabilité.

— T'es sûr que tu veux aller avec eux ?

— Oui, capitaine.

— Vous inquiétez pas, capitaine, lança un des soldats. On s'occupera du kid.

— Bon ! Votre mission ne sera pas de tout repos, mais trois membres de la cavalerie vous accompagneront, sous le commandement du major Wright.

Personne ne semblait envier le sort de nos pontonniers. Peu nombreux, ils risqueraient à tout moment de tomber dans des embuscades.

Ils partirent avec deux charrettes, deux jours de provisions et quelques prières. Ils apportaient leurs haches et leurs armes pour répondre aux escarmouches. Alors que je les regardais s'éloigner, le doux parfum des essences de bois se répandait tout autour, celui de la mort aussi…

◆

Je retournai peu après, en compagnie de Lafontaine et du docteur Paré, vers le logis de Lépine pour continuer

l'interrogatoire. Nous le trouvâmes près de la réserve
des barils de mélasse. Il faisait une patience sur une
table. Il semblait plus reposé que la veille. Il nous
salua et ramassa ses cartes sans terminer sa partie.
Nous nous installâmes face à lui. La commission d'enquête était prête à reprendre son travail.

Comme nous n'avions pas pour l'instant de portraits des individus qui étaient en cause, je demandai
d'abord à Lépine de nous décrire les guerriers cris qui
avaient participé au massacre.

— Qui est Esprit-Errant ? Quel âge a-t-il ?

— Leur chef de guerre. Il a quarante ans. Il est
petit, trapu et très fort. Son regard est intimidant et ses
yeux clairs vous transpercent comme une flèche. Il se
coiffe d'un bonnet de guerre, une tête de lynx à cinq
plumes d'aigle. Si vous obtenez des photos de lui,
vous verrez qu'il avait les cheveux noirs, mais ils ont
blanchi prématurément dans les jours qui ont suivi le
massacre et la prise de Fort Pitt. Esprit-Errant est un
redoutable guerrier qui compte plusieurs trophées de
guerre. Il aurait tué une dizaine de Pieds-Noirs, les
ennemis héréditaires des Métis. Quand Big Bear a
signé le traité n° 6 en 1882, l'attitude d'Esprit-Errant
envers les Blancs est devenue belliqueuse. Il était
humilié que sa tribu s'abaisse à ce point, qu'elle soit
dépouillée de ce qu'elle avait toujours eu.

Lafontaine, qui était devenu très attentif en entendant parler du traité, le coupa soudain :

— Vous qui êtes un sang-mêlé, pouvez-vous comprendre les gestes commis par Esprit-Errant et ses
hommes ?

Lépine s'emporta aussitôt.

— Si on vous prenait vos terres, vos maisons, votre
fierté, si on vous enfermait comme du bétail dans une
réserve alors que vous avez connu l'infini d'un continent, que feriez-vous ? Vous resteriez passif ? Si on
violait vos filles et vos femmes comme les Anglais l'ont

fait chez nous en 1869 à Rivière-Rouge, est-ce que vous resteriez là à applaudir ? Et si on vous empêchait de pratiquer vos rites religieux ?

— Vous justifiez donc les gestes d'Esprit-Errant ? demanda le docteur Paré.

— Je comprends le ressentiment des Cris, asséna Lépine d'une voix forte. C'est le nôtre, celui des Pieds-Noirs, des Bloods et des autres tribus. Et vous autres, les Canadiens du Québec, est-ce que vous comprenez le soulèvement des Patriotes en 1837 chez vous ? Pourquoi vos chefs se sont-ils laissé acheter aussi facilement ? Le nôtre, Louis David Riel, a toujours refusé qu'on marchande ses convictions. C'était non monnayable, et ça l'est encore. Ils ont tout essayé. Vous êtes avec qui finalement, vous, les Canadiens français ? Elle est où votre loyauté, vous du Québec ? On ne sait jamais sur quel pied danser avec vous autres. Si nous sommes des sang-mêlé, comme vous dites, vous autres, vous avez sali le vôtre avec celui des Anglais. Comment vous est-il possible de servir deux maîtres ? Vous écrivez partout dans vos journaux que vous admirez Riel. Nous croyons que vous êtes avec nous, mais à la première occasion, votre bataillon s'amène pour fouler aux pieds notre marche vers la liberté.

Les yeux de Lépine nous lançaient des éclairs et, manifestement, ils atteignaient leur cible du côté de Lafontaine, qui avait la tête basse.

— Le docteur Paré, le lieutenant Lafontaine et moi ne sommes pas contre vous, dis-je d'une voix que je voulais calme, posée. Nous enquêtons sur la mort de plusieurs civils, monsieur Lépine, pas sur ce qui se passe sur les champs de bataille, encore moins sur les tribunes politiques.

— Mais vous appartenez bien au 65e bataillon.

— Oui, dis-je d'une voix plus forte, et notre mission est de faire en sorte qu'il n'y ait plus de massacres, d'aucune sorte. Maintenant, je voudrais que vous nous parliez des autres guerriers qui ont pris part au carnage.

Lépine demeura silencieux un long moment. Je voyais qu'un dur combat se livrait en lui. Devait-il collaborer ou, au contraire, se braquer contre nous? À mon grand soulagement, il décida de continuer sa déposition.

— Il y a Kittimakegin, Homme-Misérable. Il est facilement reconnaissable parmi les chefs de guerre puisque son visage est ravagé par la variole. Il arbore des peintures de guerre jaune ocre, qui accentuent encore plus la dureté de son visage. Physiquement, il est râblé, très costaud. Le second fils de Big Bear, Petit-Homme-Mauvais, a quarante ans. Il est trapu et porte de longues tresses noires. Son front est large, dégarni. Ses yeux sont pochés et il à la lèvre inférieure lippue. À vrai dire, son nom lui va très bien.

Lépine poursuivit en esquissant verbalement les portraits de Corps-de-Fer, Petit-Ours, Autour-du-Ciel, Mauvaise-Flèche... On passa ensuite aux otages de Fort Pitt. D'après Lépine, il y avait trois couples avec des enfants. Les familles McClean, Mann, et celle du révérend Quinney.

Lafontaine entreprit de dresser la liste des noms.

— Vous ont-ils paru en bonne santé? s'enquit Paré.

— Oui. Du moins, avant mon évasion, tout le monde allait bien.

— Est-ce qu'on les avait maltraités?

— Non, on s'en occupait bien. Les femmes cries sont très affectueuses, à part bien sûr She-Wins, mais elle n'est plus de ce monde.

— Il y avait d'autres otages?

— Oui. Un autre prêtre français, le père Legoff. Quelques sang-mêlé comme moi, dont les frères Duchesne, Otto et François, que j'ai vus s'entretenir avec un certain Jean-Baptiste. Je connais les Duchesne, ils sont interprètes. Il y avait au moins quatre autres Blancs, dont j'ignore les noms. En tout, nous étions une trentaine d'otages.

Lafontaine compléta sa liste en laissant quatre lignes vierges. Je relevai les yeux de ma transcription.

— Est-ce que les guerriers cris se vantaient d'avoir massacré des colons ?

— Ils ne s'en cachaient pas.

— Vous savez qui a tué qui ? En ont-ils parlé ?

— Esprit-Errant s'attribue le meurtre de Quinn et du père Fafard. Pour le père, d'autres témoins l'affirment aussi…

— Quels témoins ?

— Moi, je n'ai pas vu qui tirait, mais mesdames Gowanlock et Delaney sont certaines que c'est Esprit-Errant qui a été le premier à tirer sur le père Fafard. La balle lui aurait traversé le cou. Le prêtre s'est affaissé sur le ventre. Il saignait de la bouche et du nez. Il avait les mains croisées au-dessus de sa tête. Plusieurs Sauvages ont fait cercle autour du prêtre qui gémissait. L'un d'eux a dit : « Il respire encore. » Mauvaise-Flèche a demandé à Esprit-Errant d'achever le prêtre. Autour-du-Ciel a pointé son canon sur la tête du prêtre et a fait feu à bout portant. Marchand a subi ensuite le même sort.

— Des indications quant à ceux qui ont abattu Dill, Gilchrist et Gouin ? demandai-je.

— Petit-Ours et Corps-de-Fer.

— Un rapport dit que le village a été incendié…

— Autour-du-Ciel a mis le feu. Il ne reste que des ruines.

Je regardai les notes que j'avais écrites la veille au soir avant de me coucher, puis mes collègues. Nous avions fait le tour. Je revins à Lépine.

— Monsieur Lépine, nous avons terminé nos questions. Avez-vous autre chose à nous dire ?

Un sourire las envahit son visage.

— Je pourrais dire bien du mal de ceux qui viennent pour nous écraser, mais je crois que ce n'est pas ce que vous voulez entendre…

— Alors, je vais vous demander de lire votre déposition d'hier pendant que je complète la partie d'aujourd'hui, puis de la signer.

Je lui tendis les pages que j'avais transcrites dans la soirée, puis m'attaquai à la partie qui finaliserait la déposition.

Une demi-heure plus tard, je trempais une dernière fois la plume dans l'encrier, puis la tendais à Lépine pour qu'il appose sa signature. Nous le remerciâmes tous les trois avant de quitter le baraquement.

Il était midi passé et le soleil était haut dans le ciel. La chaleur était suffocante. J'avais une faim de loup, mais je me rendis à la baraque du général Strange avant toute chose. Son aide de camp m'annonça et j'entrai.

Assis dans un fauteuil, Gunner Jingo lisait un rapport en buvant du thé. Il leva les yeux vers moi et s'esclaffa.

— Vous êtes tellement jeune, capitaine Villeneuve, qu'on vous croirait encore au collège.

— J'y étais il n'y a pas si longtemps, mon général.

— Qu'est-ce qui vous a amené dans la milice ?

— Le goût de l'aventure et la défense de la patrie.

— Ce sont les mêmes raisons qui m'ont poussé à combattre pour l'Empire jusqu'au Bengale.

— Vous êtes aussi allé en Jamaïque ?

— Oui, mais c'était une rétrogradation. J'avais voulu améliorer le sort de mes soldats. Au lieu de me retourner en Écosse, l'armée britannique m'a expédié sous les tropiques avec les moustiques, les serpents et les négresses pleines de morpions.

Il avala une petite lampée de thé.

— *Well*, vous avez fini d'interroger le Métis ?

Je lui tendis le document. Il regarda mon rapport et l'ouvrit.

— Comme vous le constaterez, mon général, nous avons appris beaucoup de choses qui nous seront très utiles.

— *Well done*, capitaine Villeneuve !

Il plongea dans son document. Comme je ne bougeais pas, il releva le menton.

— Autre chose, capitaine ?

— Avec votre permission, mon général, j'aimerais vous demander si vous avez reçu des nouvelles du lieutenant-colonel Ouimet.

— Non, je n'en ai pas encore reçu. Mais elles ne sauraient tarder, *isn't it* ?

Je saluai le général et tournai les talons, sur lesquels pesait mon estomac affamé.

◆

Nous levâmes le camp le lendemain en début d'après-midi. Nous mettions le cap loin à l'est d'Edmonton. Nous emmenions avec nous deux charrettes et un chariot pour nos équipements. Afin de parer à toute éventualité, j'avais obtenu du général Strange qu'un interprète se joigne à notre colonne, car il y avait de fortes chances que nous fassions des rencontres impromptues.

La piste que nous devions suivre longeait la rivière Saskatchewan. Si nos pontonniers avaient bien fait leur travail, le général Strange avait calculé qu'elle nous permettrait d'atteindre notre objectif en quatre jours. Mais la canicule était telle qu'elle nous épuisa rapidement. Il faut dire que nous n'avions guère eu le temps de nous remettre de notre précédente équipée. Le soleil n'était pas couché quand je décidai de faire halte pour la nuit. Nous avions à peine franchi dix milles. Personne ne s'en plaignit et les tentes furent piquées dans le paysage. Moins d'une heure plus tard, le lieutenant Lafontaine et Rivard, qui s'étaient éclipsés dès que j'avais ordonné l'arrêt, réapparaissaient au loin avec chacun un chevreuil sur les épaules. Une clameur joyeuse s'éleva des troupes. Les flèches pendaient encore du flanc des animaux. Lafontaine, qui avait essuyé des moqueries pour son manque de précision lors de ses premiers essais de tir à l'arc, nous regardait avec une arrogance toute feinte.

— À l'ancienne, mes amis. Priorité aux Canadiens français ou sinon la cour martiale, s'esclaffa mon lieutenant en déclenchant un rire intense du côté où l'on comprenait le français.

Le sergent Lupien s'avança et se mit à genoux devant Lafontaine.

— Un héros !

— Tu peux sortir tes couteaux au lieu de flagorner.

Pendant que les hommes préparaient les feux et que la surveillance du camp était mise en place, chaque chevreuil fut accroché par les pattes de derrière à un arbre puis saigné par le cou, aéré puis lavé à grande eau. Lulu éviscéra ensuite les animaux. Il tailla les pièces en quartier avec virtuosité tout en commentant son travail, puis les redécoupa en plus fines parties.

— Le filet mignon et le faux-filet pour la cinquième compagnie, et le cœur aussi…

De gros morceaux de viande furent embrochés et c'est sous un ciel embrasé de mille feux qu'ils furent avalés à peine rosés. Des mains affamées s'arrachaient les morceaux, des dents enragées mordaient goulûment dans le butin. Le festin fut partagé sans distinction de grades. Laffie, comme décidèrent de l'appeler les Anglos de Steele – il détesta aussitôt ce surnom –, connut une soirée mémorable et fut désigné frère-chasseur du bataillon.

Sous un ciel picoté d'étoiles, les hommes se réunirent autour des feux de camp. Chansons anglaises et françaises se mélangeaient d'un chœur à l'autre. Comme toujours, je trouvais agréable de voir chanter mes hommes. C'était une bonne façon d'oublier la tourmente. Cependant, certains des hommes de Steele aimaient bien pousser la note plus fort, histoire de se faire entendre de tous.

— Je sais pas pourquoi ils gueulent comme ça, me dit Lafontaine dont les flammes éclairaient le visage.

— C'est comme s'ils devaient toujours parler plus fort que les autres, argua le capitaine Roy.

— Moi, j'aime pas leur sale gueule d'hypocrite, résuma Lupien.

C'était un fait que les relations s'avéraient plus que tièdes entre les Anglais et nous. Je fis remarquer que, si ce n'était pas le grand amour, nous avions néanmoins le respect de nos collègues de Winnipeg. Ce qui n'était pas le cas du général Strange, en qui ils n'avaient aucune confiance, alors que la plupart de nos soldats, malgré la fameuse drill au milieu du blizzard, l'appréciaient toujours.

— C'est bizarre, fit remarquer Lafontaine. Ce qu'on aime, eux, ils le détestent.

— Strange est tout le contraire d'un orangiste, dit Roy. C'est un francophile, c'est le seul anglophone qui parle français.

— De là à parler de francophilie… Faut pas charrier. Il a quand même refusé au lieutenant-colonel Ouimet l'idée d'une retraite sécuritaire pour Riel.

— On est en guerre, Bruno. Certaines décisions se prennent bien au-dessus du général Strange.

La soirée se refroidit rapidement. « Chilly », disaient les Anglais ; « frisquet », lançaient les nôtres.

Vers neuf heures, ceux qui n'étaient pas de garde retournaient sous leur toit. Peu à peu, le silence fut seulement troublé par le vent fouettant les toiles et les ronflements des soldats. J'eus tout juste le temps de fermer les yeux que je m'endormais.

◆

Le soleil se levait à peine. Je bâillai, passai mes yeux mi-clos dans l'ouverture de la tente. La rosée perlait sur l'herbe. Un gros insecte planta sa lancette dans une goutte et l'aspira jusqu'à la tarir. On s'affairait déjà autour. Tandis que certains enfilaient leurs vêtements, d'autres nourrissaient les chevaux, les attachaient aux charrettes, remplissaient le chariot.

Assis par terre, je regardai mes pieds. Leur vue m'horripila. Ils étaient rouges, couverts de plaies. Les ongles des gros orteils étaient noircis, prêts à tomber.

Une tasse de thé réchauffa bientôt mes doigts endoloris par le froid matinal. On vint me rapporter qu'aucun incident n'avait eu lieu pendant la nuit. Si notre colonne avait été épiée, personne n'en avait eu connaissance. Vers sept heures, je montai dans le chariot, et le capitaine Roy fit de même. Pas de marche aujourd'hui. Notre dernier voyage sur roues remontait à notre trajet Winnipeg-Calgary.

On se mit vite en branle. La route, qui passait à travers des terres plus ou moins défrichées, était bien carrossable. Si cet état perdurait, nous pourrions rallier rapidement Lac-à-la-Grenouille, même si l'humidité et la chaleur faisaient suer abondamment les hommes.

Nous avancions depuis quelques heures quand deux Métis francophones vinrent à nous dans une charrette à grosses roues tirée par un cheval. Les deux hommes étaient maigres, visiblement sous-alimentés. Ils ne montraient aucune intention hostile.

— *Wowboy!* cria le plus vieux à son cheval.

L'autre nous interpella de la main.

— *Taanshi!*

Après les salutations d'usage, il s'adressa à nous en michif.

— Si vous pla, n'y alli pas. Vous feri pas le poids.

— Pourquoi dites-vous ça? demandai-je.

— Cré moé. Savi-vous-tu que li Métis ilon djis mille hommes? Safekke y vont vous écrabouiller comme un buffalo.

Les deux Métis devaient croire que nous allions prendre les Cris par-derrière en remontant la Saskatchewan et les coincer en étau. De toute manière, ils surestimaient le nombre de Métis.

— Agreillez-vous, continuait notre interlocuteur. Y ilon aprêts à fighter jusqu'à mort. Y ont gagni à Lac-Canards et à'creek à truite. Y sont armés et bin menés par le prince des prairies.

— Le prince des prairies ?

— Gabriel Dumont.

Son compagnon acquiesçait à chacun de ses dires. Je ne voulais pas en entendre davantage, et le capitaine Roy non plus.·

— Bien. Merci quand même, mais nous devons poursuivre notre route ! dis-je en les saluant de la main.

Je fis signe au conducteur de se remettre en marche.

Les Métis me retournèrent mon salut de la main et passèrent le long de notre colonne. Tout en les écoutant, j'avais jeté un coup d'œil dans la boîte de leur charrette. Elle était vide. Aucune arme ou munition n'aurait pu s'y cacher.

La journée se passa sans autre rencontre, même si nous avancions au milieu de terres agricoles. Les colons, craignant pour leur vie, avaient déserté à cause des troubles. Quand vint le moment de monter le camp pour la nuit, je regardai ma carte. Nous avions parcouru près de trente milles.

Après une journée à parler de tout et de rien avec le capitaine Roy, je voulais me retrouver seul pour un instant. Je cherchai, loin de toute promiscuité, un petit coin tranquille. Il me fallait soulager ma vessie. Tout en marchant, je pensais à Emma Royal. Je comptais lui écrire bientôt. Mais j'avais rarement du temps pour moi. La vie grégaire ne me convenait pas tout à fait. Je me retrouvai sur le bord d'un ruisseau.

Alors que j'étais en pleine miction, j'entendis des pas dans l'herbe. Je fus aussitôt en état d'alerte. Je n'avais pas apporté ma carabine. Je me penchai rapidement et ne pus m'empêcher d'imbiber une partie de mon pantalon. Je cherchais à terre quelque chose pour me défendre quand j'entendis un grand rire.

— Oh ! désolé, Georges ! s'esclaffait Lafontaine en constatant ma posture.

Je jurai tout en me relevant. Même dans ces vastes contrées, la solitude et l'intimité pouvaient être troublées à tout moment. Lafontaine s'approcha avec son attitude débonnaire.

— Qu'est-ce que tu fais ?

— Tu le vois bien ! J'essayais d'uriner en paix.

Il entreprit lui aussi de se soulager en regardant au loin.

— Je commence à trouver que ce continent n'en finit plus. J'ai l'impression qu'on n'en reviendra jamais. Des fois, je me demande si je reverrai ma petite femme et ma fille. C'est comme si nous avions été condamnés à marcher à perpétuité, nous, les *damn french canadians*, comme les Anglos nous appellent. Je ne pensais jamais m'ennuyer de même de la centrale de la police, de la cour du coroner, de la vieille morgue de Montréal, de nos Apaches…

J'avais terminé mon affaire et le laissai à son intimité.

— Fais attention aux morsures de rongeur, Laf.

— *Thanks, captain ! Have a good night !*

◆

La colonne se remit en marche très tôt le lendemain matin. Le paysage changea dans l'avant-midi. La route frayait maintenant sa voie à travers des boisés. Les scouts veillaient particulièrement à ce que nous ne tombions pas dans une embuscade.

La traversée de la rivière à l'Esturgeon se fit sans péril grâce au travail de nos pontonniers. La route s'enfonçait de plus en plus dans des boisés denses. L'annonce par un éclaireur de l'arrivée d'une patrouille d'Indiens mit la colonne en état d'alerte. Des dizaines de carabines pointèrent dans leur direction. Quatre Indiens s'approchaient avec un drapeau blanc. Ils chevauchaient de magnifiques mustangs. En voyant leurs tuniques aux longues bandes colorées et leurs coiffures caractéristiques, un petit fétiche chevelu sur le crâne, l'interprète me dit que c'étaient des Cris des bois et des plaines. Je l'envoyai à leur rencontre et un échange s'engagea.

Notre interprète affirma qu'ils étaient là sans intention belliqueuse. On les laissa s'avancer. En réponse à l'une de mes questions, l'un d'eux confirma que Gros-Ours avait perdu le contrôle de sa tribu, réduit Fort Pitt à feu et à sang, massacré des colons et fait des otages. Selon l'Indien, Esprit-Errant et Homme-Misérable iraient au bout de leur logique guerrière.

Le capitaine Roy et moi nous regardâmes. Ces paroles avaient-elles pour but de nous intimider, de nous effrayer avant d'arriver ? Depuis notre départ, des individus avaient essayé par deux fois de saper notre moral.

Le capitaine Roy s'adressa à l'interprète.

— Demande-leur pourquoi ils nous disent tout ça.

— Nous avons abandonné Big Bear, répondit un autre Cri. Nous ne voulons pas la guerre.

— Votre décision est la bonne, affirmai-je. Dites à tous ceux qui continuent d'appuyer les guerriers rebelles de Gros-Ours qu'ils seront traduits en justice pour leurs crimes. Tout comme Gros-Ours lui-même, d'ailleurs, car il avait la responsabilité de ses hommes et il a failli à son rôle de chef.

Après le départ des Cris, nous nous remîmes en marche. Nous savions maintenant que nous nous enfoncions en territoire ennemi. La nervosité avait gagné les hommes. Le moindre bruit, le craquement d'une branche, le cri d'un animal, devenaient suspects.

La longue et sinueuse rivière Vermillon, enchâssée dans des berges boisées, s'étalait à perte de vue. C'était un lieu magnifique où j'aurais aimé passer des vacances.

La décision fut prise de camper sur le bord de la rivière. Le lendemain nous serions à Lac-à-la-Grenouille. Autour de nous, les rocs gris, escarpés, contrastaient avec la forêt de blancs bouleaux, tout pelés, incandescents au soleil qui descendait à l'horizon. Ce paysage éveillait en moi la nostalgie du retour. Revoir Montréal, déambuler dans la rue de la Commune. Retrouver la civilisation, la famille, les études, prendre un bon repas. J'avais hâte de lire un journal, de me plonger dans mes bouquins.

18. Le massacre de Lac-à-la-Grenouille

À l'est, le soleil se hissait dans un ciel clair. Lentement, les miliciens entraient nus dans la rivière Vermillon avec leurs grandes cannes blanches et poilues, raides comme des piquets. Les eaux froides les obligeaient à se saucer rapidement en poussant des cris juvéniles. Je frottai mes yeux en me préparant à les rejoindre. Lupien fit gicler l'eau sur le torse de Lafontaine, qui poussa des cris perçants.

— Tu m'arrêtes ça là !

— Ça m'excite, tes cris de femme en chaleur.

— Moi, tu ne me fais pas du tout tomber en pâmoison.

— Ici, c'est la vraie démocratie militaire, lança Lupien. Tout le monde à poil à se geler les gorlots. Pas de privilège pour les officiers supérieurs.

— Tu oublies, Lulu, que je peux t'ordonner de rester dans l'eau juste pour le simple plaisir de te donner un ordre.

— Je finirais par te retrouver à Montréal et te donner le bouillon que tu mérites.

Une cloche appela les hommes à la messe.

Sur son autel de fortune reposaient les objets du culte du père Provost. Il posa la bible sur la table, emplit les burettes de vin, garnit le ciboire d'hosties, fit reluire son calice qui étincelait au soleil. Les hommes, les cheveux encore trempés, se réunirent autour de lui.

La messe se déroulait allégrement quand, pendant l'introït, un soldat poussa soudain un cri d'alerte.

— Mon père, ne bougez plus !

Une bête féroce aux poils hirsutes venait de se profiler derrière l'officiant. Le grizzly avançait, pataud, les chairs flasques, le nez flairant un bon repas.

— C'est lui, Big Bear, annonça Lafontaine.

Toute l'assemblée s'esclaffa. L'ours grogna en entendant le bruit.

— Notre Seigneur Jésus-Christ nous envoie un avertissement, dit le père Provost, qui s'était tourné pour observer l'intrus. L'ours, pour les Indiens, est le symbole de la force et de la protection.

— Demandons-lui plutôt du renfort, répliqua le policier.

— Et quelques bons repas, ironisa Lupien.

Les hommes rigolèrent de nouveau. Rivard proposa de tirer quelques salves dans les airs, mais l'aumônier ne tenait pas à voir sa messe désacralisée par des coups de feu.

— On ne perturbe pas la cérémonie divine avec des fusils.

Mais comme la bête, malgré notre raffut, poursuivait son avancée en balançant sa grosse tête, l'aumônier crut que le chœur du 65e suffirait à éloigner l'intrus. Il leva bien haut les bras.

— Entonnez l'*Agnus Dei* ! dit-il.

— Je me sens plutôt comme l'agneau qui va être mangé, confiai-je à Rivard et à Lafontaine avant de me joindre à l'étrange chorale résonnant au cœur du grand monastère forestier.

Le grizzly, tout mité, le poil hirsute, se dressa sur ses pattes postérieures, alerté par nos voix. Il devait faire au moins dix pieds de hauteur.

Le père Provost, qui tournait le dos à l'ours, agitait les bras pour nous inviter à chanter plus fort.

— Je vais courir chercher mon arc, dit nerveusement Lafontaine.

Mais la salve du deuxième « Agneau de Dieu, donne-nous la paix » sembla affoler l'ours qui, retombant sur ses quatre pattes, fit volte-face pour courir se réfugier dans le bois.

L'alerte passée, chacun put communier en paix, mais comme bien d'autres, je surveillais l'endroit par où s'était enfuie la grosse bête brune.

On se mit en marche une heure plus tard. Objectif : traverser la rivière Saskatchewan au point de rencontre prévu et atteindre Lac-à-la-Grenouille en fin de journée. De fait, notre colonne aperçut l'équipe des pontonniers au bord de la majestueuse rivière. Les retrouvailles furent chaleureuses et je félicitai mes hommes de leur bon travail en voyant les radeaux qu'ils avaient préparés.

Cinq heures plus tard, l'arrivée en vue du lac à la Grenouille fut émouvante. C'était un impressionnant plan d'eau d'une longueur de quinze milles. Tout autour, la forêt déployait son armée de bouleaux, de peupliers, de pins, d'épinettes et de saules. Comme il ne restait que quelques heures de clarté, le capitaine Roy fit monter le campement dans une clairière pendant que, en compagnie de Lafontaine et du docteur Paré, nous partions en direction du village. Malgré l'heure avancée, nous voulions commencer notre travail sans tarder. J'avais demandé au soldat Hamel de se joindre à nous. Je voulais qu'il corrige, si nécessaire, le plan des lieux que nous avait tracé Lépine, en y ajoutant l'emplacement des cadavres. Chacun balayait l'air de sa main pour chasser les bestioles. Nous étions grignotés par les moustiques, mais face à ce qui nous attendait, personne ne s'en plaignait. Tous gardaient le silence.

À deux milles en plein bois se détacha enfin le moulin à scie de John Gowanlock. Je sortis le plan que m'avait esquissé Lépine. Il était situé un peu à l'écart de l'établissement principal de Frog Lake. Mon mémo indiquait que William Gilchrist habitait chez les Gowanlock. Le docteur Paré pointa son nez en flairant pour nous montrer qu'il venait de détecter une odeur.

Une odeur de carbonisé se faisait en effet sentir. De biais à nous, dans une petite éclaircie, j'aperçus les décombres d'une maison incendiée. C'était celle des Gowanlock. Des billots noircis étaient empilés les uns par-dessus les autres. On déplaça les débris à la recherche de cadavres. Lafontaine en profita pour amasser les éléments nécessaires pour nous constituer des torches. On ne trouva rien de significatif dans les ruines.

— Ça confirme ce que le traducteur nous avait dit. Ils ont été tués à l'extérieur de leurs maisons en marchant en direction du camp indien.

Seule la « back house » avait été épargnée. Je marchai jusque-là. Une plaque en bois représentant un castor avait été fixée sur la porte. J'ouvris cette dernière et les pentures grincèrent, mais ne vis rien de particulier. Après avoir traversé le pays sans le moindre lieu d'aisances, cette bécosse en plein bois m'apparaissait d'un luxe inouï. Pendant ce temps, Lafontaine et Paré avaient cherché des indices à la lisière du bois autour de la maison, mais en vain.

On reprit notre marche silencieuse. Au-dessus de nos têtes, la lune qui s'était levée se drapait d'un léger voile anthracite. Armes à la main, nous étions aux aguets.

Dans l'anse du lac à la Grenouille, alertés par l'odeur désagréable du bois calciné et humide, nous aperçûmes les vestiges carbonisés de la mission catholique des pères oblats. Là non plus, nous ne trouvâmes rien de particulier.

On arriva peu avant minuit au village.

À la lumière des torches, allumées avec fébrilité, se découpaient les ruines du magasin de George Dill sur la colline. J'y montai en compagnie de Lafontaine et Paré et n'y vis que de la suie et du bois brûlé. Mais mon pied marcha à un moment sur un objet dur. En me penchant, j'aperçus une douille de fusil Winchester. Je la fis remarquer à mes collègues.

— Ici aussi j'en ai trouvées, me signala le docteur Paré.

Paré et Lafontaine en ramassèrent plusieurs, que je mis dans un sac. Lafontaine indiqua à Hamel de marquer sur le plan qu'il traçait à la lueur des torches l'endroit, même approximatif, où nous les avions repérées.

— Il est clair que des coups de feu ont été tirés ici, ce qui concorde avec la version du traducteur, affirma Lafontaine.

— Mais où sont les corps ? demandai-je.

— C'est ce qui m'inquiète, lança le docteur Paré, car je ne sens pas la moindre odeur de cadavre en décomposition.

— On les a peut-être enterrés ? répondis-je, naïf.

Paré et Lafontaine, qui en avaient vu d'autres, se lancèrent un regard complice qui ne m'échappa pas.

On se dirigea ensuite vers le poste de la Baie d'Hudson, avec ses étables, ses greniers et ses habitations. Une senteur qui allait devenir un jour familière dans mon travail effleura mes narines. Le docteur Paré se tourna vers nous et chuchota :

— Cette fois, on y est… Préparez-vous, car les cadavres gisent ici depuis au moins six semaines.

La puanteur nous obligea bientôt à sortir nos mouchoirs. Elle prenait à la gorge. Je désignai un rectangle calciné enchevêtré de bois noir.

— Il y avait un magasin ici.

En me référant au plan, je vis le moulin à blé qui était en construction. Une pile de rondins ne servirait jamais plus.

En marchant, on découvrit des caisses de bois vides avec la mention « vin de messe ». Plus loin, on trouva les bouteilles, toutes fracassées. Le docteur Paré se pencha pour en ramasser une.

— Le Métis avait raison aussi là-dessus, ils ont pillé les réserves des curés.

— Ça parle au yâble ! Pas de danger qu'ils nous en aient laissé au moins une, dit Lafontaine pour détendre l'atmosphère.

Le docteur s'esclaffa, ce qui entraîna un fou rire général. Cet humour particulier dans de telles circonstances allait vite devenir une bouée de sauvetage dans mon futur métier de légiste.

Le campement de Lac-à-la-Grenouille se composait de petites maisons en rondins. Il n'en restait plus qu'une suite de lignes noires, d'empilements de ruines. Toutes les habitations avaient été incendiées, sans oublier le presbytère. Une girouette grinçait en tournant sur le pignon d'un toit. Je demandai à Hamel de me montrer de nouveau le plan.

— La prochaine cabane est celle de Thomas Trueman Quinn.

L'entêté qui avait déclenché le courroux des Cris par son intransigeance, pensais-je alors que nous la longions. Puis ce furent les maisons de John Delaney, le fermier-instructeur, de Louis Goulet, l'interprète, les baraques de la Police montée, l'atelier du forgeron… Plus nous avancions vers l'église où les colons avaient été rassemblés avant le drame, selon Lépine, plus l'odeur de putréfaction attaquait les bronches. De loin, il ne restait qu'une carcasse du bâtiment qu'Autour-du-Ciel, au dire de Lépine, avait incendié. La cloche s'était abattue au milieu des décombres. Lafontaine marcha à l'arrière de la chapelle tandis que je contemplais l'indicible.

— C'est pas possible : mettre le feu à un temple de Dieu, se désola le docteur.

J'entendis l'appel de Lafontaine.

— Georges, docteur Paré !

Je croisai son regard stupéfait.

— Venez voir derrière…

Je courus dans sa direction. Plus j'avançais, plus l'odeur parlait de mort. J'avais le cœur au bord des lèvres tant la puanteur régnait derrière le temple. Cela provenait du caveau.

— En bas, dit-il. Je les ai retrouvés.

Les deux panneaux qui menaient dans le caveau avaient été rabattus par Lafontaine. À la lumière des torches, la vue qui s'offrait à nous donnait froid dans le dos. Je distinguai des cadavres sur le sol.

Lafontaine et Hamel durent sortir un enchevêtrement de planches qui obstruaient l'escalier avant que je puisse descendre, accompagné du docteur Paré. Sa torche décuplait mon ombre sur le mur funèbre. Tout était lugubre. Et l'odeur était intenable, mélange de suie, de chair brûlée et de putréfaction.

— Mon Dieu ! murmura le docteur Paré en mettant sa main devant sa bouche.

Les cadavres de quatre hommes gisaient sur le sol, partiellement calcinés, méconnaissables. Lafontaine, qui nous avait suivis, posa une main sur sa bouche et remonta en vitesse pour vomir. Je m'approchai des restes humains. Les ravages du feu avaient altéré tous les tissus. Les cartilages du nez et des oreilles avaient fondu. Les bras avaient été consumés jusqu'aux coudes. Non, je n'avais jamais rien vu de tel. J'avisai sur deux des cadavres les croix qui, noircies, s'étaient incrustées dans les chairs où, déjà, des larves creusaient leur chemin telles des vaguelettes blanches. Des lambeaux de soutane collaient aux couches de peau calcinée qui, par endroits, laissaient voir les organes vitaux. Je compris qu'il s'agissait des deux prêtres. La tête de l'un d'eux avait volé en éclats. Je me signai. Le docteur Paré, qui analysait tout comme moi la scène, m'expliqua pourquoi la combustion n'avait pas réduit en cendres la totalité des corps.

— Après avoir mis le feu, les Indiens ont dû refermer les portes du caveau, ce qui a fini par stopper la propagation des flammes. Ils croyaient faire disparaître les traces du massacre en portant les corps jusqu'ici pour les brûler.

Lafontaine, qui était redescendu, se pencha pour examiner l'un des crânes les mieux conservés.

— Regardez... Cet homme a reçu au moins un projectile, et peut-être deux, directement derrière la tête. Des balles de fort calibre, de celles qu'on utilisait pour la chasse aux bisons.

— La mort a été instantanée, confirma Paré.

Je sortis mon cahier pour faire mon rapport à l'état-major. L'endroit était exigu, il était difficile de travailler à plusieurs dans le cellier. C'était irrespirable. De chaque côté des corps, de la petite monnaie s'était répandue alors que brûlaient les soutanes. Il allait falloir identifier les deux prêtres. L'un d'eux portait encore des lunettes rondes, tandis que les descriptions que l'on avait eues d'eux n'en faisaient pas mention. Les montures s'étaient soudées à la chair en décomposition. Les verres avaient éclaté.

— Des rongeurs sont entrés pour se nourrir, me signala le docteur Paré en pointant le doigt vers des excréments d'animaux près des parties de cadavres rongées.

Ce fut à mon tour de me ruer en haut pour vomir. Le jeune Hamel, à qui j'avais défendu de pénétrer dans le caveau en le chargeant plutôt de surveiller les alentours, s'enquit de ma santé. Je redescendis quelques minutes plus tard, la tête me tournant.

La noirceur rendait les constats difficiles, mais nous décidâmes d'établir l'identité des deux oblats dès ce moment.

Je pris la photo des deux prêtres que nous avait remise le général Strange, qui l'avait lui-même obtenue du père Lacombe. On les voyait debout devant une chapelle. Le docteur sortit de sa trousse un ruban à mesurer. On chercha des signes distinctifs permettant de les reconnaître. Lafontaine et moi observions la photo à la loupe.

— On n'a pas leurs mensurations, commençai-je, mais il est clair que le père français était plus grand d'au moins un pouce.

— On ne voit pas leurs pieds, répliqua Lafontaine. Il se peut que l'endroit où il se tenait ait été plus élevé.

— En effet, dis-je, mais si on regarde bien la photo, il semble que le terrain était plat.

— Bonne observation, capitaine. Bienvenue dans le métier, ironisa Lafontaine.

Le père Fafard était âgé de trente-six ans et le père Marchand de vingt-six, indiquait le rapport. Mais cette information ne nous était d'aucune utilité avec l'altération des tissus et une tête éclatée. Sinon, les hommes avaient une corpulence très identique.

À droite de l'un des cadavres, j'aperçus, à quinze pouces du coude, là où auraient dû se trouver un avant-bras et une main, des objets qui miroitaient à la lueur de la torche. Je me faufilai dans cette direction.

— Attention de ne pas toucher aux corps, m'avisa le docteur Paré. La carbonisation accroît les risques d'infection et nous sommes couverts d'écorchures.

Je me penchai et ramassai ce qui s'avéra être une bague en or ornée d'une pierre, ainsi qu'un petit bracelet.

Je revins vers le docteur Paré et demandai à Lafontaine de me passer la photo et la loupe. À la lumière de la torche, il s'avéra que le bracelet était porté par le père Fafard. Mais comme les deux objets gisaient ensemble au même endroit, cela ne nous avançait guère.

— Le bracelet est-il au poignet droit du père Fafard? demanda Lafontaine.

Il l'était, et cela correspondait parfaitement à l'endroit où aurait dû se trouver le bras droit du cadavre. Il ne faisait plus aucun doute qu'il s'agissait du père Fafard et que l'autre cadavre portant soutane était le père Marchand, car les croix noircies correspondaient à celles que j'avais vues sur la photo.

Le docteur me signala un autre détail.

— Si vous regardez le dos de la soutane, vous avez un cheveu blanc qui appartient au cadavre de l'homme à la bague, celui du père Fafard, ce qui serait logique compte tenu de son âge.

Je sortis à l'extérieur pour rédiger mon rapport. J'avais grand besoin d'air même si l'exhalaison putride se faisait partout sentir. Hamel s'approcha pour me demander des explications sur ce qu'on avait découvert.

— Les Indiens ont voulu cacher leurs meurtres en incendiant l'église.

Je le vis blêmir d'effroi.

— On va leur faire payer ce sacrilège, capitaine, se contenta-t-il de dire.

Je lui demandai de trouver de quoi faire d'autres torches pendant que j'écrivais avec précision tout ce que nous avions découvert jusqu'à présent.

Bientôt je redescendais avec deux autres torches, ce qui nous permit de mieux chercher des indices dans les débris. Le docteur Paré, qui portait ses gants en guise de précaution, trouva aussitôt une autre bague.

— Il y avait plusieurs des hommes assassinés qui étaient mariés, n'est-ce pas, capitaine Villeneuve ?

— Oui. Delaney, Gowanlock et Quinn étaient mariés.

Le docteur entreprit de retirer les restes des vêtements des deux derniers cadavres. Je mis à mon tour mes gants et l'aidai dans cette tâche pénible.

— Que cherchez-vous, docteur ?

— Des marques distinctives qui pourraient avoir échappé à la combustion. Ceci, par exemple...

Il indiqua du doigt le bras d'une victime. J'approchai ma torche et la plantai tout près dans la terre. Un peu en bas de l'épaule droite, le feu avait épargné en partie un tatouage. Des lettres étaient encore lisibles.

M   Be   Th   Fo r

Nous restâmes quelques instants silencieux à contempler ce mystérieux message.

— Le « Th » pourrait-il être celui de Thomas Trueman Quinn ? demandai-je finalement.

— Peut-être, murmura Lafontaine, mais que signi-
fieraient les autres lettres ?

Le docteur Paré secoua la tête.

— Je ne sais pas. S'il s'agit d'un nom, le prénom
serait au début et commencerait donc par « M »...

Je me rappelai que j'avais la liste des otages dans
l'une des poches de ma vareuse et la consultai. Aucun
nom ou prénom ne commençait par « M ». Pendant
plusieurs minutes, on s'échina à trouver une solution
au rébus. Je parcourais de nouveau la liste lorsque
j'eus une illumination.

— Messieurs, je crois avoir trouvé la solution.

Je me penchai pour me rapprocher des lettres sur
l'avant-bras.

— En prenant en compte l'espacement des lettres,
je dirais qu'il est écrit *My beloved Theresa, Forever*.

Lafontaine et le docteur Paré répétèrent la phrase
tout en vérifiant si cela concordait. Je poursuivis mon
explication.

— L'épouse de John C. Gowanlock s'appelle Theresa.

— Oui, ce serait logique, capitaine, dit le docteur
Paré. Et puis regardez cette étrange ligne tatouée au-
dessus des lettres : elle pourrait très bien faire partie de
l'arc d'un Cupidon.

— Excellente déduction, docteur, c'est très plau-
sible.

Le docteur entreprit alors d'examiner la dentition
et la mâchoire de l'homme.

— Ce sont les dents d'un homme dans la vingtaine.

Je regardai mes notes.

— Il est dit en effet que Gowanlock avait vingt-huit
ans.

À travers les chairs putréfiées, nous aperçûmes deux
trous remplis de larves qui ondulaient. C'était infect.

— Il a été abattu de deux balles, prononça Lafontaine.

Le docteur Paré sortit de sa trousse un sac avec des
bistouris et des pinces.

— J'aimerais bien recueillir un projectile comme preuve de ce qui a déterminé la mort… Vous allez m'aider, capitaine? Prenez ce bâtonnet pour évacuer ces satanés asticots.

Dégoûté, j'obtempérai néanmoins. Après tout, j'aurais d'ici peu Paré comme professeur de médecine à Montréal.

Je sortis en creusant dans la cavité tout ce que je pus de larves à travers la chair. C'était révulsant de les voir sourdre, luisantes et bien grasses, du cadavre.

Le docteur découpa tout autour avec son bistouri, puis il enfonça sa pince dans le trou agrandi.

— Ah! Je sens bel et bien quelque chose de dur contre la colonne vertébrale. Je la tiens. La moelle épinière a sans doute été touchée par la balle. Indiquez-le dans votre rapport, capitaine.

Pendant que j'écrivais les observations du docteur, à l'extérieur du caveau, le hululement d'un hibou marquait l'heure de la nuit. Je pensai au jeune Hamel, toujours seul en haut. Le docteur sortit un projectile bien écrasé qu'il approcha de la torche.

— La balle correspond aux douilles que l'on a trouvées sur la piste. Ils ont certainement été abattus dans le sentier puis transportés dans le cellier de l'église. Il faut aussi vérifier si les prêtres ont été assassinés avec les mêmes projectiles.

Il s'apprêtait à procéder quand on entendit Hamel nous appeler dans un chuchotement anxieux.

— Venez vite!

On remonta du charnier rapidement. Hamel était en état d'alerte, fusil pointé vers les ténèbres. J'entendis soudain le bruit suspect qui l'avait inquiété: il y avait du mouvement autour de nous. Nous brandîmes notre arme à notre tour et nous nous accroupîmes le mieux que nous pouvions.

— Va éteindre les torches en bas! ordonnai-je à Lafontaine, qui s'exécuta aussitôt en silence.

Nous entendions clairement les bruits s'avancer dans notre direction. Je percevais aussi le tambour de mon cœur dans mes oreilles, ma carabine tendue prête à tirer. Une première forme se découpa soudain dans la nuit. Un coyote. Suivi de plusieurs autres. En nous apercevant, ils se mirent à hurler. La meute avait sans doute pris ses aises dans le village devenu charnier. Je consultai Lafontaine du regard, qui comprit aussitôt et redescendit dans le caveau. Comme il n'était pas question de faire feu dans leur direction, de peur d'alerter l'ennemi, il était préférable d'effrayer les bêtes avec les torches. Nous les allumâmes toutes en même temps et les agitâmes en fonçant sur les coyotes. Ils déguerpirent dans le temps de le dire, la queue entre les jambes.

Cette fausse alerte m'amena cependant à décider que nous devions rentrer au campement. Il serait préférable de reprendre notre travail à l'aube.

En revenant sur nos pas, nous passions devant une maison qui correspondait sur le plan à celle de John Pritchard quand l'odeur infecte de la mort surgit de nouveau. Une curiosité morbide nous fit arrêter et, sans nous consulter, nous nous dirigeâmes tous vers l'habitation qui avait été elle aussi brûlée.

Dès notre entrée dans les décombres, nous trouvâmes le corps. Les tissus avaient été brûlés et les animaux s'étaient abondamment nourris de la chair humaine. De nombreux os étaient exposés à la lueur de nos torches. Le crâne éclaté racontait que la victime avait été abattue à bout portant. Le meurtre portait le sceau de l'exécution.

Le cadavre était de très grande taille. C'était remarquable. Je me rappelai que, dans le rapport, il était mentionné que Quinn, un Américain d'origine Sioux aux racines irlandaises et françaises, mesurait six pieds et quatre pouces, ce qui en faisait le plus grand des membres de l'établissement de Lac-à-la-Grenouille. Sur la photo que nous avions de lui, il était évident qu'il avait une forte ossature, ce que montrait le cadavre devant nous.

Le docteur sortit son pied-de-roi. Du haut du crâne aux pieds, le corps faisait exactement six pieds et quatre pouces.

— C'est sûrement Thomas Trueman Quinn, dit Lafontaine, mais ce serait bien de l'attester par une autre preuve.

— Il portait des bottes qui lui allaient presque aux genoux, mentionnai-je en regardant la photo.

— C'est ce qu'on voit, du moins ce qui en reste.

Le cuir s'était enfoncé dans la chair.

À droite du corps, je trouvai une montre à gousset. L'argent et la chaîne avaient noirci, mais je remontai le mécanisme et fus surpris de voir qu'elle fonctionnait encore. Derrière le boîtier, je lus la mention *Canadian Indian Service*. J'en fis part à mes collègues.

— Eh bien, nous avons nos preuves qu'il s'agit bien du cadavre de Thomas Trueman Quinn, argua le docteur.

— Mais qu'est-ce qu'il fait dans la maison de Pritchard? me demandai-je. Selon Lépine, il a été exécuté à l'extérieur, sur le chemin de la butte.

— Va savoir, dit Lafontaine. Peut-être y a-t-il d'autres cadavres dans cette maison?

On chercha de longues minutes dans la maison incendiée, mais sans résultat. Je consultai ma montre. Minuit et demi était passé. Nous avions identifié quatre des cinq cadavres retrouvés. D'après Lépine, au moins neuf personnes avaient été abattues. Peut-être faudrait-il procéder par déduction pour trouver l'identité de certains des corps…

◆

Je dormis peu et très mal cette nuit-là. Mes vêtements puaient la mort et les prêtres martyrs me parlaient. Ils étaient écorchés, couverts de blessures et demandaient justice au nom de Notre Seigneur Jésus-Christ. Leurs visages aux yeux révulsés souffraient. Ils s'approchaient de moi en tendant leurs chairs en lambeaux. Le père Marchand me suppliait d'écouter les voies impénétrables du Seigneur. Sa bouche s'ouvrait au ralenti. Il s'avançait vers moi, les bras tendus au ciel. Mais j'étais sourd. Je n'entendais rien. Des fantômes apparaissaient derrière lui. J'allais reculer et tomber dans une fosse remplie de cadavres putrescents quand je m'échappai du cauchemar.

Je ne pus me rendormir. La mort parlait tout autour en ce funeste jour. Je voulais déjà retourner sur les lieux du crime, me remettre au travail. Je fus l'un des premiers à sortir de ma tente. D'entendre coasser les grenouilles m'apaisa. La nature a ce pouvoir de nous redonner la paix de l'esprit.

Sachant ce qui m'attendait à Lac-à-la-Grenouille, je mangeai peu. Je me lavai dans le lac pour chasser la tenace odeur qui avait imprégné mon linge. Sous les tentes, les hommes ronflaient.

◆

Dès l'aube, sous un ciel clair, j'arpentais de nouveau avec Paré et Lafontaine les lieux du carnage. En accord avec le capitaine Roy, nous n'avions laissé au campement qu'un nombre restreint de soldats, car nous préférions avoir nos hommes au village pour assurer nos arrières pendant l'enquête. Le jour éclairait maintenant la scène de sa lumière crue. À l'entrée du village, Hamel, assis sur un billot de bois, documentait d'une multitude de dessins le lieu du massacre. La mine charbonneuse rendait parfaitement la noirceur et la désolation des lieux. Au croisement de deux pistes, Lafontaine montra des lambeaux sanguinolents que nous n'avions pu voir à cause de la noirceur, ainsi que des douilles et des projectiles.

— Regardez là-bas, il y a d'autres balles, remarqua-t-il.

On s'avança dans un chemin pentu, bordé d'herbes hautes et de trembles.

Je crus apercevoir au bas de la pente une carcasse de petite taille.

Plus nous avancions, plus la senteur devenait atroce. Les sens en alerte, le fusil prêt à tirer, je finis par discerner les restes. Je mis ma main devant ma bouche pour ne pas respirer cette charogne.

— Un chien. Il devait appartenir à l'un des colons.

J'entendais aussi un bourdonnement bruyant et continu à proximité. Je marchai à travers bois avec Lafontaine. Deux cadavres gisaient sur le ventre dans l'herbe, à droite de la piste. Des armées de mouches voltigeaient au-dessus, tandis que les asticots vaquaient sur les corps en creusant dans les chairs.

— Ça parle au yâble ! pesta Lafontaine.

— Lépine avait raison. Ils ont été abattus en prenant la fuite. L'un à la suite de l'autre, à quelques verges d'intervalle.

Je n'eus pas le temps de découvrir où était le troisième qu'un soldat nous héla.

— Ici ! Il y en a un autre.

On s'avança jusque-là. Le caporal affichait un rictus dégoûté.

L'homme était allongé sur le ventre. C'est lui qui s'était rendu le plus loin, mais sa fuite avait pris fin à quinze pieds de ses amis. Il portait des mocassins et un manteau en peau de daim avec des franges. Je crus qu'il s'agissait de Gouin, le seul sang-mêlé sur la liste des victimes.

Le docteur Paré s'approcha. Je désignai l'endroit, le cœur au bord des lèvres.

— Mon doux Jésus, c'était donc vrai.

— Oui. Ils ont été abattus dans le dos.

C'étaient les corps de Dill, de Gilchrist et de Gouin qui, au dire de Lépine, avaient été pris en chasse et abattus par Corps-de-Fer et Petit-Ours. Cela correspondait à ce que nous avions devant nous. La position des corps, qui formaient comme un V sur la pente, montrait que le plus bas avait sans doute été le premier à tomber.

Les douilles furent retrouvées à moins de dix pieds des cadavres. Dans le cas de l'homme portant un manteau de daim, on avait fait feu sur lui à deux reprises. Soit on avait manqué la cible, soit il avait fallu deux balles pour l'abattre. Il s'était rendu un peu plus loin que ses deux malheureux compagnons.

— Cette découverte porte à huit le nombre de cadavres.

Paré était penché sur le corps alors que les soldats montaient la garde autour de nous. Des murmures horrifiés passaient d'un homme à l'autre, au fur et à mesure qu'ils constataient l'état des cadavres. Afin d'éviter toute rumeur, le docteur Paré s'empressa d'aviser les troupes que c'étaient les animaux qui s'étaient nourris des dépouilles et non pas d'autres humains. Personne ne devait confondre ces marques avec du cannibalisme ou des rituels de profanation.

J'examinai de plus près les vêtements de la victime.

— C'est un vêtement typiquement indien. Cette veste en daim avec ses franges aux manches, ses petites perles colorées et ses motifs ressemble beaucoup à celle de Lépine.

— Rien n'empêcherait un colon blanc de porter ce genre d'accoutrement. Videz ses poches, me demanda froidement le docteur Paré.

J'obtempérai. Lafontaine m'aida à retourner le cadavre. Le visage qui apparut me figea d'effroi. On aurait dit une créature sortie tout droit de l'enfer.

— J'ai vu pire, Georges, soupira Lafontaine. Quand tu seras médecin et que tu verras ton premier noyé repêché après plusieurs semaines, tu sauras ce qu'est l'horreur absolue.

On entreprit d'essayer de nettoyer le corps.

— Maudits asticots, ragea le policier. Ils sont là depuis plus d'un mois, alors ils ont fait la fête !

Lafontaine m'aida à vider les poches. J'étais dégoûté. Je sortis des bouts de papier des poches de droite. De son côté, Lafontaine fourragea dans les poches de gauche mais ne trouva rien.

Je lus les petits papiers. Ils étaient tous écrits en français.

— C'est ce que je pensais, dis-je. C'est sûrement Gouin.

Le docteur Paré me demanda de réaliser un portrait parlé du cadavre qu'il noterait. Je le décrivis le mieux que je pus : la couleur de ses vêtements, de ses cheveux, ses caractéristiques physiques, ou du moins ce qu'il en restait… Lafontaine me passa le bout du pied-de-roi. Gouin mesurait cinq pieds dix pouces.

À mesure que nous bougions le cadavre, les émanations pestilentielles rendaient l'air de plus en plus irrespirable. Je vis alors le lieutenant Lafontaine prendre une branche de sapin baumier pour en arracher la résine.

— Mets ça sous ton nez. À Montréal, on utilise du camphre, mais ici, on va se servir de ce que la forêt nous donne. En voulez-vous, docteur ?

— Non, merci. Ça ne décolle plus après, dans les moustaches. On s'habitue aux miasmes avec le temps.

Difficile à décoller ou non, je me badigeonnai la moustache et toute la lèvre supérieure avec la résine. J'appréciai aussitôt l'essence du résineux, qui atténua l'odeur nauséabonde.

Des soldats s'amenaient toujours pour observer le lieu du crime. Je sentais sourdre chez eux la colère. L'expression « maudits sauvages » revenait plusieurs fois.

Nous ne trouvâmes rien d'autre permettant de confirmer l'identité du malheureux. Mais comme Lépine avait mentionné qu'il n'y avait qu'un sang-mêlé, francophone de surcroît, parmi les victimes, le docteur Paré identifia officieusement le cadavre.

On revint aux deux autres. Puisque ces morts-là n'avaient pas été brûlés, leurs vêtements étaient en relative bonne condition. Il était facile de voir les traces de poudre et de brûlures qui rappelaient qu'ils avaient été tirés de près, qu'ils n'avaient eu aucune chance de s'échapper.

— Fouillez dans les poches de ce cadavre pour chercher des preuves et je vais faire l'autre.

Paré me demandait ça comme s'il s'agissait d'aller acheter des billets de théâtre.

Les vingt paires d'yeux qui m'observaient savaient que je me destinais à des études en médecine, il n'était pas question de montrer ma répugnance. Je farfouillai de nouveau d'une main nerveuse dans le veston de la victime. J'en sortis tout d'abord une médaille de la Vierge. Puis, dans une autre poche, je trouvai une lettre. Je la dépliai. Elle était adressée à un certain *Dear Willie*. Je vérifiai la liste : il y avait plusieurs William parmi les habitants de Frog Lake. Je lus la lettre et m'émus en comprenant qu'elle avait été la dernière que sa mère lui avait envoyée. Elle s'inquiétait de le savoir si loin alors que les journaux de Toronto faisaient état de l'insurrection du Nord-Ouest. À la fin, je n'eus aucun doute sur l'identité de la victime alors que sa mère se disait heureuse d'apprendre que les Gowanlock le traitaient bien. William C. Gilchrist, un habitant de l'Ontario, avait été commis au moulin des Gowanlock. Il n'avait que vingt et un ans.

Une forte émotion m'étreignit. Ce jeune commis avait quasiment le même âge que moi, et sa vie avait pris fin dans ce taillis à l'orée d'un bois, abattu comme du gibier par des Indiens qui l'avaient laissé pourrir là telle une vulgaire charogne.

La gorge serrée, je poursuivis ma fouille. Je ne trouvai rien d'autre qu'une montre à gousset, que je remettrais aux autorités le temps venu, avec la lettre et la médaille de la Vierge.

À mes côtés, le docteur Paré avait sorti des poches de l'autre cadavre une liasse de papiers qu'il feuilletait. S'y trouvait un carnet d'adresses.

À la rubrique D, il y avait plusieurs Dill, résidant à Muskota, en Ontario. Le docteur Paré me tendit le carnet.

— Il s'agit très certainement de George Dill, quarante ans, le *trader* qui œuvrait avec le dénommé William Bleasdell.

— D'après le témoignage de Lépine, dis-je, Dill et Gilchrist étaient ensemble au moment du triple meurtre. Comme il n'y a pas de George dans la liste du carnet, il s'agit donc des membres de sa famille et on peut ainsi confirmer l'identité de ce cadavre.

Le docteur hocha la tête alors qu'il passait en détail les autres papiers.

— Une facture, lança-t-il soudain.

La signature comptait cinq lettres, difficiles à déchiffrer. La première formait une arabesque de cercle indécodable. La deuxième, séparée de la première et correspondant au nom de famille, avait des rondeurs qui pouvaient la faire passer pour un P, un R ou un D, mais les deux dernières, elles, étaient identiques et très penchées vers la droite.

— Ce sont des « L ». Qu'en pensez-vous, lieutenant Lafontaine ?

Laf s'avança pour saisir le papier.

— Oui, ce sont des L. Il s'agit bien de la signature de G. Dill, à savoir George Dill.

— Alors je n'ai plus aucun doute, conclut le docteur.

Notre tâche d'identification terminée, je demandai aux soldats d'aller chercher les brancards pour transporter les corps. Il fallait les inhumer prestement. Hamel se porta volontaire pour accomplir l'ingrate tâche. Le petit n'en menait pas large devant tant d'horreur, mais il ne se défilait pas comme certains autres.

Pendant que Paré finissait de prendre la mesure des corps, j'inscrivis dans mon cahier le nom de chacun en ajoutant plusieurs signes distinctifs – couleur des vêtements, des cheveux, mensurations, etc.

J'en étais aux derniers détails quand j'entendis un véritable branle-bas de combat un peu plus loin. Je crus que nous étions la proie d'une attaque et me saisis prestement de mon arme quand s'élevèrent distinctement des hourras de joie. Je regardai avec surprise le docteur Paré et Lafontaine qui, pas plus que moi, n'y comprenaient quoi que ce soit, puis je vis arriver le capitaine Roy accompagné… du général Strange, juché sur son cheval !

Je n'en revenais pas. Les barges avaient donc été terminées et tout le bataillon nous avait-il rejoints ?

— *Well*, capitaine Villeneuve, avez-vous identifié ces victimes ? demanda le général comme si sa présence allait de soi.

— Heu… oui, mon général. Charles Gouin, trente-deux ans. William Gilchrist, vingt et un ans, et George Dill, quarante ans. Ils ont été abattus lâchement à bout portant par-derrière alors qu'ils tentaient de fuir.

— *Bloody Hell !*

Strange serra les dents et jura que ces crimes ne resteraient pas impunis.

◆

Le général voulait voir l'étendue du carnage. Nous retournâmes vers le village avec cette affreuse odeur qui imprégnait nos vêtements. Il nous expliqua en chemin comment les hommes avaient travaillé jour et nuit pour que les barges puissent finalement s'élancer sur la rivière Saskatchewan la veille. Des Métis demeurés fidèles au dominion du Canada les avaient manœuvrées de main de maître jusqu'au point de ralliement, qu'ils avaient atteint peu après que notre groupe eut quitté le campement. J'expliquai à Strange que nous avions déjà sept corps d'identifiés et que c'était une question d'heures pour que nous achevions notre travail. Sans le témoignage de Lépine, il eût été impossible de reconstituer la séquence des événements. Pourquoi certains corps avaient-ils été brûlés et d'autres laissés sur place ? Contrairement à ce que nous avions craint au départ, aucune tête n'avait été scalpée. La version de l'interprète me paraissait logique dans les circonstances et semblait correspondre à ce que nous avions observé. Quinn avait refusé de se joindre aux prisonniers qui se dirigeaient vers le camp indien. Il avait été assassiné à l'écart. Les otages masculins avaient sans doute montré leur désapprobation. La colère avait été contagieuse chez les Indiens. Ils avaient abattu ceux qui les avaient insultés ou contre qui ils avaient du ressentiment.

Des oiseaux croassaient bruyamment. Je levai la tête. Un long cortège sombre de corbeaux était perché sur le faîte calciné de la chapelle. Dans une frénésie de *croa croa* rauques, ils s'élançaient pour atterrir sur les corps et picorer les chairs ramollies par les asticots. Lafontaine tira un coup de feu pour éloigner les charognards. Dans un grand froissement d'ailes, ils s'envolèrent à l'exception de celui qui plongea, raide mort, suivi de quelques plumes.

— Tiens, toi !

— Bien visé, lieutenant, lui lança le général Strange.

Rien n'avait bougé depuis la veille. La mort dans toute sa laideur s'était figée dans son affreuse posture. Il fallait maintenant passer au crible et dégager avec minutie les cendres et les débris afin de découvrir des signes permettant d'identifier les deux dernières victimes.

En fouillant avec nos bâtons, j'aperçus, près du cadavre non identifié du cellier, une paire de lunettes ovales en métal. Tout comme ceux du prêtre, les verres avaient craqué sous la chaleur du brasier. Je consultai le rapport. Il y était mentionné que Thomas Delaney portait des lunettes. Mais ce détail ne suffisait pas à l'identifier formellement, au dire de Paré. Ce type de montures était trop commun.

— Delaney avait quarante ans, indiquai-je.

— Ça ne nous aide guère. Le corps est tellement altéré par les brûlures *post mortem* que l'âge de ce cadavre est impossible à déterminer.

Je continuai de fouiller dans les décombres, en vain. J'avais les mains noires de suie et la gorge asséchée. Je fis venir les brancardiers pour qu'ils sortent les trois cadavres que nous avions identifiés. Le général Strange demanda aux menuisiers de fabriquer des cercueils. Il faudrait inhumer les morts de Frog Lake dans la journée.

Une fois les trois corps identifiés extirpés du charnier, Paré et moi voulûmes reprendre nos recherches afin de trouver des indices pour identifier le dernier cadavre, mais un appel de Lafontaine nous fit remonter à la surface. On avait découvert un autre macchabée près de la cabane de Delaney.

— Ça va finir quand, tout ça ? lança le docteur, dépité.

— C'est dans une maison, poursuivait Lafontaine. On l'a retrouvé sous des madriers carbonisés. Il semble y avoir été jeté après le feu, car il n'est pas brûlé.

Sur place, j'examinai la scène, tout aussi macabre que les précédentes. Rapidement, nous remarquâmes que la mâchoire de l'homme exhibait une dent en or. Ses chicots déchaussés semblaient faire un rictus au ciel. Les yeux avaient été énucléés par les animaux, à moins que ce ne soit par les Indiens. Deux orbites noires fixaient, aveugles, l'éternité. Si les meurtriers avaient pu faire preuve d'une telle sauvagerie envers des innocents, nous serions sujets aux pires sévices. La peur s'infiltra en moi, mais je tentai aussitôt de maîtriser ce sentiment.

— Fouillez dans les poches de sa redingote pour chercher une trace d'identification, me lança le docteur Paré.

Me penchant, j'enfonçai mes doigts dans le vêtement à travers lequel je sentis les chairs molles et putrescentes. Ce que j'en sortis m'écœura. Je secouai ma main pour chasser une affreuse larve qui collait à ma peau.

— Il n'y a rien d'autre, dis-je le cœur au bord des lèvres.

Le docteur Paré commença alors son travail de légiste et me demanda de nouveau d'écrire ses observations. Ce qu'il constata et que je notai scrupuleusement s'avéra un véritable récit d'horreur. Si quelqu'un m'avait alors dit que j'aurais un jour à écrire de tels rapports comme médecin expert à la morgue de Montréal, je lui aurais ri au nez.

— De toute évidence, c'est le corps d'un homme âgé. Des touffes de cheveux blancs se détachent du crâne en état de décomposition, ce qui me laisse croire qu'il avait entre cinquante et soixante ans. Au regard de l'état des orbites, dont la peau a été becquetée par des morsures, les yeux ont été énucléés par les rapaces. On peut donc exclure l'hypothèse que ce sont les Indiens qui ont fait subir ce sévice à la victime. L'homme a une dent en or, mais veuillez noter, capitaine Villeneuve, l'état lamentable de la dentition : les dents étaient grandement déchaussées, entartrées. Il a été atteint d'un coup de feu au thorax, qui a touché directement le cœur. La mort a été instantanée.

Paré retourna le cadavre et chercha des indices dans la poche arrière du pantalon, mais ne trouva rien de concluant. Il faut croire que les Indiens avaient détroussé cette dépouille.

Je consultai la liste des victimes.

— Je constate qu'il nous reste à identifier un certain John Williscraft, un mécanicien ontarien qui faisait l'entretien de la machine au moulin à scie de Gowanlock. Il s'était installé à Lac-à-la-Grenouille en 1883.

— Y a-t-il un autre homme du village dont l'âge se rapprochait de celui de Williscraft ?

— Tous les autres avaient environ quarante ans, répondit le général Strange, qui avait assisté à notre travail dans un silence éloquent. Seul Simpson, je crois, était un peu plus âgé, mais il a été fait prisonnier.

Je consultai mes papiers.

— Vous avez raison, général. Simpson avait tout juste cinquante ans.

— Vous dites que cet homme était mécanicien ? lança soudain le docteur Paré,

Je répondis par l'affirmative. Il me montra les mains du mort.

— À voir les taches noirâtres sous les ongles ébréchés, je crois qu'il s'agit bel et bien de Williscraft.

— On peut donc affirmer hors de tout doute que cet homme est John Williscraft ? demanda Strange.

— Hors de tout doute, mon général, non. Mais considérant le témoignage de Lépine et l'identification formelle des autres victimes, je crois qu'il s'agit de lui.

Je demandai au jeune Hamel, qui était d'une pâleur fantomatique, de sortir le plan des maisons et de leurs propriétaires afin d'établir un lien entre le lieu du décès et la résidence de Williscraft. Mais après vérification, on en vint à la conclusion qu'il n'avait pas de maison à lui, mais demeurait plutôt avec l'un des prêtres dans la petite mission des oblats.

◆

Près de la chapelle incendiée, les soldats avaient aligné dans l'herbe haute les cadavres des pères Fafard, Marchand, et celui de John Gowanlock. Le père Provost priait au-dessus des corps. Il avait déposé un chapelet sur les restes des victimes.

Le soldat Hamel s'empressa de croquer dans son carnet cette morgue à ciel ouvert. Le fusain noir rendait bien la funeste scène. L'infirmier Prieur et un soldat arrivèrent sur les entrefaites. Ils commencèrent à envelopper les cadavres dans un linceul avant de les déposer

dans les bières qu'avaient construites à la hâte les menuisiers. Plusieurs avaient de la difficulté à contenir
leur agressivité devant pareille boucherie.

Le général Strange donna l'ordre aux soldats de
creuser les tombes à proximité et de procéder au même
endroit à l'inhumation des autres cadavres qui avaient
été identifiés.

De fait, il nous restait le dernier cadavre du cellier
à identifier et celui trouvé avec Quinn. Quant au corps
de She-Wins, il était toujours manquant. Nous n'avions
trouvé aucune femme parmi les victimes, ce qui laissait
croire, comme le prétendait Lépine, que les Indiens
les avaient bel et bien épargnées, probablement avec
l'intention d'en tirer une rançon.

Le docteur Paré et moi redescendîmes dans le caveau. Si l'on se fiait à Lépine, cet homme ne pouvait être
que John Delaney, un instructeur agricole. Il avait été
dépêché par le gouvernement pour initier les Indiens
au métier d'agriculteur. Puisque les récoltes avaient
été désastreuses et qu'il représentait la solution du
gouvernement à l'assujettissement des Indiens dans
les réserves, il était devenu une cible pour ceux qui
étaient en proie à la famine. En examinant les jambes
de la victime, qui avaient pris l'apparence du cuir en
brûlant, je remarquai qu'il y avait aussi des traces de
cuir véritable sur l'une d'entre elles. Je la bougeai délicatement et trouvai, inscrustée sous elle, une boucle
métallique.

Je la montrai au docteur, qui farfouillait dans les
débris à côté de moi.

Le docteur acquiesça à sa vue et continua à remuer
les débris. Dix minutes plus tard, nous n'avions rien
de plus. Le docteur se releva soudain et me tapota
l'épaule pour signifier que je pouvais arrêter moi aussi
mes recherches.

— On ne trouvera rien d'autre, dit-il en soupirant.
On peut sortir le corps.

Je transmis l'ordre au jeune Hamel, qui était en haut des marches du cellier, pour qu'il fasse le nécessaire.

— Lorsque nous retrouverons les otages, continua le docteur, nous nous assurerons de l'identité de Delaney. Je suis persuadé qu'il s'agit bien de l'instructeur-fermier, même si notre seule preuve laisse à désirer.

Il vérifiait en parlant le type de verre que portait Delaney.

J'étais exténué. L'odeur de la putréfaction se mêlait à chacune de mes respirations. C'était comme avaler la mort à répétition.

Le général Strange, droit comme un piquet sur sa monture, s'approcha de nous.

— Comment ça se passe?

— Le témoignage de Lépine s'est avéré juste et précis. Seul un corps n'a pu être identifié formellement, mon général, mais il est plus que probable qu'il s'agisse de John Delaney. Et il nous reste à trouver l'Indienne qui...

Un cri à glacer le sang m'empêcha de terminer ma phrase. Je me tournai dans la direction d'où il provenait et je vis le jeune Hamel dévaler un sentier en hurlant. Il semblait en proie à un choc nerveux et fonçait droit vers le général et moi. Il était blanc comme un cierge de Pâques et claquait des dents en essayant de reprendre son souffle. Sa main tremblante indiquait derrière lui le haut de la butte.

— Là-haut... Je faisais un croquis quand j'ai... quand j'ai...

Il n'arrivait pas à terminer sa phrase, secouait la tête comme s'il voulait en chasser quelque chose.

— Calme-toi, mon gars, calme-toi, le coupai-je. Dis-moi juste ce que tu as vu...

— Une tête... dans les taillis... une tête toute seule...

Je crus qu'il allait se mettre à pleurer. J'ai posé ma main sur son épaule et le contact a semblé le ragaillardir un peu. Le général Strange, qui était descendu de sa monture, s'est approché de Hamel et a fait de même de son côté.

— *Well*, caporal, vous voulez bien nous guider vers ces taillis ?

Hamel opina du chef, incapable de répondre. On le suivit jusqu'aux taillis en question et l'horreur nous sauta en plein visage. Nous venions de retrouver She-Wins. Ou du moins sa tête, couchée sur le côté. Le cou avait été tranché avec la précision d'une guillotine. J'aperçus la tablette que Hamel avait oubliée dans sa frousse. Je la ramassai. J'ordonnai une battue et, quelques instants plus tard, le lieutenant Rivard retrouvait le corps, toujours vêtu de son parka à franges.

Le général demanda qu'on amène un brancard pour transporter les restes de She-Wins et on redescendit en procession jusqu'à l'endroit où d'autres soldats creusaient la terre. Les monticules s'élevaient à mesure que les hommes disparaissaient dans la fosse. Neuf trous. Les charpentiers clouaient les planches des cercueils de fortune. Ils auraient comme seul glas des coups de marteaux. C'était un grand soulagement chaque fois qu'une victime était déposée dans sa bière et qu'on lui mettait le cippe.

Bientôt, les soldats portèrent un à un les cercueils devant chaque tombe. Les menuisiers avaient bâti une grande croix en bois et, pour chaque victime, une plus petite. Le nom du décédé avait été inscrit sur chacune, même celui de She-Wins.

Le père Provost s'approcha. Tous les soldats firent cercle autour de lui, francophones comme anglophones. Le père, célébrant une brève cérémonie funèbre, l'une catholique, l'autre protestante, prononça les derniers rites, bénit les tombes. Les soldats y allèrent d'un vibrant Notre Père. Chacune des victimes fut évoquée par son nom, puis les cercueils furent mis en terre. Des cordes passées sous les bières permirent de conduire doucement les victimes à leur dernier repos. Puis les fosses furent comblées dans le silence. Seul le bruit de la pelle qui grattait la terre, seul le son lourd des pelletées s'écrasant sur les bières résonnait sur les lieux du massacre. En tout dernier lieu, l'on enterra She-Wins à l'écart. Un officier anglophone à l'accent britannique s'éloigna en marmonnant un *Bloody Hell* bien senti ! Ce juron décrivait parfaitement ce que nous venions de vivre. Il fallait maintenant retrouver les auteurs de ce carnage.

◆

Avant de partir, le capitaine Roy et moi formulâmes l'idée d'ériger un mémorial. Il n'était pas question de laisser ces lieux sans mémoire. Comme nous en avions le temps, Strange nous accorda la permission d'y procéder. Nous choisîmes le dessus de la butte pour ériger la croix gigantesque à laquelle nous pensions. De ce promontoire, tous pourraient la voir à des milles de distance.

On alla d'abord choisir le plus haut sapin baumier ; il mesurait plus de soixante pieds. Avec ardeur, les haches firent voler les copeaux de bois. Immédiatement, les charpentiers commencèrent à couper les branches et à écorcer le bois. La cognée était forte et décidée. La force des symboles étant ce qu'elle est, soixante-cinq hommes hissèrent à bras-le-corps l'arbre au sommet du promontoire. Ce cheminement à travers bois se déroula dans des conditions éprouvantes bien que dans un grand recueillement. La montée ne se laissa pas gravir facilement. La croix était lourde, la pente abrupte, les pieds s'accrochaient dans les racines. C'était un vrai chemin de croix. Des retours de branches nous fouettaient le visage, nous éraflaient la peau. Aucun blasphème quand un homme perdait prise, s'entaillait la peau ou était piqué par un moustique. Nous avions les mains collées de gomme de sapin. Tout autour, l'odeur forte du parfum de résine embaumait. Une fois au sommet, tout en sueur, chacun reprit son souffle et contempla le paysage, le visage rougi et les jointures en sang. Le lac en contrebas émaillait de bleu les alentours.

Sur la cime, la densité de la végétation nous obligea à couper des arbres pour élever notre croix. Les coups de haches se répercutaient en écho. Avec le godendart, on scia la traverse de la croix. Une demi-heure plus tard, elle était fixée et la base installée pour recevoir la croix. Les bras de tous les hommes furent nécessaires pour la soulever sur son ancrage.

On inscrivit sur la base :

Élevée
à la mémoire des victimes
de
Frog Lake
par le 65ᵉ bataillon
24 mai 1885

Sur un parchemin était relatée l'histoire de la croix. J'apposai ma signature sur le document. Le général Strange le lut d'une voix grave et solennelle.

« Cette croix fut érigée le jour de la Pentecôte, le 24 mai 1885, par les officiers, sous-officiers et soldats des compagnies 5 et 6 du 65ᵉ bataillon, C.M.R. sous le commandement du général Strange, à la mémoire des RR. PP. Oblats et autres victimes, massacrées par les sauvages à Frog Lake, le 2 du mois d'avril 1885. »

En souvenir de cet événement, la montagne où est érigée cette croix fut nommée Mont-Croix (Mount Cross).

Une fois signé par tous les officiers, le message fut inséré dans une bouteille recouverte de papier de plomb puis enterrée.

Le père Provost leva la main pour bénir la croix. Il entonna le *O Crux Ave Spes Unica* et chacun de nous ajouta sa voix à celle du père. Salut ô croix, notre unique espérance.

Hoc passionis tempore / en ces temps de souffrance
Auge piis justitiam / rends justice et fidélité
Reisque dona veniam / pitié à ceux qui attendent le jugement dernier

Chacun fit le signe de croix. Le chœur de soixante-cinq hommes emplissait le ciel de ses voix fortes.

Je redescendis à grands pas, le visage dégoulinant de sueur et avec un sentiment d'indignation, et je souhaitai être celui qui mettrait la main au collet des assassins.

Arrivé au bas de la montagne, près du campement, je me retournai pour apercevoir la croix. Visible de loin, elle perçait le ciel, baignée de lumière. Je m'inclinai. Nous pouvions maintenant quitter Lac-à-la-Grenouille.

19. Fort Pitt

Les cinq barges que Strange avait fait construire nous attendaient, ancrées au bord de la Saskatchewan. Les retrouvailles furent bienvenues, mais sans effusion de joie. Ce que nous venions de vivre n'incitait pas à la liesse.

Le ciel s'était couvert dans l'après-midi. Le tonnerre grondait au loin tel un mauvais présage. Une pluie fine suivie d'un gros orage nous avait détrempés pendant que nous démontions le camp du Lac-à-la-Grenouille. Nos bottes avaient pataugé dans la boue sur le chemin du retour.

Peu après avoir installé sur la berge notre campement, le major Hughes me fit mander avec le capitaine Roy. Dès que nous fûmes dans sa tente, il nous annonça de but en blanc qu'il chargeait la compagnie de Roy de remettre Fort Pitt en état, et que je devais lui fournir en plus mes soldats charpentiers et menuisiers, ainsi qu'un officier – il suggéra le lieutenant Rivard.

Tout comme Roy, j'étais assommé par cette assignation. Pour moi, cela signifiait que ma compagnie serait privée d'une partie de ses hommes durant le combat. Je voulus discuter.

— Ce sont les ordres, capitaine Villeneuve, rétorqua Hughes d'un ton sec, sans appel. Nous lèverons les amarres tôt demain matin.

Je serrai les dents. J'allai, la mort dans l'âme, annoncer l'ordre à mes lieutenants. Lafontaine et Rivard accueillirent la nouvelle de façon différente.

— Maudit calvaire! jura le policier. Tant qu'à se faire chier jusqu'au bout... Après être allés ramasser des cadavres, allons reconstruire pour pas cher le fort de la Compagnie de la Baie d'Hudson.

— Les ordres sont les ordres, on doit vivre avec, résuma Rivard avec philosophie.

Pendant que nous digérions notre repas, un courrier arriva, porteur d'un message de la plus haute importance. Il le remit au major Hughes, qui convoqua aussitôt un rassemblement pour le lire devant tous.

— Soldats, voici les dernières nouvelles reçues du front: arrestation de Riel le 12 mai à Batoche. Dumont en fuite et les Métis battus.

De grands cris de joie s'élevèrent chez les Anglais, de la tristesse chez les nôtres. Le major Hughes imposa le silence afin de continuer sa lecture.

— Retranchés dans le petit village de Batoche, les Métis se sont battus avec témérité jusqu'à la fin. Mais ils ont manqué de munitions. Ils en étaient réduits à utiliser des éclats d'obus et des pierres. Ils s'étaient creusé des trous, mais la pluie les a détrempés, épuisés et affamés. Bilan: douze morts, dont un enfant, et trois blessés.

Le major marqua une pause. Personne ne soufflait mot. Qu'espéraient faire les Métis à un contre trois? Les neuf cents hommes de Middleton pouvaient facilement écraser trois cents Métis. Mais d'apprendre que Riel était toujours en vie et que les Métis s'étaient rendus faisait monter en moi un grand soulagement. Plusieurs avaient été tués, mais le pire avait été évité.

Après avoir passé en revue l'ensemble des hommes massés devant lui, le major Hughes reprit la parole:

— Il est dit dans cette missive que Dumont a refusé de se rendre. Il aurait affirmé vouloir tirer les dernières

balles qu'il lui restait. Ensuite, il s'est enfui à cheval.
Quant à Riel, il est gardé par plusieurs hommes. Il a
déjà eu plusieurs entretiens avec le général Middleton.

Le major se carra sur ses deux jambes avant de
continuer, comme s'il voulait donner plus de poids à
son discours.

— On nous informe enfin que la tribu de Gros-Ours
aurait été localisée non loin d'un endroit appelé Côte-
du-Renne, une trentaine de milles à l'est de Fort Pitt sur
la rive nord de la Saskatchewan. Nous appareillerons
dès demain pour aller à la rencontre de Gros-Ours et
de sa tribu. Le chef cri, qui détient toujours des otages,
est à la tête d'une puissante machine de guerre, au
dire de tous les éclaireurs, mais c'est le 65e bataillon
qui freinera son élan !

Un vibrant « hourra » salua les dernières paroles
du major, qui fit rompre les rangs.

Songeur après toutes ces nouvelles, je marchai un
peu le long de la berge en m'approchant des grandes
embarcations à fond plat. Elles étaient impressionnantes
par leur longueur et semblaient très stables. Chacune
était dotée de deux grandes rames. Sur le pont s'empilaient des sacs de farine et des barils de viande et de
sel, disposés de façon à servir de fortification.

Le baptême des chalands avait eu lieu au coucher
du soleil, juste avant le départ d'Edmonton. Le premier
avait été nommé *Le Beauset* en hommage au capitaine
de la première compagnie. J'avais appris par le général
Strange sur le chemin du retour qu'il m'avait octroyé
le commandement du plus grand, que l'on avait baptisé
le *Big Bear*... Il pouvait contenir plus de quatre-vingt-
dix personnes et s'allongeait sur plus de soixante pieds
sur vingt de large. Il était équipé d'un canon et d'une
glissière de recul. Un troisième chaland avait été appelé
Nancy en hommage à la femme du général et servait à
loger le commandement du bataillon. Le quatrième, le
Roy du Nord, serait sous la responsabilité du capitaine

Roy. Le cinquième chaland, qui transportait les chevaux et le fourrage, n'avait pas été baptisé.

Tout autour, les rondes s'organisaient. Il fallait surveiller à la fois le camp et les précieuses embarcations. Je revins lentement à ma tente en pensant aux otages de Gros-Ours. Étaient-ils encore en vie ? Si oui, avaient-ils été bien traités ? Comment se portaient les femmes et les enfants ? Quel cauchemar ce devait être pour eux.

Je me couchai en pensant à ce que les prochains jours nous réservaient comme mauvaises surprises. Une petite pluie s'était remise à tomber. Je m'endormis sans avoir repensé aux scènes macabres qui avaient ponctué les deux derniers jours, ce qui, en soi, était une bénédiction.

◆

L'embarquement débuta vers six heures du matin. Mes seconds, les lieutenants Rivard et Lafontaine, supervisèrent l'opération. Après que les soldats eurent fini d'emplir les cales d'un lit de foin en guise de dortoir, je vérifiai ma liste de passagers. À la queue leu leu, enthousiastes comme des gamins, les trente-sept hommes de ma compagnie étaient déjà à bord, ainsi qu'une dizaine de soldats de la sixième et quatre de l'infanterie légère de Winnipeg. Je comptai en plus deux sergents d'état-major et, pour finir, les trois bateliers métis qui nous guideraient sur la rivière. La même opération se déroulait simultanément sur les autres embarcations. Après avoir rempli le chaland de fourrage, les éclaireurs et la Police montée attachèrent leurs chevaux sur la cinquième barge.

Le départ se fit dans la joie. Après le train, la marche et les traîneaux, le bateau généra chez mes hommes un grand enthousiasme. Les soldats étaient pareils à des enfants, hurlant au moindre rapide qui nous projetait en avant. Des chants marins fusèrent bientôt et je dus aviser à regret mes hommes :

— Messieurs, vous avez les plus belles voix de la contrée, mais il est interdit de chanter, par ordre du général Strange.

— Capitaine, je croyais que nos voix suffiraient à faire fuir les Sauvages, plaisanta Lafontaine.

— Ou à leur faire lancer une contre-offensive pour te faire taire, lieutenant! répliquai-je.

— Là, je suis prêt à passer à l'assaut! ajouta le lieutenant Rivard.

Les soldats s'esclaffèrent tandis que Lafontaine enfonçait à la blague son poing dans le plexus de Rivard.

Big Bear glissait sur le courant vif de la rivière aux eaux brunâtres. Nous nous propulsions sans effort. Comme la Saskatchewan est une rivière boueuse, mes bateliers à l'avant et sur le côté plantaient leur perche et m'avisaient du tirant d'eau disponible. Il fallait à tout prix éviter les hauts-fonds. Nous franchissions environ deux milles à l'heure. Les giclées d'eau nous obligeaient à constamment écoper.

De temps à autre, la vigie à l'avant signalait un banc de sable. D'un coup de rame alerte, les Métis nous faisaient contourner l'obstacle. La Saskatchewan traversait la zone de conflit d'ouest en est sur des centaines de milles. D'Edmonton, elle serpentait jusqu'à Lac-à-la-Grenouille, croisait la Butte-au-Français, filait vers le bas jusqu'à Battleford et de là remontait jusqu'à Prince-Albert; la branche sud de la rivière débouchait sur Lac-aux-Canards, Batoche et Fish Creek. Nous voguions au cœur de la tourmente dans un calme champêtre à la hauteur du 54e parallèle.

Cette rivière en méandres nous réservait un spectacle permanent. Des orignaux enfonçaient leurs sabots dans la vase le long des rives, broutaient des rhizomes, tendaient leurs longues oreilles pour détecter les bruits suspects; des chevreuils apeurés bondissaient en nous apercevant; des castors tapaient de la queue sur l'eau pour signaler notre présence; des oiseaux et des rapaces survolaient le ciel avant de plonger sur leur proie. Des grizzlys à la démarche pataude nous regardaient passer comme un repas perdu à jamais. Les mains des hommes sur le pont ne cessaient de se pointer vers les rives ou le ciel.

Derrière nous, les quatre bateaux, descendant sans incident, évitaient les bancs de sable en suivant notre trajectoire. Il fallait entendre les cris des hommes quand *Big Bear* se jetait dans les rapides, se cabrant dans les airs, éclaboussant les visages. Chacun devait s'agripper solidement pour ne pas finir à l'eau.

Lors d'un de ces passages difficiles, je fus surpris de voir des caisses passer par-dessus bord et filer devant nous à grande vitesse. Au sortir de la passe dangereuse, nous essayâmes en vain de rattraper celles qui flottaient toujours, mais le courant les poussait de plus en plus loin de nous, jusqu'à ce que nous les perdions de vue. J'espérais qu'elles s'échouent sur la rive ou soient coincées contre un rocher, mais on ne les aperçut nulle part. Venant de la *Nancy*, ordre fut donné de jeter l'ancre à proximité d'une ancienne mission des pères oblats, appelée Saint-Paul, qui était en vue. Elle avait été dévastée quelques années plus tôt par un incendie et plus personne n'y résidait. Une fois les barges accostées, j'ordonnai une battue afin de voir si nos caisses n'avaient pas échoué sur cette rive, mais la recherche ne donna rien. Après un rapide comptage, ce fut la consternation : en plus des caisses de vivres, nous avions perdu plusieurs caisses de munitions et celle contenant la mitrailleuse Gatling ! Ceux qui les avaient mal attachées se firent engueuler par le major Hughes, qui était blême de rage d'avoir perdu la fameuse arme qu'il chérissait. Il fallait entendre cette mitraille de jurons…

Je profitai de la pause pour étudier ma carte. Nous avions déjà parcouru une vingtaine de milles. J'inscrivis mes impressions du jour dans mon journal. Nous repartîmes une demi-heure plus tard et la journée se passa sans autres mésaventures.

Malgré nos pertes, le transport maritime avait égayé le moral des soldats. Les longues heures sur l'eau créent une sensation d'ivresse. Plusieurs se sentaient des jambes de coton lorsque nous arrivâmes en vue de Fort Pitt.

◆

C'était le poste d'échange de la baie d'Hudson le plus important entre Fort Carlton et Fort Edmonton. Il avait été construit en 1829-1830. Nos sources indiquaient que le fort était tombé le 14 avril, soit deux semaines après le massacre de Lac-à-la-Grenouille.

Le fort avait été sous la responsabilité du capitaine Dickens, le fils du célèbre écrivain anglais, qui s'était joint à la Police à cheval du Nord-Ouest. Je dois avouer que j'aurais aimé rencontrer le fils de l'auteur de *David Copperfield* et des *Grandes Espérances*, que je tenais en haute estime. Dickens avait demandé qu'on tienne le fort tant qu'il y aurait des hommes. Mais contre son avis, William McClean, responsable en chef des échanges à Pitt, avait accepté d'aller rencontrer Esprit-Errant et les Indiens pour des pourparlers.

McClean était accompagné de François Dufresne, un interprète métis. Il voulait convaincre les Indiens d'abandonner l'idée de se rendre à Fort Pitt. Trois scouts de la Police à cheval, dont Cowan, suivaient à distance McClean. Mais lors des échanges avec McClean, les Indiens étaient parvenus à l'isoler peu à peu et à l'entraîner à l'écart pour le faire prisonnier. Le refus d'obtempérer de McClean à l'ordre du capitaine Dickens avait coûté la vie à un homme, en avait laissé un autre blessé gravement et avait occasionné la perte du fort que nous devions maintenant remettre en état. Deux agents de la Police à cheval qui s'étaient échappés à l'arrivée des Cris avaient vu un des leurs abattu.

À l'approche du fort, je ressentis la même appréhension qu'avant mon arrivée à Lac-à-la-Grenouille.

Je me raisonnai en me disant que nous ne retrouverions qu'un seul cadavre. Puisque Lépine avait vu juste quant aux nombres de victimes à Lac-à-la-Grenouille, on pouvait se fier à lui.

L'imposant Fort Pitt, de forme rectangulaire avec son toit à la Mansard, se dessinait dans le ciel bas. Il était fait de bois recouvert de chaux. À l'ombre du fort, les cinq maisons avaient été saccagées, pillées. Seules deux d'entre elles pouvaient encore être utilisées.

Afin d'éviter une embuscade, le major Strange envoya des éclaireurs à cheval pour s'assurer que le fort n'était pas occupé. Une dizaine de minutes plus tard, on reçut l'ordre d'avancer.

Dans l'ombre du fort, je passai ma tête à travers le châssis d'une maison. Tout le mobilier avait été saccagé, les vitres fracassées, les vivres dévalisés. En arrière-plan, par la fenêtre de la cuisine, je voyais la maison voisine. Sur l'arête du toit étaient alignés des dizaines de corbeaux qui allaient et venaient. Je n'appréciai pas cette image, cela me rappelait trop Lac-à-la-Grenouille. Mes narines frémissaient. Tous se tenaient aux aguets, carabines prêtes à faire feu. Mais la place était vide.

J'entendis soudain une clameur. Je courus et débouchai derrière la maison sise un peu plus loin où se dressaient les charognards. J'aperçus un attroupement de soldats. En arrivant dans la cour, j'eus un haut-le-cœur en humant l'odeur désormais familière. Le cadavre d'un homme mutilé y gisait, toujours vêtu de son habit caractéristique.

— Un *redcoat* !

Les gars de la PCN-O qui nous accompagnaient furent alertés. Ils accoururent et reconnurent, révulsés, leur collègue Cowan. On s'était acharné sur sa dépouille : ses bras et ses jambes, amputés, reposaient aux côtés du tronc. Les jointures étaient disloquées, les os des mains broyés…

Devant de telles mutilations, les soldats ne pouvaient contenir leur nausée, plusieurs se signaient.

Le docteur Paré se pencha bientôt au-dessus de la dépouille pour faire son travail de légiste. Cette nouvelle victime portait à onze le nombre de cadavres que nous avions trouvés sur la route de la tribu maudite. À nouveau, il fallait inhumer, offrir une sépulture décente.

Je me dirigeais avec mes hommes vers le fort quand je croisai le capitaine Roy. Il semblait écrasé face à la responsabilité de remettre le fort en état et faisait des croquis des lieux pour l'état-major et les journaux. En me voyant, il s'excusa de voir la cinquième décimée. Je lui dis que je comprenais, que c'était le hasard qui avait placé les bons charpentiers dans ma compagnie.

Je longeai le fort, qui dégageait une forte odeur de brûlé. Je passai avec mes compagnons sous la porte d'entrée que séparaient deux grandes palissades cintrant le fort. On accédait directement au champ d'exercices. À droite se trouvait le magasin, à moitié calciné. Les Cris, les Pieds-Noirs et les Assiniboines échangeaient à ce comptoir de la fourrure, du gibier et du pemmican. Encore récemment, ils y venaient chercher les rentes viagères en vertu du traité n° 6. Sur une étagère étaient empilés, intacts, deux sacs de pemmican. Ils attirèrent l'attention des officiers. Ils étaient d'autant plus attrayants que nous commencions à envisager le rationnement des vivres. Le pemmican s'avérait essentiel en raison des longues distances que devaient franchir les voyageurs. Mais j'avisai mes hommes de ne pas y toucher.

— Attention! Ce n'est pas normal que les Indiens aient laissé de la nourriture ici. Rappelez-vous: ils souffrent de la famine.

— On y a probablement ajouté du poison, renchérit Lafontaine. Toi, Hamel, fais passer le mot à tout le bataillon.

Rapidement, l'information se propagea pendant que, avec mes lieutenants, je circulais dans l'enceinte principale. Tout avait été pillé dans le fort avant qu'on y boute le feu.

— Je deviendrais fou à vivre ici ! déplora Lafontaine. Comment des familles pouvaient-elles souffrir ce mode de vie ?

— L'appel de la nature et de l'aventure ? suggéra Rivard.

— On voit comment l'aventure a viré… répliqua le policier de Montréal.

À droite du comptoir de traite se trouvaient la caserne des soldats et, dans une pièce en retrait, encore plus au fond, les quartiers du capitaine. À gauche, adjacent au champ d'exercices, un bastion de deux étages était suivi d'un petit hôpital avec quelques lits. Tout comme le reste, la pharmacie avait été pillée. À première vue, plus de la moitié du fort de la Compagnie de la Baie d'Hudson avait été incendiée. Il en faudrait du bois pour le remettre en état ! Mais déjà des hommes s'activaient à cette tâche sous le commandement de Roy.

Soudain, des coups de feu retentirent. Pensant à une attaque, je me ruai aux fenêtres, mais je vis plutôt les agents de la Police montée qui inhumaient le cadavre de leur confrère Cowan. Il avait droit aux salves d'honneur.

Le reste de la journée, on sortit tous les déblais qui s'étaient accumulés. Les menuisiers arrachèrent les planches brûlées. La percussion des coups de marteau ne tarda pas à résonner dans le ciel.

Nous étions autour d'un feu de camp lorsqu'un courrier de la huitième compagnie rejoignit notre position, porteur d'une pénible nouvelle. C'est le capitaine Des Trois-Maisons qui la répandit. Elle parvenait de Toronto, datait du 22 avril et n'avait rien pour nous remonter le moral. Elle se présentait sous la forme d'un article de journal. Le brûlot sema l'indignation et la consternation chez nos soldats. Un journaliste du *News*, y calomniant le 65e bataillon, diffusait les pires infamies sur notre compte. Nous qualifiant d'*infernal frenchmen*, il affirmait que nous nous étions mutinés. Il écrivait que nous nous étions saoulés, battus comme des vauriens. Le pisse-copie osait écrire que nos soldats et leurs officiers buvaient et se complaisaient dans une perpétuelle « saoulographie ». Des Trois-Maisons nous traduisait les pires passages, dans lesquels le malfrat osait écrire que nous étions tellement sales qu'il avait fallu nous désinfecter. Ou pire : « J'ai vu un homme arracher les deux baïonnettes des fourreaux de ses voisins pour les plonger dans la poitrine d'un soldat qui était en face de lui. » Il fallait entendre les soldats marquer leur réprobation par des blasphèmes.

— Et dire que des gens vont croire ces mensonges, rugit Lafontaine. Je comprends Riel et Dumont. Je les comprends !

— S'il te plaît ! Tais-toi, maugréa Rivard à l'endroit de Lafontaine, qui le toisa méchamment du regard.

Des Trois-Maisons poursuivit le résumé de l'article pour éviter que Lafontaine ne se vide le cœur.

De notre passage à Winnipeg, le mécréant racontait que nous urinions sur les pelouses des plus beaux quartiers de la ville. Après nous être comportés comme des brutes, nous avions apparemment volé les gens croisés dans la rue tout en les menaçant. Au moment d'écrire son torchon, ce scribouillard mentionnait que nous étions maintenant à Calgary, ajoutant : « C'est une bonne place pour eux. Il y a là assez de Blancs pour les tuer. »

Lafontaine se dressa soudain et affirma d'un ton tranchant :

— Je comprends pourquoi le docteur Lachapelle et le juge Desnoyers ont refusé de prendre part à cette campagne. Pourquoi le commandant Ouimet a été éconduit. On s'en prend à des Métis qui se battent pour leurs droits. On s'empare des terres qu'ils ont défrichées, on leur refuse les titres patents auxquels ils ont droit, on taxe le bois qu'ils ont coupé sur leur terre. Mais un Ontarien rachète ces terres du gouvernement et tous les efforts que les Métis ont déployés sont à recommencer. Femmes et enfants sont repoussés encore plus loin. Nos frères francophones et métis méritent mieux. C'est aussi ça, l'histoire des Canadiens français.

Rivard essaya de le faire taire, mais l'autre le repoussa violemment.

— *This is our history*, crâna Lafontaine en anglais à l'intention de Rivard, sans tenir compte qu'il y avait des anglophones autour de nous. Ce que j'ai vu à Lac-à-la-Grenouille est un crime de guerre. Ça n'a rien à voir avec deux armées qui se sont affrontées. Les victimes étaient des civils, des innocents. Mais en 39, ce sont les tuniques rouges qui entassaient les nôtres dans les églises pour les humilier et les tuer.

Je tentai de le raisonner à mon tour, mais il ne voulait rien entendre, enflammé par sa rage.

— Je répète que c'est un crime contre des civils qui a été commis. En plus d'une prise d'otages. Mais quand la voie légale ne fonctionne plus, qu'elle est muette sur vos droits, qu'est-ce qui reste à faire?

Lafontaine montra son arme.

— Voilà ce qui reste à faire!

Plusieurs soldats acquiesçaient au dire de Lafontaine. Un officier anglophone au regard sévère approcha. Nous suspectait-il de sédition? Je cachai l'article de journal, posai mon index sur mes lèvres pour indiquer au lieutenant de se taire. Lafontaine serra la mâchoire à contrecœur. Il savait qu'il risquait la cour martiale et la potence pour félonie.

Quand l'officier fut à distance, Lafontaine fit mine de continuer sa harangue, mais il cracha plutôt de dépit et s'en alla d'un pas enragé en repoussant de la main Rivard qui se trouvait toujours devant lui.

Je dois avouer que je partageais en silence certains griefs de mon lieutenant. Je me levai en attrapant le journal des mains de Des Trois-Maisons et le montrai aux soldats.

— Ce tissu de mensonges ne restera pas impuni, je le jure devant vous tous, dis-je d'un ton solennel en posant la main droite sur mon cœur.

Les mots « poursuite pour diffamation » passèrent bientôt de bouche en bouche. Il y avait plusieurs avocats

dans notre bataillon. Notre honneur serait sauf, jurèrent-
ils à leur tour. Nous avions peiné dur pour nous rendre
jusqu'ici et personne ne salirait l'honneur de notre
bataillon sans en payer le prix. Les orangistes allaient
connaître notre devise : *Nunquam Retrorsum.*

◆

Dès l'aurore, à l'exception de la compagnie du capitaine Roy et d'une partie de mes hommes, nous rem-
barquions dans les barges pour continuer notre route
vers l'est. Notre avancée se faisait beaucoup plus lentement en raison des craintes d'une embuscade. Mais
tout se passa sans problème et le général Strange décréta la halte pour la nuit dans une petite baie retranchée
qui nous apparut facile à protéger. Certains se baignèrent
et d'autres grimpèrent le talus jusqu'au plateau. À bord
des barges, un foyer était installé pour la cuisine. Une
bonne soupe y mijotait. Sinon, c'était le régime habi-
tuel : de la viande en boîte et du bacon.

— Qui pourra encore manger du bacon au retour ?
J'ai l'impression que mon palais s'est transformé en
tranche de lard, ironisa Lafontaine. J'ai hâte de ressortir
mon arc et mes flèches.

Après le souper, les hommes discutèrent autour des
feux, chassant les moustiques d'une main, fumant la
pipe de l'autre. L'un d'eux sortit sa musique à bouche,
l'autre sa bombarde, et ils accompagnèrent la danse
des lucioles. Les airs du pays nous donnaient l'envie du
retour. Comme bien d'autres, je profitais de ces moments
pour écrire à ma famille à la lueur du feu. Plusieurs
miliciens étaient demeurés sur le pont. Leurs rires nous
parvenaient amplifiés par l'eau. Couché dans l'herbe,
je regardais le ciel s'étoiler. La lune, montant à l'est,
tamisait la nuit d'une lumière soyeuse. Le vent chaud
et doux caressait mon visage. Je pensai à mes parents,
à mon frère et à ma sœur demeurés à Montréal, à

Alphonse… Je m'inquiétais pour ce dernier. Avait-il assez de vivres et de munitions pour tenir encore long-temps à la Ferme du gouvernement ? Nous aurions tant de choses à nous raconter. Dire que trois ans auparavant, j'étais encore au collège, que je passais mes soirées à l'étude. Les Sulpiciens m'avaient inculqué la discipline, l'attrait de la gouverne, des responsabilités. Ils m'avaient donné confiance en mes moyens. Bien sûr, il fallait briller pour obtenir ce que ces gens avaient de meilleur à offrir. Mais jamais ne nous avaient-ils préparés à la guerre. « Aimez-vous les uns les autres » était notre prêche et non « Tuez-vous les uns les autres », comme je m'apprêtais à le faire avec la bénédiction de l'État et de l'Église.

L'appel de clairon annonça l'extinction des feux ; s'ensuivirent quelques protestations isolées, mais le coucher se fit dans la bonne humeur. Chacun retraita vers son embarcation en terminant sa blague ou son histoire. Un bel esprit de corps régnait dans le bataillon. Des liens forts s'étaient tissés entre nous.

Avant de retourner à bord, j'allai saluer en haut du talus mes trois hommes qui faisaient partie des senti-nelles, cette nuit-là. Je revins m'installer sur le pont à la belle étoile. Je jetai un coup d'œil dans la cale. Chacun tapait son foin pour obtenir le plus moelleux des matelas. Dormir sur un navire et dans la paille assoupit le corps. Peu à peu, les ronfleurs rivalisèrent avec les ouaouarons. Écrasé par la fatigue et le soleil, je sombrai dans le plus doux sommeil avec l'impression d'une chute qui n'en finissait plus.

Vers minuit, la pluie tambourina sur le pont et m'obli-gea à retraiter dans la cale. Une heure plus tard, je me réveillais en sursaut au bruit de plusieurs détonations, puis le clairon sonna l'alerte.

— Tout le monde debout, vite, escarmouche ! hurlai-je comme le faisaient les capitaines à bord des autres embarcations.

Le mot se propagea en anglais comme en français. J'agrippai ma Winchester et sautai à l'eau, mes lieutenants derrière moi suivis des soldats, dont plusieurs remontaient de peine et de misère leur culotte.

— C'est parti ! Bougez-vous les fesses, hurlait Rivard.

Je courus pour gagner la rive, m'élançai sur la pente du talus rendu boueux par la pluie. Les hommes me suivaient à l'assaut de la crête en glissant. Après avoir repéré nos sentinelles, je les déployai aussitôt en position. Il ne fallait surtout pas être pris en surplomb par les Indiens. Ils auraient pu nous canarder dans l'eau. Plusieurs coups de feu se firent entendre. L'écorce d'un arbre se fendilla devant moi. Je fus touché par des éclats de bois. Les sentinelles ripostèrent, tout comme plusieurs de mes hommes, pour montrer que nous défendions nos positions. Mais nous tirions dans l'obscurité, à l'aveuglette, et je craignais les tirs croisés.

— Est-ce un exercice, capitaine ? demanda Hamel qui s'était retrouvé près de moi.

— Pas du tout, idiot ! répliqua Lafontaine en mettant son arme en joue.

Pendant plusieurs secondes, de nombreux coups de feu furent échangés. La lune cachée derrière les nuages, il faisait trop noir, on n'y voyait rien. J'ordonnai un cessez-le-feu afin qu'on ne gaspille plus les munitions. C'était peut-être ce que cherchaient les Indiens.

On vint m'aviser qu'une patrouille d'éclaireurs était partie explorer le plateau devant nous. Je fis passer le mot de rester à l'affût du moindre feu ennemi.

Soudain, un grand halo de lune éclaira les environs, mais ne révéla rien de neuf. Puis les éclaireurs revinrent et le mot se propagea : les Indiens avaient déguerpi.

Après un rapide appel, on constata que personne n'avait été blessé. Nous en étions quittes pour une bonne peur et une nuit écourtée.

On regagna les chalands. Certains trouvèrent le moyen de rigoler de l'escarmouche, d'autres avaient hâte de se mesurer à l'ennemi. Ceux qui s'étaient fait prendre les culottes baissées retraitaient en caleçons, le torse nu. Lafontaine les taquina.

— Messieurs, vous avez compris la leçon. On ne prend pas le temps de s'habiller ni de se raser pendant une escarmouche.

Sur le bateau, je m'adressai aux hommes.

— Pour le reste de la nuit, vous couchez avec votre arme. Vous gardez vos vêtements.

— Et ordre de ne plus ronfler, ajouta Lupien pour détendre l'atmosphère. Ça attire les Sauvages !

Plusieurs eurent de la difficulté à recouvrer le sommeil. La garde fut augmentée. Nous venions de goûter au baptême du feu. Je dus compter les étoiles pour me rendormir. La nuit passa lentement, ponctuée par les stridulations des criquets et la bruine.

Dès le lever du jour, je partis avec d'autres capitaines pour déterminer la provenance des tirs nocturnes. À défaut de trouver les positions, des soldats aperçurent, à quatre cents verges plus à l'est sur la rive, des empreintes de pas dans le sable : des semelles de mocassins. À voir leur nombre, les sauvages étaient venus par la rivière en petit groupe. Une quinzaine tout au plus.

— Vous vous imaginez, dis-je aux autres officiers, s'ils s'étaient mis en tête d'incendier nos barges ?

— La nuit prochaine, il faudra revoir la sécurité, ordonna le général Strange, qui était resté dans l'ombre pendant les événements.

Une heure plus tard, nous levions l'ancre. Les hommes avaient reçu l'ordre de rester aux aguets, le doigt sur la détente. Le temps avait refroidi. Nous voguions de nouveau sur les eaux de la Saskatchewan qui reflétaient le ciel effiloché de nuages roses et violets. Les bateliers tendaient leur perche avec anxiété.

À la pause du midi, le major Hughes m'informa des mesures de sécurité en prévision du prochain campement.

Je transmis l'information à Lafontaine.

— À part ceux qui monteront la garde, personne ne dormira sur les bateaux ce soir. On installera les tentes à cinquante pieds de la rive, sur le plateau. Et tu fais enlever tout le foin sur la barge afin de minimiser les risques d'incendie.

— À vos ordres, capitaine !

Coucher dans le bateau après ce qui venait d'arriver s'avérait trop risqué. Des flèches incendiaires touchant la paille déclencheraient le pire des sinistres. Je ne me voyais pas devoir ramener des brûlés jusqu'à Batoche ou Regina, une bourgade qui ne comptait pas d'hôpital. Je pointai le doigt sur la dénomination Côte-du-Renne. C'est là que se trouvait Gros-Ours, selon la dépêche reçue quelques jours plus tôt. Nous ne pouvions être plus près de la ligne ennemie.

En début d'après-midi, le moment fut venu d'amarrer les chalands dans une petite anse. Il fallait maintenant aviser le général Middleton de notre position, mais aussi que nous avions dû nous résoudre à rationner les soldats en raison de nos pertes. Strange lui demandait d'affréter d'urgence des transbordeurs pour nous ravitailler en vivres et en munitions. Deux scouts reçurent l'ordre de franchir les lignes ennemies. Ils partirent sur leur monture une demi-heure plus tard. Je ne pouvais m'empêcher d'admirer leur courage.

Comme nous étions trop près des lignes ennemies pour faire des feux, les hommes profitèrent du moment pour s'égosiller. C'est avec joie que mes soldats reçurent la visite du général Strange. Il s'amusa d'entendre chanter *Malbrook s'en va-t-en guerre* par des Canadiens français.

— *Well*, mais c'est un chant de guerre britannique, ça ! Et ce n'est pas Malbrook mais Malbrough, *my friends*.

Puis, le général convia les officiers à une réunion, où il nous exprima une crainte qu'il avait eue en observant notre position.

— Après l'escarmouche, je me demande si Gros-Ours n'essaie pas de nous semer. S'il fallait que nous perdions sa trace, nos chances de l'affronter et de l'arrêter seraient minces. Major Steele, j'aimerais que vous tentiez une avancée, avec vos scouts, jusqu'à Côte-du-Renne afin de nous assurer des positions exactes de l'ennemi.

Je donnai un coup de coude discret à Lafontaine.

— Mon général, le lieutenant Lafontaine et moi serions volontaires pour accompagner le major Steele.

Lafontaine me regarda d'un air sceptique. Le général aussi.

— Et pourquoi voulez-vous vous joindre à lui, capitaine Villeneuve?

— Mais parce que nous parlons français, général, et que c'est mettre toutes les chances de notre côté que de pouvoir tirer parti de toutes les rencontres.

— *Well*, d'accord, capitaine Villeneuve. Mais savez-vous monter à cheval?

Vingt regards curieux et moqueurs nous toisèrent, Lafontaine et moi.

— Bien sûr que oui, mon général, répondis-je à l'unisson avec mon lieutenant.

En fait, si Lafontaine en avait l'habitude dans la police, pour ma part je n'étais monté à cheval qu'à deux occasions et j'étais tombé autant de fois. Je n'en étais pas moins résolu à participer à l'expédition.

Nous suivîmes Steele pour prendre possession de nos montures.

— Georges, si tu proposes qu'on se mutine pour retourner à cheval jusqu'à Montréal, je suis ton homme… lança Lafontaine au milieu des anglophones.

Portant discrètement un index sur ma bouche, je lui indiquai d'être moins bavard. Sa figure se fendit d'un sourire désabusé.

— Bah ! Ils ne comprennent jamais rien, de toute façon.

Chacun guida son cheval sur la berge. J'étudiai comment le major Steele et ses deux éclaireurs se hissaient sur leur monture et les imitai.

Steele annonça que nous devions être attentifs aux moindres signes d'une présence des Indiens et nous enjoignit de demeurer groupés.

Les trois scouts s'élancèrent au trot. Lafontaine leur emboîta le pas. Je les suivis gauchement. Mon cheval rétif caracolait, mais comme j'étais à l'arrière, cela sauva mon honneur. Lafontaine, constatant mon inexpérience, se laissa distancer par les scouts pour me prodiguer quelques conseils.

— Suis le mouvement de ton cheval. Monte avec lui et descends avec lui. C'est ça qui s'appelle chevaucher. Et cesse de te tenir le dos si raide !

◆

Comme l'avait craint le général Strange, lorsque nous arrivâmes près de Côte-du-Renne, nous n'aperçûmes pas la moindre trace de Gros-Ours et de sa tribu. Nous poursuivîmes notre avancée de façon prudente et, environ trois milles plus loin, des traces de roues de chariots, de sabots et des ornières profondes apparurent sur le sentier que nous longions. Nous les suivîmes pendant de longues minutes jusqu'à un endroit où la caravane semblait avoir fait une halte, à voir les nombreuses marques toujours visibles sur le sol.

Chacun descendit de son cheval et chercha des indices qui permettraient d'identifier ce groupe. J'étais accroupi dans un boisé où m'avaient mené des traces de pas quand je trouvai dans les branchages un soulier de femme.

J'appelai le major Steele.

Je lui dis en anglais qu'il s'agissait probablement du soulier d'une des otages de Gros-Ours.

— *Why do you say that?* maugréa-t-il. Toutes les femmes blanches de l'Ouest portent ce genre de souliers. Nos femmes ne sont pas des Indiennes, vous saurez !

— Non, non, non, vous ne me suivez pas. Bien sûr que les Indiennes ne portent pas de ces chaussures-là. Elles chaussent des mocassins, alors que vous avez ici un soulier que l'on porte dans les rues de Montréal ou de Chicago. Petit talon, environ deux pouces de haut, bout pointu, pointure 7. Des souliers de ville. L'inconfort total pour les pieds en ces contrées sauvages. Mais avouez que c'est le genre de souliers qu'une femme ne porte pas tous les jours, mais bien ceux qu'elle porterait pour aller à l'église, cependant.

— *Oh! I understand, now. Well done, captain.*

Les traces que j'avais suivies faisaient un demi-cercle jusque dans un fourré pour revenir à leur point de départ. Je pénétrai dans le buisson. L'odeur était mauvaise. Des mouches voltigeaient autour d'un tas d'excréments humains. J'étais convaincu que madame Gowanlock ou madame Delaney était passée par ici. L'une d'elles avait profité de l'arrêt du convoi pour soulager ses besoins naturels. La position des empreintes de pieds ne mentait pas, ni l'odeur d'ammoniac.

Nous reprîmes notre chevauchée, nous sachant désormais sur la bonne piste. Mais quatre milles plus loin, les roulières menaient droit à la rivière. Le général Strange avait vu juste. Ils avaient franchi le cours d'eau. Mais comment diable avaient-ils fait pour traverser là, alors que la Saskatchewan y était large et tumultueuse ? Avaient-ils des embarcations avec eux ? Le major Steele décida de pousser plus avant.

— C'est une vieille ruse, capitaine Villeneuve. Ils veulent berner leurs éventuels poursuivants.

Je regardai Lafontaine, qui hocha la tête. Le raisonnement se tenait. D'ailleurs, nous n'avions pas parcouru plus d'un mille en suivant la berge, particulièrement plate et facile d'accès à cet endroit, que nous tombâmes sur de nouvelles traces du convoi. Ténues, certes, mais que ne manqua pas de remarquer Steele. Je pensai que Gros-Ours savait ce qu'il faisait. Les Cris habitaient ce territoire depuis des millénaires, ils savaient que cette zone précise de la rivière permettait ce genre de manœuvre.

Les traces rejoignaient un nouveau sentier plus large. On suivit cette route vers l'est, tous nos sens aux aguets. Les rares marques de sabots que nous trouvions dans la boue semblaient récentes. Nous étions dans un secteur appelé Pipe Creek. Bientôt, la route s'éleva au flanc d'une montagne. Le major Steele nous mit au galop et l'on entreprit une course folle vers le sommet. Je m'accrochais aux rênes et au pommeau tant bien que mal. Je commençais à épouser le mouvement du cheval, mais l'entrejambe me faisait mal.

Le premier éclaireur arrivé sur la crête nous signifia de nous taire en abaissant le bras plusieurs fois. Il montra discrètement un endroit au cœur d'un taillis avant de se saisir de sa carabine. Nous n'étions plus qu'à une centaine de pieds de l'éclaireur. Puis on entendit des bruits, des branches qui craquaient. Une puissante détonation brisa le silence. Le coup de feu avait surgi à travers les branches. La balle frôla nos têtes. Je sentais mon cœur battre la chamade.

— He's there! hurla l'éclaireur, qui épaula son arme.

Profitant de l'effet de surprise, l'Indien était sorti du fourré et décampait par la piste sur son étalon noir. J'eus le temps de voir un visage avec ses peintures de guerre avant que l'éclaireur le mette en joue et l'abatte. L'Indien tomba de sa selle alors que son cheval continuait à caracoler. Je remis ma monture au galop pour m'approcher de l'Indien, qui ne bougeait plus. Je mis pied à terre le plus rapidement qu'il m'était possible de le faire et me penchai. La balle l'avait touché dans le cou. Il n'avait plus de pouls, du sang avec des bulles sortait de la blessure.

— *Well aimed !* félicita le major.

L'éclaireur qui l'avait tué, un rouquin, descendit de cheval à côté de moi et retourna aussitôt le corps avec son pied. Il sortit son couteau, se pencha sur le cadavre encore chaud et trancha l'oreille du guerrier.

J'étais sidéré. Je croisai le regard de Lafontaine, qui fulminait. Le geste irrespectueux du soldat le choquait autant que moi, sinon plus. Il bouillait littéralement. Je ne l'avais jamais vu dans un tel état. Il descendit prestement de sa monture et s'avança vers le soldat qui pavoisait avec son oreille.

— Qu'est-ce que vous allez faire avec ça ? *What you're gonna make with that ?*

— *What do you want, you damned…?*

Lafontaine se rua sur lui. Je me relevai d'un bond pour m'accrocher à lui et l'empêcher de faire un mauvais parti au rouquin.

— *Shut up*, hurlait Lafontaine. *I'm an officer. Don't speak to me like that.*

Le major Steele s'interposa à son tour et nous réussîmes à séparer les belligérants. Steele demanda à son soldat de s'excuser. Ce dernier obtempéra comme si cela lui causait un mal de dents. Il est vrai que les Indiens avaient aussi la tradition des trophées de guerre, qui allait de l'amputation au scalp en passant par la mutilation, mais si nous venions en civilisateurs, il fallait commencer par donner l'exemple. Lafontaine avait raison.

Pendant que Lafontaine expliquait aux scouts, qui le regardaient comme s'il sortait d'un asile d'aliénés – et Steele n'était pas en reste ! –, qu'il ne fallait pas prélever ce genre de trophée de guerre, je m'accroupis de nouveau près de la victime et fouillai ses poches. Je trouvai dans l'une d'elles son carton sur laquelle je lus son nom : Meeminook. Probable qu'il constituait la garde arrière du convoi de Gros-Ours, et donc que ce dernier ne devait pas être très loin devant nous.

Nous enfourchâmes de nouveau nos montures et les mîmes au galop. Moins de vingt minutes plus tard, alors que le chemin longeait une falaise, nos soupçons se confirmèrent. En contre-plongée, dans la lumière orange du soleil couchant, une longue colonne indienne avançait en bas dans la vallée et se dirigeait vers le nord-est. Ils devaient être au moins quatre ou cinq cents.

Alors que nous contemplions discrètement l'avancée du convoi, j'eus une pensée pour les otages de Gros-Ours. Il aurait été suicidaire de tenter de les délivrer sur-le-champ. Nous ne faisions pas le poids. Mais nous avions une vague idée de l'endroit vers lequel ils se dirigeaient.

Avant qu'ils ne découvrent notre présence ou n'envoient d'autres éclaireurs, nous décidâmes de nous tirer de là. Il était urgent de faire notre rapport au général Strange.

CINQUIÈME PARTIE

Dans la fournaise

Il est, en outre, convenu entre Sa Majesté et les dits Indiens que les effets suivants devront être fournis à toute bande des dits Indiens, qui s'adonnent maintenant à la culture du sol, ou qui commenceront par la suite à se livrer à la culture de la terre, savoir : quatre houes pour chaque famille cultivant actuellement, aussi deux bêches par famille comme ci-dessus ; une charrue pour chaque trois familles comme ci-dessus, une herse pour chaque trois familles comme ci-dessus ; deux faux et une pierre à aiguiser, et deux fourches à foin et deux faucilles pour chaque famille comme susdit ; et aussi deux haches, et aussi une scie à scier de travers, une scie à main, une scie à scier de long, les limes nécessaires, une meule et une tarière pour chaque bande.

Traité N° 6, 1876

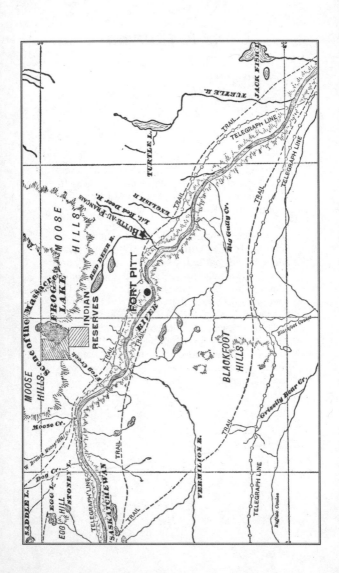

20. La bataille de la Butte-au-Français

Au matin, la brune Saskatchewan avait la couleur de mes humeurs. La discussion avec Lafontaine et le geste barbare du scout avaient laissé des traces. Je vivais mal ces contradictions. Je me sentais écartelé sur le plan moral. J'aimais être au diapason de ce que je constatais et ce que je croyais. Il me fallait accorder ma vision à celle des événements d'une manière rationnelle, affranchie de toute émotion. La justesse de la pensée devait ensuite motiver les gestes à poser.

Le major Hughes me gratifia d'une tape amicale.

— À quoi pense le capitaine Villeneuve ?

Je ne pipai mot.

— Quand on ne répond pas, c'est que l'on pense à sa belle.

Une centaine de soldats montaient à la queue leu leu. Lafontaine à bâbord et Lupien à tribord les plaçaient afin de bien équilibrer le poids. Cheveux au vent, Lafontaine affichait une mine d'enterrement. Lui, d'ordinaire si blagueur, toujours prêt à dégainer sa bonne humeur, répandait un malaise perceptible. La mine sombre, l'uniforme, les yeux, la barbe et les longs cheveux noirs, il ressemblait à un corsaire qui n'entend pas à rire.

Lafontaine se pencha pour vérifier si les caisses avaient été bien attachées. Le rationnement pesait lourd sur le moral. D'ici trois à quatre jours, nos rations seraient épuisées, ce qui posait un grave problème stratégique à la veille du combat.

À la suite de notre rapport de la veille, le général Strange avait décidé de descendre la rivière le plus lentement possible, à la vitesse d'une colonne en marche, afin d'éviter toute surprise. Il avait aussi demandé à Steele et à ses acolytes de poursuivre la surveillance de la tribu et d'établir une ligne de liaison avec le bataillon afin qu'il soit constamment au courant de la position de l'ennemi.

L'ordre de départ fut donné. Je fis larguer les amarres de *Big Bear*. La barge s'éloigna de la rive et fut happée par le courant. Je constatai qu'elle gîtait un peu trop à bâbord. Je fis signe à Rivard de transférer de bâbord à tribord quelques colosses contre de plus petits soldats. Il ne fallait surtout pas chavirer dans la Saskatchewan. Ce serait catastrophique.

Nous étions en route depuis une heure quand nous aperçûmes un des gars de Steele sur la berge nord. Un des métis lança une perche dans sa direction. Un long filin y était attaché, ce qui permettait de la ramener sans encombre à la barge. C'est Strange qui avait élaboré ce système afin que nous n'ayons pas à rapprocher inutilement une barge de la rive. L'éclaireur attacha son rapport à la perche, qui fut promptement ramenée au *Nancy*.

Les nouvelles n'avaient rien de réjouissant. La tribu avait atteint dans la nuit une forteresse naturelle anciennement appelée la Butte-au-Français. Les Cris nous attendaient là. Steele avait assisté au matin à la danse du soleil et aperçu les peintures faciales agressives des guerriers.

Je consultai le croquis qui accompagnait le message. Le théâtre des opérations favorisait nos ennemis. Les Cris occupaient une crête escarpée encerclée d'une forêt dense. Ils avaient commencé à creuser des trous pour les tirailleurs.

Steele demandait la permission de tester l'étanchéité de leur position afin d'évaluer le nombre de guerriers indiens. Le général Strange et le major Hughes débattirent de la question. Il fallait savoir si Faiseur-d'Enclos et ses hommes avaient rallié les guerriers de Gros-Ours, mais aussi comment était leur ravitaillement. Je fis remarquer qu'il serait important de savoir si les Cris étaient au courant de l'arrestation de Riel. J'avais la certitude qu'ils seraient moins combatifs, advenant le cas, mais le major Hughes rétorqua qu'il se pourrait aussi, s'ils savaient, qu'ils combattent avec ce qu'on nomme l'énergie du désespoir.

De nos embarcations, nous aperçûmes bientôt, entre les montagnes, les signaux de fumée des Indiens. Nous étions dans l'antichambre de la bataille.

— J'aimerais bien savoir ce qu'ils peuvent se dire avec cette fumée.

— Ils nous souhaitent sans doute la bienvenue, dit Lafontaine pour détendre l'atmosphère, ce qui déclencha quelques rires chez ceux qui avaient encore le sens de l'humour dans les circonstances.

Strange ordonna l'accostage immédiat de notre petite flotte et il réunit son état-major pour mettre au point son plan de bataille. Peu avant midi, il partait vers les défenses ennemies avec des effectifs restreints pendant que la flottille, sous le commandement du major Hughes, retournait au milieu de la Saskatchewan en attendant le signal de bouger.

Alors que le maigre dîner s'achevait, nous entendîmes les premiers coups de feu au loin, par-delà les collines. Puis un coup de canon causa un grand élan de joie sur le bateau. Ce premier tir lourd constituait le signal d'engagement. Strange testait la défense adverse. Il avait prévu contourner les flancs de l'ennemi afin d'enlever à Gros-Ours toute possibilité de retraite vers le nord. C'était à nous de prendre position devant les forces cries, mais sans provoquer l'affrontement. Il

importait de ne pas mettre en danger les otages, dont
la délivrance demeurait notre objectif prioritaire.

J'ordonnai aux bateliers de larguer les amarres, de
descendre la rivière jusqu'au point déterminé puis de
rejoindre la rive.

Sur le *Big Bear*, les soldats étaient impatients de
fouler la terre et de se diriger vers notre position. J'avais
l'impression de faire du surplace tellement j'avais hâte,
comme mes hommes, d'être dans le feu de l'action.
J'avais des papillons à l'estomac.

Mais pressés de manœuvrer la barge, les Métis re-
lâchèrent leur surveillance et des roches râpèrent soudain
la coque du chaland. Celui-ci s'échoua brusquement
et prit une gîte inquiétante. Plusieurs hommes furent
projetés par-dessus bord.

— Tabar de tabar!... pestait Lafontaine en se remettant debout dans la rivière, de l'eau jusqu'à la
ceinture.

Heureusement, le courant n'était pas fort à l'endroit
où nous nous étions échoués.

— Tout le monde à l'eau pour décharger le bac,
criai-je.

— C'est déjà fait! râla Lupien.

On maugréa, mais je n'eus pas à répéter l'ordre.
Dans cette position précaire, nous devenions une cible
facile. Un à un, les hommes rejoignirent ceux qui étaient
déjà à l'eau et, à la chaîne, ils portèrent les caisses de
munitions à terre pendant que les autres barges accos-
taient sans problème. Avec de grands efforts parsemés
de jurons, l'on parvint à dégager *Big Bear* et à le rapprocher de la rive.

Ensuite, il fallut trouver un endroit pour mettre la
flottille en sécurité. À l'instar des autres capitaines,
nous remarquâmes un îlot qui permettrait de cacher
les bateaux loin de la rive. Avec quatre hommes pour
assurer la protection en cas d'attaque, les bateliers
dirigèrent les barges vers leur cachette.

Avec cette sensation inconfortable des pieds mouillés dans les bottes, je rejoignis le major Hughes et le père Provost qui discutaient alors que retentissaient des coups de feu par-dessus le rugissement de la rivière.

Le major se raidit et hurla un commandement en accentuant chaque syllabe.

— BA-TAIL-LON ! AT-TEN... TION ! Le père Provost va maintenant procéder à l'absolution avant le combat.

Tous s'agenouillèrent en retirant leur chapeau. Le père tendit les bras au ciel. Chacun, inclinant la tête, demanda à Dieu la force de survivre à ce qui allait suivre.

— *Ego vos absolu*, commença l'aumônier en levant la main droite pour nous bénir.

Le moment, empli de solennité, était de ceux où la vie et la mort s'affrontent ; où l'on se dit que tout peut s'achever à vingt ans, que tout aura été bref mais intense. J'eus une pensée pour mon père, ma mère ainsi que pour ma sœur et mes deux frères. Je repassai en images les quartiers de mon enfance et les rues Sainte-Marie-Hochelaga, Ontario, Saint-Urbain, Saint-Denis, le flânage dans le Chinatown et les baignades sur les berges du Saint-Laurent...

Après s'être signé, chaque soldat rejoignit sa compagnie en silence.

— EN AVANT, MARCHE ! ordonna Hughes d'une voix forte.

Les compagnies se dirigèrent vers la zone de combat par le chemin le plus court, mais la colline qui se dressait devant nous n'avait rien d'invitant pour des estomacs vides. Ma carte indiquait que la Butte-au-Français était derrière cette colline, près de la rivière Chevreuil-rouge dont nous venions de passer l'embouchure. Boussole à la main, le major Hughes, à qui Strange avait remis le commandement, maintenait le cap vers le nord-est. Nous peinions à nous frayer un chemin à travers une forêt de trembles. Il fallait élaguer des branches avec les haches pour s'ouvrir un sentier. Notre colonne s'étendait sur plusieurs centaines de verges, ce qui m'inquiétait et rendait les communications difficiles. Le caporal Hamel, qui marchait juste derrière moi, me demanda si je savais pourquoi l'endroit où nous allions nous battre s'appelait la Butte-au-Français.

J'avais appris la réponse le matin même, pendant la réunion de l'état-major, mais je me gardai de lui dire qu'un Français avait un jour été tué sur ce promontoire. Ce serait un mauvais présage. Je lui racontai plutôt que, des centaines de colons canadiens-français qui avaient colonisé l'Ouest, l'un d'eux avait voulu laisser sa trace après avoir passé là-haut la nuit la plus belle de sa vie…

— Est-ce qu'on sait pourquoi il considérait que c'était la nuit la plus belle de sa vie ? demanda le garçon.

— Non, il ne l'a jamais révélé à quiconque, mais le nom est néanmoins resté.

Hamel ne répondit rien, mais je savais que son imagination comblerait facilement les trous de mon histoire.

On arriva en vue de la Butte-au-Français une demi-heure plus tard. Tout comme l'ensemble de la troupe, je fus surpris de trouver sur place le général Strange et ses hommes. Manifestement, quelque chose l'avait obligé à modifier le plan prévu. En nous voyant arriver, Strange exprima un soupir de soulagement. Il fit signe au major Hughes et aux capitaines de le rejoindre, sitôt les ordres de disposition donnés, dans la petite tente qui lui servait de poste de commandement.

Je pris mes jumelles pour analyser les lieux. Devant nous, en contrebas, s'étalait un terrain plat et marécageux dégagé sur une large surface. Sur notre gauche coulait la rivière du Chevreuil-rouge, rejointe devant nous par son affluent, la Petit-chevreuil-rouge. Leurs tracés étaient délimités par des saules gigantesques. De l'autre côté de la petite rivière, le sol marécageux de la rive s'étendait encore un peu jusqu'à la base de ce qui constituait le flanc sud de la Butte-au-Français, un mont en forme de gros bonnet. J'aperçus les Indiens sur le sommet. Leurs installations formaient une longue ligne sur la crête de la butte. En dessous, d'autres guerriers étaient retranchés sur les glacis. Ils avaient fortifié leurs positions en s'enfouissant comme des taupes. Je distinguais des centaines de têtes émergeant des trous, à l'affût. Des arbres avaient été piqués un peu partout sur le flanc à moitié dénudé de la montagne et des loques multicolores, pendues aux branches, battaient au vent. Les Cris les avaient accrochées pour nous intimider. Ce rituel semait la confusion et créait une étrange ambiance de foire.

À voir les positions ennemies, je compris que Gros-Ours était un fin stratège. Non seulement semblait-il difficile de les contourner, mais l'attaque frontale ne serait pas de tout repos. Car c'était sans appel : nous allions devoir nous battre !

Gunner Jingo nous expliqua succinctement qu'il lui avait été impossible de prendre les Indiens par leurs flancs. Devant les tirs nourris, ils avaient dû riposter mais, très vite, le général s'était aperçu qu'à ce rythme ses soldats manqueraient de munitions. Il avait donc décidé de rebrousser chemin pour nous attendre ici. Il nous informa qu'il n'y avait pas eu de victimes parmi les nôtres, mais que les balles avaient sifflé comme une pluie de printemps.

— *Well*, ils ne semblent pas prêts du tout à se rendre, constata-t-il. Nous avons aperçu Esprit-Errant, il se promène d'un point à l'autre pour encourager ses troupes. Il les garde alertes et redoutables.

Gunner Jingo nous fit sortir de la tente, qu'il avait installée tout près du bord de l'escarpement où nous nous trouvions, pour nous exposer sa nouvelle tactique.

Il désigna avec une branche la partie gauche des flancs de la Butte-au-Français.

— Notre seule chance passe par là. L'attaque frontale est risquée. La ligne indienne s'étend sur plus d'un mille. Elle est à six cents verges de nos positions actuelles. À cette distance, les tirs ne sont d'aucune utilité. Il faudra s'approcher à moins de quatre cents verges pour atteindre nos cibles, et encore ! Il faut être un damné bon tireur pour faire mouche à cette distance et…

Il s'arrêta soudain de parler et, quittant le cercle des officiers, s'avança pour observer le terrain en contrebas. Je le vis se parler à lui-même en lissant sa barbe, cherchant je ne sais quelle faille au plan qu'il avait commencé à nous exposer. Sans nous avertir, il dévala le ravin dans une position peu honorable pour un grand homme, mais chacun s'interdit de sourire. Il marcha ensuite tout droit vers la Petit-chevreuil-rouge. Son avancée n'avait pas échappé aux soldats qui, tous, le suivaient des yeux. L'ennemi aussi avait aperçu son manège et, dès qu'ils jugèrent possible de l'atteindre, on entendit des coups de feu tirés dans sa direction, ce qui nous fit craindre le pire. Or, le vieux général progressait sur le terrain marécageux comme s'il était dans les prés à la campagne un dimanche après-midi, les mains dans le dos. Il hochait la tête, regardait à gauche et à droite, analysant le terrain. Finalement, après s'être rendu jusqu'à la rivière, il rebroussa chemin et, quelques minutes plus tard, il remontait la pente abrupte menant à notre emplacement. Personne ne disait mot. Le major Hughes pointa un doigt vers sa jambe droite. Tous remarquèrent la trace faite par une balle qui avait effleuré son pantalon.

Fidèle au flegme britannique, Strange lança au major, avec son accent écossais : « *I think they aim at me…* », ce qui déclencha l'hilarité et lui valut un vibrant « Vive le général ! » Ce dernier brossa sa vareuse et, sans s'occuper de son pantalon souillé, reprit son discours là où il s'était arrêté.

— *Well*, voici ce que nous ferons: afin de gruger le flanc gauche de l'ennemi, nous détournerons son attention par une attaque frontale surprise. Pendant que mes petits diables noirs du 65e avanceront au centre, la cavalerie se déploiera pour, une fois traversée la rivière, s'engager sur la butte par la gauche. Les Sauvages, qui se seront concentrés sur l'avancée de l'infanterie, devront diviser leurs forces. Une fois la cavalerie en position à la gauche de l'ennemi, l'infanterie pourra traverser la rivière et reprendre l'attaque pour seconder la cavalerie.

Avant de nous lancer à l'attaque, le général tint à nous rappeler les objectifs de la mission.

— Il faut mettre Gros-Ours en état d'arrestation et libérer les prisonniers, qui sont derrière les lignes ennemies sous bonne garde. Pas question de tirer en direction de la crête, de risque d'atteindre accidentellement les otages.

Il nous avisa ensuite que le terrain sur lequel nous allions nous engager était fangeux et plein de sables mouvants. Il produisit le plan sommaire qui avait été tracé par les éclaireurs et, du doigt, nous indiqua les endroits à éviter. Puis il nous fit rompre les rangs et, pendant que le général réintégrait sa tente pour se changer, nous retournâmes vers nos hommes. Il fallait préparer notre dernière avancée.

Je ressentais ce doux frémissement d'avant l'épreuve. En me servant de mes jumelles, je voyais les Cris vaquer à leurs occupations derrière leurs lignes. On entendait depuis quelques minutes le battement sourd et rapide des tam-tams. Il marquait la cadence et les cris des Indiens – un trémolo aigu – qui se rendaient jusqu'à nous. Parfois aussi, on entendait des rires stridents. Les guerriers arboraient leurs peintures de guerre et ils étaient bien armés. Comme nous l'avait mentionné Lépine, ils avaient mis la main sur l'arsenal de la PCN-O et ils étaient tous munis de Winchester à répétition. C'était de mauvais augure. Les Métis de Dumont, trois fois moins nombreux, avaient par deux fois infligé des pertes sévères aux volontaires. Même Middleton et ses hommes bien entraînés avaient dû battre en retraite. Seul le manque de munitions avait empêché les Métis de remporter une victoire décisive.

J'abaissai mes jumelles.

— Ils sont deux fois plus que nous, confiai-je à Lafontaine, que j'avais rejoint.

— Dans leurs trous, c'est comme s'ils étaient dix fois plus nombreux.

— Mais les Russes ont battu Napoléon en 1812 à un contre dix.

Lafontaine haussa les épaules.

— En les entraînant dans le piège de Moscou et en pratiquant la stratégie de la terre brûlée… Pas sûr qu'on soit capables de faire ça ici, Georges !

Je passai les lunettes à Lafontaine pour qu'il constate ce qui nous attendait en face.

— Ils souhaitent qu'on les attaque de front, dit-il après avoir contemplé le panorama.

— Et c'est ce qu'on fera, mais pas avant d'avoir mis en position notre cavalerie. Ce sera néanmoins difficile pour nous.

— C'est pour ça qu'on nous a demandé de faire un testament avant de partir.

— Tout s'explique, conclus-je sur un ton mi-figue, mi-raisin.

À l'instar des autres capitaines, je donnai mes ordres pour que les soldats de la cinquième compagnie forment les rangs.

Quelques instants plus tard, Strange venait nous saluer et souhaitait bonne chance aux soldats.

— *Well*, messieurs, le moment est enfin venu. Pensez à tous les efforts que vous avez faits pour vous rendre jusqu'ici. Comme le dit votre devise : ne reculez jamais ! Sauf à mon commandement, *indeed* ! Que Dieu vous bénisse.

Se rendre jusqu'à la butte serait ardu. Se hisser jusqu'à son sommet encore plus. Autour de nous, les hommes étaient sur le qui-vive, inquiets mais prêts à foncer. Le soutien de l'artillerie lourde et beaucoup de chance seraient indispensables. Il faudrait manœuvrer sur un terrain boueux, ce qui n'avait rien de réjouissant, franchir une rivière, patauger encore avant d'atteindre la base de la position ennemie. La montée qui suivrait serait terrible pour les soldats, canardés généreusement, et je ne voulais pas penser au prix qu'elle nous coûterait !

Des signaux de fumée s'élevèrent de nouveau du sommet de la Butte-au-Français. Les Indiens attendaient-ils du renfort ? Étions-nous sur le point d'être encerclés sans le savoir ? Cette possibilité me glaça le sang. La perspective de voir le chef Faiseur-d'Enclos se joindre aux Cris était une possibilité qui faisait craindre le pire à l'état-major. Je gardai cette pensée pour moi-même afin de ne pas démoraliser les troupes.

Strange réunit une dernière fois ses officiers avant l'assaut. Le regard rembruni du général disait tout. Les Cris connaissaient bien le terrain de leurs ancêtres.

— *Gentlemen, we will kick them out of there!* J'ai vu pire au Bengale. Ici, dites-vous qu'il n'y a pas de tigres mangeurs d'hommes !

— Juste des grizzlys, entendis-je murmurer Lafontaine.

Par un signe de la main, Strange ordonna à l'artilleur de charger le canon et de faire feu. L'obus frappa le flanc de la butte en plein à la hauteur des lignes indiennes et fit jaillir un gros bouquet de terre. Un grand cri de joie suivit la frappe. Le nuage de boucane du canon voila le ciel en s'élargissant. Mais en regardant les deux seuls caissons de l'artillerie lourde, je fus sidéré de constater que nous allions être à court d'obus si la bataille durait plusieurs heures. Des salves de carabines ripostèrent, mais nous étions trop loin pour nous en inquiéter. Le canon tonna une deuxième fois.

Strange se tourna vers le major Steele et sa cavalerie, puis vers nos hommes, et l'ordre d'avancer fut lancé.

Ma compagnie s'ébranla et entreprit la descente du coteau qui menait au terrain marécageux bordant la rivière. De l'autre côté, sur le flanc de la butte, des guerriers sortirent de leurs trous pour descendre vers l'autre rive, plus étroite. Alors que nous avancions, je vis l'ennemi s'embusquer derrière des buissons. J'ordonnais à mes hommes de se coucher au sol que déjà ils tiraient sur nous. Quelques secondes plus tard, nous ripostions. Les feux croisés sifflaient tout autour. La pétarade était infernale. Le major Hughes hurla aux officiers de progresser par échelon afin de minimiser les pertes.

C'est la cinquième qui entama le mouvement. À mon commandement, mes hommes se levèrent et poussèrent un « Hourra » bien senti en entamant leur course sur une dizaine de mètres avant de se jeter de nouveau à plat ventre. Puis une autre compagnie nous relaya en criant à son tour un « Hourra » martial qui galvanisait les troupes.

La cavalerie passa en coup de vent sur notre flanc gauche. Les sabots faisaient jaillir de longues mottes de terre en battant le sol. Mais le terrain spongieux ralentissait sa progression. Les Indiens voulurent la poivrer généreusement, mais notre tir nourri les en empêcha. Déjà les hommes de Steele étaient rendus à la rivière, qu'ils traversaient à grand renfort d'éclaboussures. Il fallait les voir, en équilibre précaire sur leur monture, le fusil pointé d'une main vers l'ennemi.

Les salves tirées dans notre direction devinrent moins intenses et le major Hughes ordonna un assaut général. Chaque compagnie fonça vers la rivière en hurlant « *Nunquam Retrorsum* » tandis que les balles fendaient l'air tout autour de nous. Je fermais la marche derrière

Lafontaine. On s'époumonait pour encourager les soldats. Chaque capitaine, chaque officier faisait de même derrière ses hommes, les encourageant, étudiant la configuration du terrain, prêt à les protéger. Devant nous, de l'autre côté du cours d'eau, les Indiens qui s'étaient avancés retraitèrent vers le flanc de la butte, qu'ils gravirent prestement pour rejoindre leurs abris.

Une fois sur le bord de la rivière, je commandai aux soldats de se disperser et d'adopter la position du tirailleur. Couchés, se déplaçant sur les coudes, ils s'exposaient le moins possible. Se mouvoir en groupe eût été dangereux. Accroupi, j'étudiais les mouvements sur le flanc de la Butte-au-Français. La Winchester en joue, je maintins ma respiration et tirai un premier coup : mon baptême du feu. Parfois j'apercevais une tête, mais je me fiais aussi aux traces de fumée que laissaient leurs coups de feu avant d'appuyer sur la détente. Les obus de canon, que l'artilleur continuait d'envoyer, catapultaient des gerbes de terre et d'acier en touchant les glacis.

Quelques-uns de mes hommes furent les premiers à se jeter dans la rivière. Sur l'autre berge, ils se cachèrent sous les saules. Certains s'étaient envasés jusqu'à la taille dans la boue. C'était un vrai miracle qu'aucun n'ait encore été atteint. Les projectiles avaient recommencé à fuser, ils s'entrecroisaient dans notre direction. Les soldats répliquaient par un feu nourri. La Winchester chauffait entre mes mains alors que j'alignais les tirs. Nous avions beaucoup avancé, mais de là à s'engager sur la butte… Une pluie d'acier faisait gicler l'eau de la rivière. Ma ceinture de balles s'allégeait de plus en plus. Lafontaine m'avisa à son tour que ses munitions s'épuisaient.

— Qu'est-ce qu'on fait ? hurla-t-il. On ne peut pas traverser la rivière sous ce déluge. On sera tous morts si on se lance.

Je cherchai des yeux le major Hughes, mais ne le vis nulle part. J'ordonnai à mes soldats de réduire le tir. Puis j'entendis les autres capitaines faire de même. Constatant que nous avions diminué le feu, les Indiens accrurent le leur. On entendait à travers le vacarme ambiant leurs cris guerriers qui cherchaient toujours à nous intimider.

Je pris ma lunette d'approche. Des nuages de fumée s'élevaient un peu partout sur la falaise. Je vis un obus s'abattre en plein sur une cache ennemie en faisant jaillir un geyser de terre brun-rouge. Je vis aussi un Indien avec quatre plumes et un bonnet de lynx qui circulait d'une tranchée à l'autre. Il franchissait les glacis avec agilité. Il paraissait très agité. Esprit-Errant. D'après ce que je voyais, il portait assistance à un guerrier qui avait été blessé. Je tendis l'instrument à Lafontaine.

— Les obus font du ravage. C'est nettement plus efficace que nos tirs.

— Et que les leurs, heureusement, riposta Lafontaine. Nous sommes tous trop loin pour pouvoir viser quoi que ce soit.

Je réfléchis à sa remarque pendant qu'il portait les jumelles à ses yeux pour étudier à son tour la situation. Nous n'avions pas encore subi de pertes, à ma connaissance, mais ce serait différent au cours de l'assaut final.

Pendant plusieurs minutes, le théâtre des opérations demeura inchangé. Nous ne pouvions avancer, ils ne pouvaient pas vraiment nous atteindre. Les miliciens qui avaient réussi à traverser la rivière, eux, couchés dans la vase ou à mi-corps dans l'eau, bien protégés par les saules, continuaient d'opposer une forte résistance au barrage de feu des Indiens. Puis ce qui devait arriver arriva. J'entendis un hurlement à ma droite et un soldat tomba.

— Blessé près de la rivière, cria-t-on tout autour.

Quelques instants plus tard, je voyais foncer à toutes jambes l'ambulancier Prieur et le docteur Paré. Avec de grands signes de bras, des soldats indiquaient l'emplacement du blessé. De notre retraite, Lafontaine et moi les vîmes installer le soldat sur le brancard et le ramener vers le campement. Quand ils passèrent près de nous, je reconnus le caporal Lemay. Il semblait mal en point. Sa blessure saignait abondamment.

Ce que j'appréhendais se produisit ensuite. On entendit certains des soldats qui avaient traversé crier qu'ils n'avaient plus de munitions. Nous manquions aussi d'obus, à entendre le rythme de plus en plus espacé de la canonnade. Je regardai ma montre. L'engagement était commencé depuis trois heures. Je n'avais pas vu le temps passer. J'étais en sueur, couvert de vase. À côté de moi, Lafontaine avait le visage sali de boue séchée. Seuls ses yeux brillaient dans ce masque craquelé.

— Tu en es où, dans les munitions? lui demandai-je.

— Je n'en ai plus, m'avoua-t-il piteusement.

Je lui remis cinq balles.

Les tirs s'espaçaient de plus en plus. Les Indiens devaient bien s'en apercevoir. J'avais tiré plus d'une centaine de fois. Les nuages de poudre explosive se mouvaient au-dessus de nos têtes, me piquant les yeux que j'essuyais sur le revers de ma manche. J'avais la gorge sèche comme du papier-émeri. Je pris ma gourde pour me désaltérer.

Droit devant nous, un autre soldat qui tiraillait fut touché. Les brancardiers descendirent une nouvelle fois.

Mon regard se porta vers la Butte-au-Français. Je vis que la cavalerie, si elle s'était bel et bien engagée sur le flanc gauche de la montagne, avait été obligée de se retrancher également. Les hommes de Steele devaient-ils eux aussi économiser leurs munitions? Nous étions si près et à la fois si loin de la victoire. Dans les circonstances, il eût été suicidaire d'entreprendre l'assaut final vers le sommet. En fait, ma crainte était de voir sourdre de nouveau les Indiens de leurs tranchées pour s'avancer sur nous.

J'en étais là de mes réflexions quand le major Hughes donna l'ordre de retraiter. Comme la cinquième avait été à l'avant, ce serait à nous d'assurer l'arrière-garde. Le lieutenant Lafontaine fit transmettre le message aux hommes de l'autre bord de la rivière. Nous couvrîmes par de judicieuses salves leur retour sur notre côté. Puis nous dépensâmes nos dernières munitions pour permettre le retour de la cavalerie. Je sentis sous moi le sol trembler sourdement quand elle passa au galop à mes côtés, labourant la tourbière. Je crus que j'allais être piétiné sous les sabots. L'écume aux lèvres, les chevaux faisaient gicler la vase qui nous éclaboussait. Je me tournai pour regarder les hommes de Steele remonter bientôt la pente jusqu'au plateau où se trouvait notre campement. Puis on assura la retraite des tuniques rouges de Winnipeg. Enfin, je criai à mes hommes de lancer le mouvement arrière. Le canon cracha plusieurs obus pour garantir notre retour sains et saufs derrière nos lignes. Notre compagnie fut la dernière à gravir le coteau. J'avais les tympans endoloris par le vacarme assourdissant, mais j'étais heureux d'être vivant.

En arrivant sur le plateau, assoiffé, j'aperçus derrière un chariot le docteur Paré penché au-dessus d'un blessé. C'était Lemay. Celui-ci gémissait, atteint à la poitrine d'une balle que le docteur tentait d'extraire. À ses côtés, le père Provost administrait l'extrême-onction. En m'approchant, je vis les autres blessés. Il y avait le caporal Marcotte, touché à l'épaule, et un gars de la Police montée, qui avait eu l'oreille droite arrachée et saignait comme un cochon. S'il survivait, il porterait une trace indélébile de ce 28 mai 1885.

Tous les soldats du 65e trouvaient frustrant de retraiter ainsi alors que la devise du bataillon disait le contraire. Mais seule la folie aurait pu nous mener jusqu'en haut de la butte. Le courage aveugle n'a aucun sens quand il n'y a rien à gagner. Il fallait admettre notre défaite, car nous n'avions toujours pas reçu les renforts demandés au général Middleton. Et sans munitions supplémentaires, rien n'était possible.

Le général Strange sonna l'heure du retour. Nous rapaillâmes nos maigres biens et ralliâmes la flottille. À notre arrivée au bord de la Saskatchewan, une mauvaise nouvelle nous attendait: nos barges n'étaient plus à l'îlot! Jamais n'ai-je entendu une telle litanie de blasphèmes courir dans les troupes.

Un des gardiens était demeuré sur place à nous attendre. Il informa le général que les vigies avaient été attaquées peu après notre départ pour la Butte-au-Français et que, en désespoir de cause, les Métis avaient décidé de descendre plus loin sur la Saskatchewan pour sauver les barges. Jusqu'où? Il ne le savait pas.

Décidément, notre déroute était complète. Nous nous remîmes en marche le long de la grande rivière, à la recherche de nos embarcations. L'estomac dans les talons, les émotions à fleur de peau, personne n'avait envie de parcourir ce trajet supplémentaire. Mais nous n'avions pas le choix.

Pendant que nous cheminions, chacun racontait sa version de la bataille, ses impressions. Tout le monde était fébrile après un tel combat, tous avaient une anecdote à partager. Et nous avions une pensée pour nos blessés, pour qui le périple n'était pas de tout repos.

C'est seulement à la brunante qu'on aperçut enfin les bacs. Heureusement, ils n'avaient pas souffert de l'attaque.

Couché sur le pont à la belle étoile, je ne pus m'endormir avant deux heures du matin tellement j'étais fourbu et énervé. J'avais parcouru trois mille milles pour en arriver là, allongé parmi les soldats sur une embarcation de fortune qui tanguait sur les flots. Je repensai à cette journée où j'avais tiré la totalité de mes

munitions sur les positions ennemies. Je pouvais sentir
à nouveau les balles m'effleurer, j'entendais toujours
dans ma tête le bruit et la fureur de l'attaque. J'aurais
pu mourir plusieurs fois, mais la bonne fortune en avait
décidé autrement. La vie est ironique. Les Indiens
s'étaient retranchés sur un mont appelé Butte-au-
Français parce qu'un francophone y était mort; peut-
être était-ce pourquoi aucun de nous n'avait perdu la
vie aujourd'hui. Je m'endormis en pensant que c'était
probablement en rêvant à cela que le Français de mon
histoire avait dit avoir vécu la plus belle nuit de sa vie.

◆

Deux jours plus tard, à la demande du général
Strange, un petit groupe d'officiers, dont j'étais, retourna à la Butte-au-Français. Car à notre étonnement,
les éclaireurs de Steele nous avaient avisés, le lendemain de la bataille, que Gros-Ours et ses hommes
avaient abandonné leur forteresse. Pourquoi? N'avaient-
ils pas remporté la victoire? La question était sur toutes
les lèvres. On se demanda tous dans quel état se trouvaient les Cris. Avaient-ils subi plus de pertes que nous
ne l'avions cru? Était-ce notre feu nourri ou la capture
de Riel qui avait incité Gros-Ours à se retirer?

En gravissant le flanc de la montagne, je fus surpris par le génie militaire des Cris. Nous aurions subi
d'énormes pertes si nous avions eu les munitions nécessaires pour monter à l'assaut de la butte. Plus de
trois cents trous et tranchées avaient été creusés. Une
vraie place forte. Il y avait des signes que de nombreux
guerriers avaient été blessés ou tués. Des mares de sang
séché et des pièces de vêtements rouges indiquaient
que nos tirs avaient touché la cible. Les fanions colorés
voletaient toujours, accrochés aux arbres.

Lorsque nous atteignîmes le sommet de la Butte-
au-Français, les traces de la retraite indienne étaient

bien visibles. On se demanda de nouveau pourquoi les Cris avaient pris la décision d'abandonner une telle citadelle. Lafontaine avait son idée.

— Ils doivent nourrir de nombreuses personnes et, déjà à court de vivres, ils ne pouvaient pas rester là pendant des jours.

Des Trois-Maisons avait aussi la sienne.

— Avisés de la défaite de Riel, ils ont décidé de prendre la fuite.

— Ou, au contraire, de rejoindre les Métis pour se préparer à une contre-offensive qui prendra tout le monde par surprise, riposta Steele.

— Les Métis viennent d'être écrasés, ils sont en déroute, rappela Lafontaine.

Je supputai à mon tour une raison qui les avait poussés à quitter la Butte-au-Français.

— Middleton compte près de neuf cents soldats, nos troupes en ont environ cinq cents. Nous sommes trois fois plus nombreux que les Cris. Si Riel n'a pas tenu le coup à un contre trois, Gros-Ours a sans doute jugé que ce serait suicidaire de penser y parvenir. Il se peut même qu'il ait repris son ascendant sur ses guerriers pour les convaincre de cesser les hostilités.

Ma réponse ne persuada que moi-même. Des Trois-Maisons résuma la pensée de tous :

— Je crois plutôt qu'ils ne vont pas reculer après nous avoir fait retraiter.

Je persistai dans mon analyse.

— Les Cris croyaient que Dumont et Riel étaient invulnérables après la bataille de Lac-aux-Canards, mais ils savent maintenant ce qui est arrivé à Riel. Les Cris ont vu souvent leurs bandes décimées par la famine et les épidémies de variole. Gros-Ours va probablement chercher à protéger sa tribu contre un ultime affrontement où il est persuadé qu'il n'aura pas le dessus.

— En tout cas, si t'as raison, Georges, je te paie la bière une fois à Montréal, blagua Lafontaine.

— Et moi les steaks, ajouta Lupien.

Nous étions sur le chemin du retour quand un éclaireur à cheval nous rejoignit. Il avait reçu l'ordre de nous faire revenir au plus vite, car on avait enfin reçu les renforts demandés au général Middleton. Strange avait appris du même souffle que les troupes de Middleton s'étaient mises en branle et qu'une grande stratégie consistant à repousser les Cris vers nous avait été arrêtée. Il fallait que, de toute urgence, nous établissions nos positions à la rivière Castor.

21. Aux aguets

Ce matin-là, au fin fond de l'Ouest, nous rêvions à la fin des hostilités. Montréal et les nôtres nous manquaient. J'avais l'impression que je ne les retrouverais jamais. Revoir la rue Notre-Dame, la rue Saint-Paul de mon enfance, arpenter les quais, les petites impasses, déboucher sur la place Jacques-Cartier... J'avais hâte. Hâte de revoir ma famille, de retrouver ma chambre et mes livres. Mais aucune envie de refaire tout le chemin parcouru et de revivre les épreuves de la route.

Nous avions installé notre bivouac à la rivière Castor vingt-quatre heures après avoir reçu l'ordre de s'y rendre. Nous étions depuis sur le qui-vive, à l'affût des Indiens. Le rouleau compresseur mis en place par Middleton nous obligeait à une grande vigilance. Le général britannique avait ordonné au colonel Irvine, stationné à Prince-Albert, de se mettre en route en direction de Green Lake. L'objectif consistait à forcer la tribu de Gros-Ours à se déplacer et à tomber dans nos mailles à la rivière Castor. Le colonel Otter, à la tête d'un détachement de la Police montée, avait quitté Battleford avec la mission de patrouiller le nord de la région. Middleton, lui, avait aussi mis le cap vers le nord avec ses troupes. Tôt ou tard, Gros-Ours et sa tribu ne pouvaient que passer de l'entonnoir au goulot jusqu'à nous.

Assis contre un arbre, je m'apprêtais à écrire à
Emma Royal pour lui raconter les derniers événements.
Autour de moi, les officiers parlaient de la Saint-Jean-
Baptiste qui approchait. Ce serait bizarre de célébrer
la fête des Canadiens dans le Nord-Ouest. À mes
côtés, Lafontaine « gossait » une branche avec son
canif en essayant de lui donner une forme animale.
Un caporal habile à la sculpture sur bois lui prodiguait
ses conseils. Mais mon lieutenant pestait contre son
manque de talent, et s'ensuivait, après une mauvaise
coche, une litanie de jurons.

Je levai les yeux vers le paysage pour y chercher
les premiers mots de ma lettre. La brume s'effilochait
sur la rivière et dans les bois. Nous ne pouvions dis-
tinguer les troncs d'arbres, enveloppés de vapeurs dia-
phanes. On aurait cru voir la forêt flotter sur un nuage.
Pas intimidé, un pic-bois percutait un tilleul de son
bec. Un vent frais se leva. Les branches s'agitaient et
semblaient donner une autre vie aux arbres, charriant
vers nous de bonnes odeurs de thé des bois. Les jeunes
pousses printanières croissaient et verdissaient de jour
en jour.

Je vivais depuis notre arrivée à cet endroit de belles
extases solitaires. J'aimais contempler la nature comme
un homme appelé par la beauté d'une femme. Ce qui
ne m'empêchait pas de me demander quel sort on
réservait à Riel. On allait sûrement le désigner bouc
émissaire de tout ce gâchis. Je ne savais pas par quels
mots commencer ma lettre. Les bancs de brume s'épais-
sissaient tout autour. C'est à ce moment que je vis un
soldat courir sans bruit vers moi.

— Prenez vos positions en silence, ordre du général, chuchota le soldat avant de repartir à toutes jambes.

Moins d'une minute plus tard, tous les soldats étaient
à leur poste, tapis derrière un arbre, attentifs au moindre
bruit de pas dans la forêt. Soudain, des oiseaux s'envolèrent, comme apeurés. Chacun était prêt à l'escarmouche et au corps à corps. J'entendais mon cœur

battre dans ma poitrine. Mais nous étions maintenant aguerris au feu de la guerre. Puis je vis d'étranges couleurs qui commençaient à se mouvoir dans le brouillard, pareil à un vitrail flou qui s'animerait sous un voile gris. Les crans de sûreté furent déclenchés, les fusils s'allongèrent vers les cibles.

— *Don't shot! Don't shot! They surrender.*

Je découvris alors une étrange et sombre procession dans la brume. On eût dit des revenants. Les silhouettes grises et spectrales avançaient lentement. Je craignis que ce ne soit un piège pour nous coincer. Je restai dubitatif un instant. Strange envoya quelques hommes pour aller à leur rencontre. J'avais du mal à croire à ce que je voyais, mais plus ils surgissaient de l'épais brouillard, plus c'était clair : les Indiens, mains levées, se rendaient, et ils étaient accompagnés de leurs prisonniers blancs.

En nous apercevant, les Blancs coururent à notre rencontre. Il y avait des femmes, des hommes et des enfants. Ils semblaient exténués, harassés par cette fuite en forêt. Ils avaient des éraflures partout sur le corps et leurs vêtements étaient souillés. Ils avaient froid, tous avaient mauvaise mine et paraissaient amaigris par cette longue captivité. Les enfants sanglotaient.

Je m'approchai avec les autres capitaines pour rassurer les colons blancs. Certains pleuraient en se jetant dans nos bras. Les Indiens ne montraient aucune hostilité. Ils semblaient soulagés de se rendre. Au fur et à mesure que la colonne arrivait, je cherchais Gros-Ours dans le groupe, mais le flux se tarit et le chef ne s'y trouvait pas. Ni aucun guerrier.

Le major Hughes envoya chercher des couvertures. On donna à manger et à boire aux nouveaux arrivants.

Strange nous demanda de vérifier l'identité de chacun. S'y trouvaient les otages de Lac-à-la-Grenouille, dont les veuves Gowanlock et Delaney, et aussi ceux de Fort Pitt. Le père Legoff fut accueilli chaleureusement par le père Provost. On s'assura qu'il n'y avait eu aucune victime après celles de Lac-à-la-Grenouille, ce que le père Legoff confirma. Les prisonniers avaient été bien traités par les Indiens. Les femmes indiennes avaient joué un rôle important en empêchant les guerriers de s'en prendre aux otages.

Voyant les enfants qui tremblaient de peur et claquaient des dents, Lafontaine alla leur chercher des biscuits. Les petites mains se tendaient, prêtes à rafler tout ce que Lafontaine distribuait.

— *Cookies, kids?* Moi, je ne suis plus capable d'en manger... disait-il en aparté pour faire rigoler les hommes.

Bientôt le sourire qui s'était effacé de leurs visages réapparut. Le soldat Hamel, qui servait du thé chaud aux prisonniers, taquina le lieutenant Lafontaine.

— Je veux bien croire que tu n'aimes plus les biscuits, mais il nous reste encore deux mille milles avant de rentrer chez nous.

— Ben toi, si tu veux pas être traduit en justice à Battleford, mêle-toi pas de ça, gronda Lafontaine dans un simulacre de colère qui fit sourire les enfants.

Il était étrange de rencontrer en ces lieux des familles complètes comme les McClean, les Mann, les Simpson, et celle du révérend Quinney, qui ne cessait de répéter à tous : *God bless you, God bless you.*

Le général Strange et le major Hughes, entre-temps, avaient questionné le vieil Indien qui s'était spontanément présenté à eux. Il leur avait expliqué que les guerriers étaient restés en retrait. Esprit-Errant hésitait à se rendre, car il n'était pas certain que son geste d'apaisement ferait oublier les accusations qui pesaient contre lui et ses guerriers.

— Et il a raison, clama Strange. Rendre les otages ne suffit pas, les meurtriers doivent répondre de leurs actes.

— Sont-ils loin ? demanda Hughes.

— Non, ils sont demeurés sur la piste à une lieue d'ici.

Strange réunit d'urgence ses capitaines. Il craignait que ce soit une stratégie pour nous attaquer.

Le major Hughes, plus enclin à la diplomatie, le persuada d'envoyer un petit groupe parlementer ou guerroyer, selon l'humeur des *warriors*. Avec Lafontaine, le docteur Paré et une douzaine de soldats, nous partîmes à leur rencontre pour les inciter à se rendre sans condition. Le père Legoff, qui connaissait la langue crie, nous accompagna.

Lafontaine qui, au cours des dernières semaines, avait peaufiné ses talents d'archer, insista pour apporter son arc.

— Ça ne fait aucun bruit. Si nous devons surprendre une vigie, je m'en chargerai.

Cette proposition fut accueillie avec amusement.

— Apporte un casque à plume, tant qu'à y être, le taquina Lupien.

Bruno le regarda avec un air moqueur.

— Toi, tu es le premier à te jeter sur mon butin de chasse… Le prochain coup, on te laissera que les os.

Lupien leva les bras en signe de reddition.

Mais l'ambiance n'était pas à la rigolade. Nous ne savions pas ce qui nous attendait.

On s'engagea dans la forêt à pas de loup. Interdiction de parler sauf avec des signes ou à voix basse. La piste s'avérait étroite et le bois touffu tout autour, mais la brume se dissipait peu à peu. Il fallait parfois passer délicatement entre les branches, les soulever sans les faire craquer.

Nous entendîmes bientôt des voix. Puis nous sentîmes l'odeur d'un feu. Nous brandîmes nos armes. J'avançai seul avec Lafontaine, après avoir demandé aux autres de rester derrière. Il fallait éviter de faire du bruit. À travers les branches, j'aperçus cinq Sauvages qui mangeaient autour d'un feu. Une peau de lièvre écorchée avait été jetée derrière eux. Ils conversaient calmement entre eux, se partageant la maigre pitance.

Je reconnus aussitôt Esprit-Errant à son casque noir à quatre plumes. Puis, grâce à ses cicatrices de variole, Homme-Misérable.

Alors que j'allongeais ma carabine, quelle ne fut pas ma stupéfaction de voir Lafontaine tendre son arc. Comme il fallait garder le silence, je ne pouvais le lui reprocher. Mais toute notre prudence de Sioux fut déjouée quand j'entendis les mots « *White men, we see you…* » Aucun des Indiens ne s'était tourné pour nous regarder, mais ces fins chasseurs nous avaient néanmoins entendus venir !

Esprit-Errant se retourna. Il montra ses mains désarmées. En apercevant Bruno avec son arc, il sourit puis éclata de rire. Les autres guerriers l'imitèrent. Tous riaient à gorge déployée, même si l'heure était grave. L'un d'eux, Homme-Misérable, se leva pour aller s'adosser contre un arbre. Il ne pouvait plus arrêter de rire.

Lafontaine sourit, hocha la tête. Il rebanda son arc en direction d'Homme-Misérable, qui cessa de rire immédiatement.

— Bruno, qu'est-ce que tu fais ? demandai-je discrètement.

Il n'entendit rien. Le lieutenant décocha son tir. La flèche fendit l'air, effleura le cuir chevelu de l'Indien pour se planter dans l'arbre en vibrant. En redressant la tête, l'Indien toucha la flèche avec le sommet de son crâne. Ses amis cessèrent de rire à leur tour. Homme-Misérable avait la peur imprimée sur son visage marqué par la variole. Bruno marcha jusqu'à l'arbre et retira sa flèche d'un coup sec.

Les quatre Indiens toujours assis autour du feu se regardèrent, impressionnés. Esprit-Errant félicita Lafontaine.

— Toi, précis et fort. Meilleur que beaucoup d'Indiens !

Ils se remirent à rire tous de bon cœur, ainsi qu'Homme-Misérable, comme si une bonne blague avait été dite.

Je demandai au père Legoff de leur expliquer qu'on ne leur voulait aucun mal, mais qu'ils étaient en état d'arrestation.

Esprit-Errant hocha la tête, comme si cette déclaration confirmait son idée. Puis il me regarda et, tout en mâchouillant son morceau de viande, s'informa dans sa langue au sujet de Riel.

— Il est toujours à Regina sous bonne garde, répondis-je alors que le père Legoff traduisait au fur et à mesure. Il va obtenir un procès. Vous aurez aussi un procès pour les crimes qui pèsent contre vous.

— Quels crimes ? demanda Esprit-Errant. Nous sommes en guerre contre les envahisseurs et le gouvernement canadien qui bafoue nos droits.

— Ce sera à vous de défendre votre point de vue. Nous sommes ici afin de vous livrer à la justice pour les meurtres commis à Lac-à-la-Grenouille.

Esprit-Errant hocha de nouveau la tête, déchira un autre morceau de viande sur la carcasse braisée pour le porter à sa bouche. Je n'arrivais pas à comprendre ses réactions et celles de ses acolytes. Voyant toutefois qu'ils ne semblaient pas en colère, je demandai où se trouvaient les autres guerriers de la tribu.

Il continua à mâcher son morceau de viande, regarda autour de lui comme s'il les cherchait et fixa son regard sur Lafontaine.

— Ils sont à la chasse, mais ils ne pourront nourrir tout le monde.

Les quatre autres s'esclaffèrent en entendant son affirmation. Je regardai Lafontaine, qui haussa discrètement les épaules. Il ne comprenait pas plus que moi l'humour d'Esprit-Errant. Je me fis cependant la réflexion que c'était peut-être une façon de comprendre qu'ils n'avaient pas une grande estime pour la précision de tir de leurs hommes. Ce dont je me réjouis en repensant à la bataille de la Butte-au-Français.

◆

Finalement, les cinq guerriers nous ont suivis sans opposer de résistance et, plus tard dans la journée, tous les autres se sont présentés pour se constituer eux aussi prisonniers. Ils rapportaient du gibier, principalement des lièvres, mais aussi deux cuissots de chevreuil, au grand plaisir des cuistots qui furent heureux de mettre de la variété dans leurs chaudrons.

Plus tard encore, les troupes du général Middleton se présentèrent à leur tour, et tous comprirent que si le filet s'était refermé pour de bon sur la tribu rebelle, il avait laissé échapper son chef, Gros-Ours.

22. L'Ossuaire

*Tous les chiens du Québec
auront beau aboyer, Riel sera pendu.*

J. A. Macdonald,
Premier ministre du Canada

J'aimerais bien écrire ici que je participai à la capture de Gros-Ours, que le 65ᵉ bataillon s'illustra lors de cette prise héroïque. Ce ne fut pas le cas. Quelques semaines plus tard, après une longue chasse à l'homme, le chef cri se rendrait alors que le 65ᵉ bataillon était déjà sur le chemin du retour.

Le voyage de Calgary à Regina se déroula en train, ce qui permit de guérir nos ampoules aux pieds et les piqûres causées par les innombrables variétés d'insectes piqueurs du Nord-Ouest. Pour ma part, j'étais porteur d'un message de François Lépine. J'avais voulu le revoir à Edmonton afin de le remercier pour la rigueur de son témoignage. Lors de notre rencontre, il m'avait demandé de remettre une lettre à Louis Riel quand je serais à Regina. Afin de ne pas m'attirer des ennuis, j'avais exigé qu'il me la lise. Après l'avoir entendue, j'avais accepté sa demande et, dans le train, je l'avais relue plusieurs fois.

Edmonton, 14 mai 1885

Cher Louis Riel,

  *Nos ennemis doivent penser que tout est ter-
miné, que nous sommes battus, écrasés, mais moi,
je dis que tout commence. On ne s'est jamais
laissé abattre malgré les jours sombres. On m'a
appris que les Anglais avaient incendié Batoche,
pillé nos biens. Nous poursuivrons notre lutte.
Nous reconstruirons notre village. Au nom des
héros de la bataille des Sept-Chênes, au nom des
braves de l'insurrection de 1869, au nom des
glorieux Métis qui ont battu les Anglais à la
coulée des Tourond et à Lac-aux-Canards il y a
quelques semaines à peine. Nous retrouverons
notre grandeur.*

  *J'aurai toujours en tête ces mots que tu as un
jour prononcés dans ta Déclaration des habitants de Terre de Rupert et du Nord-Ouest et qui,
pour moi, décrivent le grand principe à l'origine
de la démocratie : « Un peuple, lorsqu'il n'a
aucun gouvernement, est libre d'adopter une
forme de gouvernement de préférence à un autre,
d'accorder ou de refuser sa soumission à celui qui
est proposé. » Tu prononças ces mots quelques
jours avant de former le premier gouvernement
provisoire. Tout semblait possible. Mon père
était à tes côtés avec sa ceinture fléchée. Je n'étais
qu'un enfant, mais j'étais déjà au fait de la justesse de notre combat. Au terme d'une première
grande bataille où te resta accolé le terme de
hors-la-loi, tu as proposé que la nouvelle province porte le nom Manitoba, qui signifie en cri
« Détroit de l'esprit » en référence à nos ennemis
si étroits d'esprit. Francophones et anglophones
pourraient y vivre sur un pied d'égalité avec*

chacun leur système scolaire et le respect de leurs droits. Pourchassé jusqu'aux États-Unis par les orangistes, tu n'as pu profiter de ta réussite. Mais nos ennemis, toujours prompts à écrire sur les traités « aussi longtemps que brillera le soleil et que l'eau coulera », savent-ils arrêter le cours de l'eau et la lumière du soleil ? Les promesses tombèrent : les terres réservées aux enfants métis furent cédées à rabais à d'ignobles spéculateurs. Personne ne voulait plus reconnaître nos droits. On redivisa les terres contre notre gré, adoptant un système de mesure qui n'était pas le nôtre. Comme si on voulait nous punir pour le rôle que nous avions joué dans l'insurrection, on fit tout pour nous rendre la vie difficile. Puis on força les colons métis à partir. Tout était prêt pour une autre révolte. Celle-là, je l'ai pleinement sentie. J'étais devenu un homme. Je ressentais la rage du Métis et de l'Indien dépouillé de leurs droits.

Je me rappellerai toujours quand on a dit à mon père qu'il était désormais considéré comme un squatteur, alors qu'il occupait sa terre de la paroisse Saint-Laurent à Batoche depuis si longtemps.

On essaiera de te faire passer pour un traître, mais notre lutte est juste. Lorsqu'on voudra te briser le moral en te taxant des pires qualificatifs, tu dois te rappeler que nous n'avons fait que répondre à une série d'agressions contre notre peuple, contre les Indiens. Depuis la confédération et l'acquisition des Territoires du Nord-Ouest par le Canada, les malheurs des Métis et des Indiens n'ont fait que s'accroître. Si les Indiens t'ont suivi, c'est que la raison le justifiait. Les lois sur les Indiens n'avaient qu'un but : les soumettre, les affamer, les humilier. Là où les

armes ont échoué, les lois et les traités servant
à nier les droits territoriaux et les titres fonciers
atteignent leur cible. D'un traité à l'autre, il y a
toujours ce désir de nous assujettir par la loi,
car le gouvernement a compris que nous serions
constamment un boulet à sa réalisation d'un
Canada blanc et homogène d'est en ouest. D'un
traité à l'autre, il y avait aussi ce damné chemin
de fer qui, s'allongeant, diminuait nos droits et
notre liberté.

   J'ai vécu de près le massacre de Frog Lake.
J'ai été fait prisonnier par les jeunes Warriors de
Big Bear. Leur colère et la nôtre se rejoignent
même si nous, les Métis, ne sommes pas considérés comme des Indiens. Ils n'accepteront jamais
l'idée des réserves et des rentes viagères. Ils sont
révoltés de constater qu'en vertu des nouvelles
lois, les femmes indiennes qui se marient à des
Blancs perdront leur statut d'Indienne et tout ce
qui s'y rattache. L'idée qu'un diplôme universi-
taire ou qu'une profession puisse les affranchir
de leur appartenance les révolte. La liste de leurs
doléances est longue comme la plaine. Ils ont
été outrés d'apprendre l'interdiction des danses
sacrées, d'apprendre que les Indiens de la côte
ouest ne pourraient plus pratiquer le potlatch,
d'apprendre que les autorités religieuses voient
d'un mauvais œil la construction de mâts toté-
miques.

   L'un des fils de Big Bear, Imasses, m'a dit que
les Indiens ne voulaient plus être mis en tutelle en
vertu de la confédération canadienne de 1867 et
des traités subséquents, qu'ils avaient toujours
été libres et que les Canadiens ne pourraient
jamais les asservir. Que l'on ne ferait pas d'eux
des agriculteurs ni des Blancs. Leur colère est
telle, sans doute es-tu au courant, qu'ils ont tué
plusieurs colons à Frog Lake, dont deux prêtres,

*et qu'ils sont sur le sentier de la guerre. J'y étais.
Ils savent que l'on cherche à éteindre leurs droits
et leur culture pour les assimiler aux lois et à la
culture des Blancs. C'est tout leur mode de vie
et le nôtre qui sont remis en cause. Ils ont vu le
jeu de l'Anglais et de son complice canadien-
français : diviser pour régner. Si tu savais à quel
point le manque d'unité des tribus indiennes les
décourage.*

*J'ai parlé avec des Canadiens français du
65e bataillon de Montréal. Certains sont écartelés entre la sympathie qu'ils ont pour nous et la
soumission aveugle ou intéressée au gouvernement fédéral de certaines de leurs élites. C'est
ce qui causera leur perte. Il faut voir comment
les Anglais les toisent de haut et entendre tout
le mal qu'ils disent d'eux. Ce n'est pas possible
d'être asservis de la sorte.*

*Tu as éclairé le chemin des Métis. Nous t'avons
élu trois fois député, dont deux fois par acclamation, mais on t'a refusé de siéger, préférant
poursuivre la chasse à l'homme dont tu es in-
justement victime depuis la mort de Scott. Ce
qu'ils t'ont pris, la liberté, ils ne pourront te
l'enlever des livres d'histoire. Ce qu'ils nous ont
fait sera pour nous un grief permanent aux yeux
de l'histoire. Nous écrirons nos luttes.*

*Nous sommes avec toi, Louis. Il te faut conti-
nuer à te battre. On m'a dit que Gabriel était
parti aux États-Unis. Il reviendra pour reprendre
notre lutte. Pour t'épauler. Et il ne sera pas seul.
Tous les Lépine seront à ses côtés. Et beaucoup
d'autres familles seront derrière lui. Nombreuses
et en colère. Les Oblats finiront bien par comprendre que notre combat est celui de la liberté.
Les Métis fidèles à la couronne aussi.*

François Lépine, interprète métis

Cette lettre me laissait songeur. J'avais l'impression de lire ma propre histoire. Il me faudrait trouver un moyen de la remettre au chef des Métis, même si je me doutais bien qu'on verrait d'un mauvais œil que je tente de rencontrer celui que plusieurs de mes supérieurs considéraient comme un traître à la patrie.

◆

Regina portait bien son surnom de *Piles of Bones*. L'Ossuaire… Ces empilements d'os de bisons donnaient froid dans le dos. Je compris mieux ce que Lépine m'avait dit lors de notre première rencontre à propos du pemmican et des bisons. Pour les Sauvages, c'était comme perdre le soleil.

L'ambiance de la ville avait beaucoup changé depuis notre dernière visite. La présence du rebelle avait provoqué un renforcement des mesures de sécurité. Il régnait une ambiance de foire sinistre et hostile. Dans l'Ossuaire, Riel ne ferait pas de vieux os. Il avait été mené de Batoche à Saskatoon à bord du *Northcoate*. De Saskatoon à Moose Jaw, le convoi avait cheminé sous haute surveillance. On avait craint une embuscade. Puis un train avait emmené le rebelle à Regina.

L'avenue principale fourmillait d'activité : cow-boys, ranchers, Indiens, notables et femmes bien vêtues marchaient dans la rue parmi les diligences et les chevaux. En cette chaude journée de juin, le vent soulevait la poussière. Ça empestait le fumier, le bacon, la bière et la cuite mal digérée de la veille.

Des miliciens des différentes compagnies visitaient la ville. Les grosses enseignes en bois s'étalaient d'un commerce à l'autre : Jack Hardware, Brendon General Store… Des militaires sortaient du Barber Shop en se mirant dans les vitrines. Devant le Barker Funeral Home, un garçon astiquait un corbillard bien ouvragé. En face, deux soldats sortirent éméchés d'un saloon au son d'un rag échevelé. La ville ne comptait que trois

hôtels et ils affichaient tous « complet ». Un magasin
général avait même été transformé en auberge temporaire. La ville bourdonnait au rythme du procès qui s'annonçait sombre pour Riel. De nombreux journalistes
de l'est du Canada étaient arrivés en ville pour couvrir
l'événement. Les avocats québécois de Riel n'allaient
pas tarder. On ne parlait que du célèbre Métis. Chacun
spéculait sur la sentence de Riel. Pour la plupart des
nôtres, il n'était plus qu'un mort vivant en attente d'un
simili-procès.

J'attendais depuis une heure la réponse de l'état-
major, à savoir si la lettre de François Lépine pouvait
être remise à Riel. J'en avais fait une copie pour moi, de
peur qu'elle ne se perde ou qu'elle ne soit confisquée
par les autorités.

Lafontaine, qui arpentait la ville à mes côtés, serrait
les dents en entendant les commentaires des anglophones qui salivaient à l'idée de voir le Métis pendu
avec ses « red allies ». Parler français nous valait des
regards hostiles malgré nos uniformes, malgré ce que
le 65e avait accompli.

Un attroupement attira notre attention. Un homme
en noir juché sur une caisse de whisky haranguait les
badauds. Lafontaine me fit signe de nous approcher.
L'homme tenait une corde de bourreau dans les airs.

— Voilà celle que j'utiliserai. Parole de Jack Hen-
derson, je vais faire le travail gratuitement. J'étais un
ami de Thomas Scott. J'ai juré de le venger. Et sachez
que j'offre mes services gratuitement pour pendre ce
traître de Riel. Et attendez de voir le nœud que je lui
réserve.

Les badauds applaudissaient avec frénésie.

Lafontaine demanda à un homme de qui il s'agissait.

— C'est le bourreau. Il est venu de Winnipeg.

Dégoûtés et stupéfaits, nous nous éloignâmes de la
scène. Une passion morbide s'était emparée de la
ville. Une caricature de Riel en bête féroce avait été
accrochée sur un mur de magasin. Une autre du rebelle

pendu à une corde de ceinture fléchée rappelait la haine qu'on lui vouait. Lafontaine cracha son dégoût.

— Tu vas voir comment ils vont le traiter. On l'a déjà jugé et condamné.

— Sur le plan politique, ils ne pourront pas le sacrifier. Macdonald a besoin de la province de Québec, dis-je sans trop y croire moi-même.

— Parole! Il a surtout besoin de satisfaire le goût de sang de l'Ontario!

— On verra bien.

À deux heures, je croisai enfin le major Hughes. Il m'avisa que ma requête de remettre une lettre à Riel avait été refusée.

— On ne veut pas courir de risque. Il a déjà la possibilité de correspondre avec sa femme.

— Est-ce que vous pouvez me remettre la lettre, major?

— Non, il semble que l'état-major veuille la garder.

Une fois qu'il fut éloigné, Lafontaine s'emporta de nouveau.

— Tu vois, c'est ce que je te disais. Pas d'humanité dans le cœur de ces brutes.

Je regardai autour pour voir si nous étions à l'abri des oreilles indiscrètes.

— Ils ont confisqué la lettre, murmurai-je, mais j'ai gardé une copie.

Il s'arrêta net de marcher et me retourna un regard stupéfait.

— Hein? Je te crois pas.

— Si. Regarde…

Je la sortis pour la lui montrer.

— Passe-moi cette lettre, Georges, dit-il en me l'arrachant des mains.

Il la lut et je sentis au froncement de ses sourcils et à ses grognements qu'il fulminait de l'intérieur. Il replia la lettre.

— C'est cruel que le chef métis ne puisse la lire.

Je tendis la main pour qu'il me rende la lettre, mais il refusa.

— Tu dois me redonner cette lettre, Bruno.

— Georges, mon ami. La guerre est finie. La lutte est commencée pour empêcher que Riel soit pendu.

— Rends-la-moi.

— Pas question. Je compte remettre la lettre à Riel.

— Tu vas te retrouver en cour martiale.

— Après tout ce que nous avons fait, me traduire en cour martiale pour une lettre d'un admirateur du chef métis?

— Je ne veux pas que…

— Laisse-moi tenter quelque chose, Georges, me coupa-t-il, sinon je dormirai mal pour le restant de ma vie. Je prends l'entière responsabilité de ce qui arrivera.

À contrecœur, je le suivis.

Il s'arrêta tout d'abord au magasin général acheter de la ficelle. En sortant, il ramassa une belle pierre ronde. Puis nous croisâmes le lieutenant Rivard, revenu de Fort Pitt. Il était accompagné de Lupien. Lafontaine me lança un clin d'œil complice. Il n'était pas question de leur dévoiler notre plan. Rivard nous demanda ce que nous faisions.

— On cherche des filles et on n'en trouve pas, lança Lafontaine.

— Les seules filles qu'on voit ici font au moins deux cents livres. Du gros boudin! Après tous les portages qu'on a subis, j'ai renoncé, blagua Lulu qui traînait sa bonne humeur partout.

Rivard sourit. Il nous expliqua qu'ils allaient au mess des officiers anglophones où l'on s'apprêtait à porter un toast à une *lady* anglaise venue saluer la victoire de Middleton. Lafontaine répliqua qu'il avait vu assez d'Anglaises comme ça sans aller en plus lever un verre à la santé d'une autre. Les deux filèrent et nous reprîmes notre chemin. Je constatai bien vite que Bruno m'emmenait au Quartier général du PCN-O situé dans l'ouest de la ville. C'est là qu'était détenu Riel.

On arriva enfin devant le QG. C'était une longue baraque à deux étages à toit versant. Elle comptait deux petites fenêtres à carreaux au premier, et deux autres à l'étage. Une quinzaine de policiers montaient la garde devant l'entrée.

Nos uniformes d'officiers nous offraient une belle couverture.

La cour à l'arrière du bâtiment était entourée d'une haute palissade. Les autorités accordaient à Riel le droit de sortir, boulet au pied, pour une ronde dans la cour. Lafontaine jeta discrètement un regard à travers les planches ajourées. Il ne vit Riel nulle part. On reprit notre marche comme si de rien n'était, puis on revint vingt minutes plus tard. Et une troisième fois. Cette fois, on remarqua qu'il y avait d'autres curieux autour du haut mur. Plusieurs miliciens et un photographe faisaient partie du lot.

De nouvelles sentinelles bien armées de fusils à baïonnette montaient la garde près de la palissade. Elles nous suivirent des yeux un instant, mais comme nous n'étions pas les seuls venus voir l'animal de cirque, nous n'éveillâmes aucun soupçon. Je ressentais une étrange émotion à savoir Louis Riel à proximité. Un mélange de pitié et d'admiration. Puis j'aperçus un visage barbu à la chevelure longue qui marchait lentement dans la cour, fers aux pieds. Il portait un stetson et on avait osé l'affubler d'une chemise de la PCN-O. Malgré tout, il conservait une belle prestance et sa dignité.

— Nous sommes deux anciens élèves du Collège de Montréal, lança soudain Lafontaine à travers l'ouverture. On tient à vous dire, monsieur Riel, que vous avez le soutien de la province de Québec.

À voir la tête des gardes, ils ne comprenaient rien à notre langue. Ils s'approchèrent néanmoins avec vivacité pour nous dire en anglais qu'il était interdit de nous adresser au prisonnier.

Riel avait cependant arrêté sa ronde. Ses yeux clairs et perçants se portèrent dans notre direction. Même si nous étions presque complètement cachés par la clôture, il sentait une présence amie. Je le vis sourire. Il nous salua à distance avec un regard tragique et prononça ces paroles :

— Merci, jeunes hommes, j'apprécie les mots de mes amis de Montréal. Vous saluerez le docteur Lachapelle de ma part.

D'entendre sa voix provoqua de l'agitation parmi les curieux. La plupart l'invectivèrent en anglais et les gardes eurent fort à faire pour rétablir l'ordre. Le photographe profita de l'effervescence pour prendre en photo la cour. L'éclair de magnésium éblouit une partie des gens présents et Lafontaine projeta au même moment par-dessus la palissade son caillou qui tomba aux pieds de Riel. La lettre de Lépine, pliée et repliée, y était attachée par de la ficelle. Le chef métis se pencha prestement et enfouit le tout dans sa vareuse. Je regardai en direction des sentinelles, maintenant affairées à confisquer la plaque du photographe : elles n'avaient rien vu de notre subterfuge.

On se retira rapidement en voyant que Riel retraitait vers le bâtiment. Je sentais mon cœur battre la chamade au fond de ma poitrine, et je me demandais si c'était en raison du geste anodin que venait d'accomplir Lafontaine, mais qui aurait pu nous valoir la cour martiale, ou parce que nous avions réussi, envers et contre tous, à rendre moins pénible la réclusion de Riel.

Plus tard, dans la soirée, alors que je confiais à Lafontaine ce que j'avais ressenti dans l'après-midi, il me réprimanda sans que cela n'y paraisse trop.

— Tu sais, Georges, la liberté ne s'acquiert pas sans désobéissance. C'est de cette manière que les Américains ont obtenu leur indépendance, et que les Patriotes, tout comme les Métis, ont tenté à leur tour de l'obtenir. Il ne faut jamais renoncer.

J'eus encore beaucoup de peine à m'endormir, ce soir-là.

◆

Nous quittâmes la gare de l'Ossuaire au matin, à la fois tristes et soulagés. Pour ma part, j'étais heureux de revoir bientôt les miens, et malheureux de ne pouvoir suivre en direct le procès du chef métis et des auteurs du massacre de Lac-à-la-Grenouille. Mais c'était ainsi.

Notre guerre était terminée. Nous pouvions maintenant rentrer à la maison.

FIN

ÉPILOGUE

Cher monsieur Berthiaume,

Vous me demandez une conclusion différente de celle que vous avez pu lire. La voici.

Je retrouvai mon frère Alphonse à Winnipeg après plusieurs semaines de séparation. On se fit pendant des heures le récit palpitant de nos vies. À la Ferme du gouvernement, ils avaient eu fréquemment à ouvrir le feu pour éloigner les Indiens. Mon frère, qui n'avait que vingt ans, avait changé. Il n'était plus le même qu'à son départ. Sans doute avais-je aussi perdu de ma naïveté. En quelques semaines, nos vies avaient été transformées à jamais.

Notre retour fut exténuant, mais la joie de mettre le cap à l'est nous donnait des bottes de sept lieues, malgré les longues marches. Malheureusement, l'un de mes hommes, le sergent Lupien, mourut d'une fièvre en route après avoir attrapé un coup de froid. C'est dire à quel point la nature nous avait éprouvés. À Battleford, on mit son corps dans un cercueil, qui nous accompagna jusqu'à Montréal.

L'arrivée du 65e bataillon fut marquée par de grandes célébrations. Une marée humaine nous accueillit triomphalement au Champ-de-Mars.

Mais notre combat n'était pas encore fini. Décidés à laver notre réputation, la décision fut prise de poursuivre le *News* pour ses déclarations racistes. Comme l'avait dit le seul anglophone unilingue de notre bataillon, le lieutenant Doherty : « On ne diffame pas un bataillon qui compte six avocats et un juge. » Il ne pouvait si bien dire. Le journaliste fut déclaré coupable de diffamation. Ce fut pour nous une belle victoire à ajouter à nos faits d'armes.

Un an plus tard, le 24 mai 1886, jour de fête de la reine Victoria, une grande cérémonie eut lieu au Champ-de-Mars afin de décorer le bataillon. Arborant notre habit de parade, la boutonnière et le casque blanc, on défila dans les rues de Montréal. Les capitaines Ostell, Des Trois-Maisons, Beauset, Éthier, Roy et l'auteur de ces lignes entrèrent sur le Champ-de-Mars à la tête de leur compagnie. La foule nous acclama par une intense clameur. Des policiers de la ville de Montréal se regroupèrent pour saluer particulièrement le lieutenant Lafontaine.

À la tribune d'honneur, le général Middleton, sa *lady* et d'autres invités nous attendaient pour distribuer les médailles. Mon père, gravement malade, ne put assister à l'événement. Mesdames Beaugrand et Hughes s'approchèrent des officiers pour accrocher à leurs uniformes les médailles. Chacun fut décoré pour sa participation à cette campagne. On remit à tous la médaille du Nord-Ouest canadien, ainsi que le ruban blanc à ceux qui avaient pris part à la bataille de la Butte-au-Français. Puis ce fut au tour des soldats de se voir décorer. Hommes d'État et militaires rendirent hommage au 65e bataillon. Le général Middleton, dans un vibrant discours, immortalisa notre rôle dans la campagne du Nord-Ouest et balaya les derniers doutes sur l'intégrité du 65e bataillon.

Un grand goûter eut lieu ensuite sur l'île Sainte-Hélène et la foule était si nombreuse à vouloir nous accompagner qu'il fallut plusieurs traversiers pour l'y mener.

Dans la foulée des honneurs, le poète Gonzalves Désaulniers écrivit un long poème épique à la mémoire du 65e bataillon. J'en retranscris ici une strophe :

> *Le désert s'enfonçait bien avant dans les cieux*
> *Échangeant leurs pensées et leurs craintes*
> *   entre eux,*
> *Coupant les horizons qu'un horizon efface,*
> *Calmes sous le soleil qui leur hâlait la face,*
> *Et secouant au vent la poudre des chemins,*
> *Forts comme des Gaulois, fiers comme des*
> *   Romains*
> *Cent braves s'avançaient, joyeux, fronts hauts,*
> *   stoïques ;*
> *Leurs pieds meurtris prouvaient leurs courses*
> *   héroïques.*

Ne bénéficiant pas d'avocats, les Cris eurent droit à un simulacre de justice. Huit guerriers furent donc exécutés le 27 novembre 1885 au Fort Battleford. Après les exécutions des douze Patriotes, ce fut la plus grande pendaison de masse au Canada. Esprit-Errant chanta une chanson avant qu'on ne lui passe la corde au cou. Wah-wah-nich fut exécuté pour le meurtre de Frémont. Louison Mongrain et Wawasehoween (Homme-bien-vêtu) furent pendus avec les auteurs du massacre pour le meurtre de She-Wins. Accusé d'avoir incendié la chapelle de Lac-à-la-Grenouille,

Autour-du-Ciel reçut une peine de quatorze ans,
tandis que Gros-Ours, qui avait été enfermé
dans une cage entre le moment de sa capture et
celui du procès, fut élargi en 1887 pour des raisons de santé. Le chef Faiseur-d'Enclos, qui
n'avait pourtant à se reprocher que d'avoir croisé
par hasard la colonne du colonel Otter, reçut une
peine sévère de plusieurs années de réclusion.
Le Canada avait pris les grands moyens afin de
casser pour longtemps le moral et l'émanci-
pation des Indiens. La résignation s'installa.

Dix jours avant la pendaison des Cris, Riel,
l'architecte de la révolte, fut pendu dans un tollé
de protestations au Québec et dans la joie au
Canada anglais. À l'instar des Cris, Riel n'eut
droit qu'à un procès factice. Ses avocats venus
du Québec avaient dû coucher sur le plancher
de l'hôtel puisqu'on n'avait pas mis de chambres
à leur disposition. Pire, le premier ministre John
A. Macdonald avait eu le cynisme de nommer
comme enquêteur-chef du procès Alexander
Davis Stewart, le chef de police de la ville de
Hamilton, qui appartenait à une loge orangiste.
Un journal de Winnipeg avait rapporté que
Stewart, avant même le début de l'enquête, se
réjouissait à l'idée de pendre le chef métis. Quant
au soi-disant juge Richardson, il n'était qu'un
avocat, ce qu'on appelait un juge à vacation. Il
n'avait aucune compétence pour présider une
cause pareille. De plus, il était de notoriété pu-
blique que Richardson avait participé au début
de l'année 1885 à une importante réunion où il
avait été décidé d'écraser l'insurrection des Métis.
C'est ce même homme qui avait toléré un jury
de six personnes alors que douze est la norme
dans notre code criminel. Pouvez-vous croire
qu'un seul juré parlait français ? Riel dut plaider

sa cause en anglais, ce qu'il fit brillamment dans un des discours les plus éloquents jamais écrit et prononcé au pays.

À la suite de sa pendaison, plusieurs Métis prirent la fuite avec femmes et enfants en direction du Montana ou du Dakota pour échapper aux persécutions.

Le commandant militaire des Métis, Gabriel Dumont, a eu plus de chance. Après avoir fui aux États-Unis, il a pu gagner sa vie dans le Wild West Show de Buffalo Bill avec d'anciens compagnons d'armes métis. Il y faisait des cascades à cheval, exécutait des tirs de précision. Il a même envisagé de monter en France son propre cirque en compagnie d'un des fils de Gros-Ours, cirque qui leur aurait permis de faire connaître la vie des Sauvages et des Métis. Dumont est venu donner plusieurs conférences à Montréal et à Québec. Lors de son passage à Ottawa, il a milité pour que les Métis obtiennent une indemnité pour les pertes encourues et une proclamation d'amnistie pour ceux qui avaient participé à la rébellion, ce qu'il a fini par gagner. Il est mort le 19 mai 1906.

Je revois encore ce matin gris quand, longtemps après mon retour de l'Ouest, j'ouvris la lettre du gouvernement m'annonçant que j'avais reçu l'octroi de mon lopin de terre. Ironie du sort, ce lopin que la Couronne m'accordait se trouvait dans l'Ouest canadien, là même où le sang avait coulé. Les terres arrachées aux Indiens et aux Métis nous étaient offertes pour avoir maté leur révolte.

Réprimer la liberté par la force balafre la mémoire. Je sais de quoi je parle. L'histoire se nourrit de ressentiments, qui essaiment leurs fruits amers.

Je suis le fils d'une histoire enragée. Mais le temps ensable les souvenirs.

Vous voulez sans doute savoir, monsieur Berthiaume, si j'ai apposé ma signature sur le document ?

Ma terre, que l'on disait fertile, s'étendait, ironie de l'histoire, sur un lot revendiqué par les Cris. Trop de sang avait coulé dans la prairie. La signature que j'apposai au bas du document le fut pour refuser cette terre souillée de sang au profit des 80 $ qui, ajoutés à ma solde, paye-raient une part de mes études.

Aujourd'hui encore, dans la force de l'âge, je me remémore, avec tristesse, ces semaines qui ont changé la vie des Métis et des Indiens. Et la mienne, bien entendu.

Dans les ravissements silencieux que m'offre mon repaire de Pointe-au-Pic, juché entre ciel et terre, le fleuve et la forêt me consolent des maux de l'histoire, des assassins à l'esprit trouble, des placements abusifs de patients, de la folie qui ronge les lunatiques. La nature ravive mon espoir d'un monde vidé de haine. La nature est parfaite. La nature est juste. Arriverons-nous un jour à ce stade d'évolution où les droits humains et ceux des minorités seront respectés ?

Bien à vous,

Dr Georges Villeneuve
Surintendant de l'asile
Saint-Jean-de-Dieu

Remerciements

Merci à toute l'équipe d'Alire et particulièrement à Jean Pettigrew et à Louise Alain pour avoir cru en mon projet. Je veux aussi remercier Marie-Paule Robitaille, conservatrice des collections Premières Nations et Inuit au Musée de la civilisation, pour m'avoir prêté des documents ainsi que pour nos discussions intéressantes sur les Métis et les Amérindiens du Nord-Ouest. Mes remerciements à Valérie St-Martin, lectrice de toujours, pour son oreille attentive et ses commentaires judicieux.

Sources

Afin de reconstituer la campagne du Nord-Ouest du 65ᵉ bataillon, les sources suivantes ont été utilisées :

[Big Bear] *Dictionnaire biographique du Canada en ligne*, www.biographi.ca/index-f.html.

[Biscotasing] www.ghosttownpix.com/ontario/towns/bisco.shtml.

[Discours du lieutenant-colonel Harwood] *La Presse*, 30 mars 1885.

[L'expédition du 65ᵉ bataillon de Montréal] Ernest Chambers, *Histoire du 65ᵉ Régiment, Carabiniers Mont-Royal*, Imprimerie Guertin, 1906, p. 95-116 ; Charles R. Daoust, *Cent vingt jours de service actif*, 1886, B.A.N.Q. ; Major General T. Bland Strange, *The story of Riel's revolt*, http://gaslight.mtroyal.ab.ca/revoltx2.htm. ; Pierre Vennat, *Carabiniers et voltigeurs à la poursuite de Riel*, Méridien, 2005 ; *Cent ans d'histoire d'un régiment canadien-français*, Du Jour, 1971, 416 p.

[Le massacre de Lac-à-la-Grenouille] William Bleasdale Cameron, *The War Trail of Big Bear*, Small Maynard and Company, 1927, 256 p. ; Ernest Chambers, *op.cit.* ; Peter Charlebois, *The Life of Louis Riel*, New Canada Publications, Toronto, 1975, 254 p. ; Charles Daoust, *op.cit.* ; *The Riel Rebellion 1885*, Nick et Helma Mika, Mika Silk Screening Company, (Compilations d'articles de journaux) *The Kingston Daily News*, 10 avril, p. 52-55 ; *The Saskatchewan Herald*, 28 avril 1885. Épitomes des documents parlementaires relatifs à la rébellion du Nord-Ouest 1885, (Procès des sujets accusés du massacre de Lac-à-la-Grenouille) Imprimerie MacClean, 1886, p. 356-373.

[Sur Riel et les Métis] Hartwell Bowsfield, *Louis Riel : Le patriote rebelle*, Du Jour, 1973, 173 p. ; Denis Combet et Ismène Toussaint, *Gabriel Dumont – Souvenirs de résistance d'un immortel de l'Ouest*, Cornac, 2009, 406 p. ; Olive Patricia Dickason, *Les Premières Nations du Canada*, Le Septentrion, 1996, 508 p. ; Walter Hildebrandt, *La Bataille de Batoche*, Parcs Canada, 1985, 122 p. ; Rosemary Neering, *Louis Riel*, Lidec, 1977, 63 p. ; Diane Payment, *Batoche 1870-1910*, Du blé, 1983, 153 p. ; Maggie Siggins, *Riel, une vie de révolution*, Québec-Amérique, 1997, 468 p. ; George Woodcock, *Gabriel Dumont*, Lidec, 1979, 63 p.

[Journaux] *La Minerve*, 1er et 2 avril 1885 ; *La Patrie*, 1er et 5 juin 1885 ; *La Presse*, 29, 30 et 31 mars, 1er, 2, 3, 4, 6, 7, 8, 9, 11, 13, 15, 16, 17 et 19 avril, 1er mai et 27 juin 1885 ; *The Riel Rebellion 1885*, Nick et Helma Mika, Mika Silk Screening Company, *op.cit.*

[Joseph Royal] The Honourable Joseph Royal, 1888-1893, Assemblée législative du Manitoba, www.assembly.ab.ca/lao/library/lt-gov/royal ; Manitoba, Ministère des Affaires culturelles et du patrimoine, 1983, 11 p.

[Ludger Duvernay] www.assnat.qc.ca/fra/membres.

[Pierre-Étienne Fortin] Stewart, W. Brian, *A life on the line : Commander Pierre-Étienne Fortin ans his times*, Ottawa, Carleton University Press, Carleton library series, n° 188, 1997.

[Traduction des dénominations françaises] *La Presse*, 17 avril 1885.

[Lectures de Villeneuve pour l'examen de médecine] UMC, 1885, n° 14.

[Prix du collège de Montréal] Archives du Collège de Montréal.

[Sur Michipicoten] www.michipicoten.com/

[Fort Pitt] www.pc.gc.ca/lhn-nhs/sk/battleford/natcul/histo.

[J. Aldric Ouimet] en.wikipedia.org/wiki/joseph-aldric Ouimet ; *Dictionnaire biographique du Canada en ligne*, www.biographi.ca/index-f.html.

[Inscription sur la croix et sur le parchemin de Frog Lake] Ernest Chambers, *op.cit.*, p. 104-105.

[Théâtre des opérations] *Lieu historique national du Canada du Fort Battleford*, Parcs Canada ; *De colonie à pays*, Campagne du Nord-Ouest, Bibliothèque et archives Canada.

JACQUES CÔTÉ...

... enseigne la littérature au cégep de Sainte-Foy. En 2000 paraissait *Nébulosité croissante en fin de journée*, un premier roman policier mettant en scène Daniel Duval, un enquêteur de la Sûreté du Québec travaillant dans la région de la Capitale nationale. Le deuxième titre de la série, *Le Rouge idéal*, a paru en 2002 et remportait l'année suivante le prix Arthur-Ellis. Jacques Côté a aussi obtenu en 2003 le Grand Prix La Presse de la biographie avec *Wilfrid Derome, expert en homicides*, paru chez Boréal, le prix Saint-Pacôme du roman policier 2006 pour *La Rive noire*, le prix Arthur-Ellis 2009 et le prix de la Ville de Québec – SILQ pour *Le Chemin des brumes*, quatrième enquête de Daniel Duval. *Dans le quartier des agités*, premier tome des « Cahiers noirs de l'aliéniste », a remporté le prix Arthur-Ellis 2011.

LE SANG DES PRAIRIES
est le deux cent vingtième titre publié
par Les Éditions Alire inc.

Il a été achevé d'imprimer
en mars 2015 sur les presses de

MARQUIS
Imprimé au Canada

Imprimé sur Rolland Enviro100, contenant
100% de fibres recyclées postconsommation,
certifié Éco-Logo, Procédé sans chlore, FSC
Recyclé et fabriqué à partir d'énergie biogaz.